A filha esquecida

ARMANDO LUCAS CORREA

A filha esquecida

Tradução
Denise de Carvalho Rocha

JANGADA

Título do original: *The Daughter's Tale.*
Copyright © 2019 by emanaluC Production Corp.
Tradução inglesa © 2019 by emanaluC Production Corp.
Edição espanhola publicada em 2019 pela Atria Español as *La hija olvidada.*
Publicado mediante acordo com Atria Books, uma divisão da Simon & Schuster, Inc.
Copyright da edição brasileira © 2019 Editora Pensamento-Cultrix.com
1ª edição 2019.
1ª reimpressão 2020.

Todos os direitos reservados. Nenhuma parte desta obra pode ser reproduzida ou usada de qualquer forma ou por qualquer meio, eletrônico ou mecânico, inclusive fotocópias, gravações ou sistema de armazenamento em banco de dados, sem permissão por escrito, exceto nos casos de trechos curtos citados em resenhas críticas ou artigos de revistas.

A Editora Jangada não se responsabiliza por eventuais mudanças ocorridas nos endereços convencionais ou eletrônicos citados neste livro.

Esta é uma obra de ficção. Todos os personagens, organizações e acontecimentos retratados neste romance são produtos da imaginação do autor e usados de modo fictício.

Editor: Adilson Silva Ramachandra
Gerente editorial: Roseli de S. Ferraz
Produção editorial: Indiara Faria Kayo
Editoração eletrônica: Join Bureau
Revisão: Vivian Miwa Matsushita

Dados Internacionais de Catalogação na Publicação (CIP)
(Câmara Brasileira do Livro, SP, Brasil)

Correa, Armando Lucas
  A filha esquecida / Armando Lucas Correa; tradução Denise de Carvalho Rocha. – São Paulo: Jangada, 2019.

  Título original: The daughter's tale.
  ISBN 978-85-5539-148-4

  1. Ficção espanhola 2. Ficção histórica 3. Judeus – Alemanha I. Rocha, Denise de Carvalho. II. Título.

19-30448   CDD-863

Índices para catálogo sistemático:
1. Ficção: Literatura espanhola   863
Iolanda Rodrigues Biode – Bibliotecária – CRB-8/10014

Jangada é um selo editorial da Pensamento-Cultrix Ltda.

Direitos de tradução para o Brasil adquiridos com exclusividade pela
EDITORA PENSAMENTO-CULTRIX LTDA., que se reserva a
propriedade literária desta tradução.
Rua Dr. Mário Vicente, 368 — 04270-000 — São Paulo, SP
Fone: (11) 2066-9000
http://www.editorajangada.com.br
E-mail: atendimento@editorajangada.com.br
Foi feito o depósito legal.

Para Judith, a garota perdida do St. Louis.

Para minha mãe, minha primeira leitora.

Para meus filhos, Emma, Anna e Lucas, mais uma vez.

Para Gonzalo, sempre.

Sumário

UM: A Visita 11

DOIS: A Fuga 21

TRÊS: O Refúgio 99

QUATRO: O Retorno 163

CINCO: O Abandono 231

SEIS: O Adeus 365

Nota do Autor 379

"A meta é o esquecimento. Eu cheguei antes."

– Jorge Luis Borges

UM

A Visita
Nova York, abril, 2015

1

"É a senhora Duval? Elise Duval?" A voz ao telefone repetia o nome dela, enquanto Elise permanecia em silêncio. "Estivemos em Cuba faz pouco tempo. Minha filha e eu queremos entregar pessoalmente algumas cartas em alemão que pertencem à senhora."

Elise sempre tivera a capacidade de prever o futuro. Mas hoje não. Esse dia ela nunca previra.

Por um instante, achou que o telefonema era engano. Afinal de contas, ela era francesa e tinha morado em Nova York nos últimos setenta anos, desde que um tio materno a adotara no final da Segunda

Guerra. Agora, seus únicos parentes vivos eram sua filha, Adèle, e seu neto, Étienne. Eles eram seu mundo e tudo que viera antes disso tinha ficado envolto nas sombras.

"Senhora Duval?", repetiu a mulher, insistindo com delicadeza. Paralisada de terror, Elise procurou um apoio, sentindo que estava prestes a desmaiar.

"Podem vir me ver esta tarde", foi tudo que ela conseguiu dizer antes de desligar, esquecendo-se de verificar se tinha algum compromisso ou se deveria ter consultado a filha primeiro. Ela ouviu o nome da mulher, Ida Rosen, e da filha dela, Anna, mas sua memória estava em branco, fechada para o passado. Só tinha certeza de que, no momento, não tinha vontade nenhuma de verificar a procedência da mulher e da filha. Nem precisara dar a elas seu endereço, porque já o tinham. O telefonema não fora engano, ela sabia.

Elise passou as horas seguintes tentando decifrar o significado da breve conversa. *Rosen*, ela repetia para si mesma, enquanto reavivava as vagas lembranças das pessoas que tinham cruzado o Atlântico com ela, depois da guerra.

Só algumas horas haviam se passado e o telefonema já começava a se desvanecer em sua memória limitada e seletiva. "Não há tempo para lembranças", ela costumava dizer ao marido, e depois para a filha, e agora para o neto.

Ela se sentia um pouco culpada por não ter feito nenhuma objeção à visita da desconhecida. Podia ter perguntado quem tinha escrito as cartas, por que tinham ido parar em Cuba, o que a senhora Rosen e a filha dela tinham ido fazer lá. Em vez disso, ela se calara.

Quando a campainha finalmente tocou, seu coração parecia querer saltar pela boca. Ela tentou fechar os olhos, respirar fundo e contar os batimentos – um, dois, três, quatro, cinco, seis –, para conseguir se acalmar. Essa era a única lembrança mais clara que tinha da sua infância. Não fazia ideia de quanto tempo tinha ficado no quarto, vestida com o seu terninho azul-marinho, esperando.

Ao ouvir a campainha, sentiu como se os seus sentidos tivessem ficado mais aguçados. Agora podia até perceber a respiração das duas desconhecidas, do outro lado da porta, aguardando por ela, uma viúva cansada e decrépita. Mas por quê? Colocou a mão na maçaneta e se deteve, com a esperança de que a visita não passasse de uma ilusão, algo com que sonhara, um dos tantos delírios provocados pela idade. Fechou os olhos uma vez mais e tentou vislumbrar o que aconteceria, mas nada lhe ocorreu.

Ficou claro para Elise que o encontro não dizia respeito ao futuro. Significava uma volta ao passado, do qual não podia fugir. Uma sombra que a acompanhava desde o dia em que desembarcara no porto de Nova York, quando a mão de um tio, que se convertera em pai, a resgatara do abandono. Mas não podia trazer de volta as lembranças, apagadas por pura necessidade, para que pudesse sobreviver.

Ela abriu a porta com determinação e um feixe de luz lhe ofuscou os olhos. O barulho do elevador, um vizinho que descia as escadas, um cachorro latindo e a sirene de uma ambulância a distraíram por um segundo. O sorriso da mulher a trouxe de volta à realidade.

Acenou com a mão, convidando-as a entrar. Sem dizer nada ainda, evitou fazer qualquer outro gesto, por mínimo que fosse, para não denunciar seu terror. A garota, Anna, que parecia ter uns 12 anos, aproximou-se e a abraçou pela cintura. Elise não soube como reagir. Talvez devesse pousar as mãos sobre os ombros da menininha ou acariciar seus cabelos, como costumava fazer com sua filha quando ela era pequena.

"Você tem olhos azuis", aventurou-se a dizer, com timidez.

Que coisa mais ridícula para se dizer! Devia ter dito que tinha belos olhos, pensou Elise, tentando não reparar que a menina tinha olhos azuis amendoados e caídos como os dela, que seu perfil... Não, melhor não pensar no perfil, disse, temerosa, aos seus botões, vendo em si mesma o rosto daquela menina desconhecida.

Com esforço, Elisa as conduziu até a sala de estar. Justo quando ia pedir que se sentassem, Anna estendeu para ela uma pequena caixa de ébano, sem lustro.

Elise abriu a caixa com cuidado. Quando terminou de desdobrar a primeira carta, escrita com tinta desbotada numa página de um livro de botânica, seus olhos se encheram de lágrimas.

"Isso me pertence?", perguntou em voz baixa, agarrando o crucifixo pendurado no pescoço. "Seus olhos...", ela repetiu, fitando Anna com uma angústia infinita.

Elise tentou se recompor, mas sentia que o coração a impedia. Ela perdia o domínio sobre si, sobre a vida que tão cuidadosamente tinha construído. Podia ver seu próprio rosto a distância, como se admirasse a cena de longe, como outra testemunha na sala.

Suas palmas começaram a ficar pegajosas e a caixa escorregou das suas mãos, fazendo as cartas se espalharem pelo tapete. A foto de uma família com duas garotinhas de olhares assustados jazia entre papéis amarelados. Elise fechou os olhos e sentiu uma punhalada no peito que a fez se desequilibrar. Quando desabou sobre o tapete desbotado, achou que estava acontecendo por fim: o último ato de esquecimento.

Silêncio, muros de silêncio ao redor dela. Tentou recordar quantas vezes um coração podia parar e recomeçar a bater. Um... Silêncio. Dois... Outra pausa. Três... Um vazio. O silêncio entre uma batida e outra a separava deste mundo. Ela quis escutar uma vez mais. Quatro. E outra vez. Inspirou com todas as suas forças. Cinco... Só mais uma e estaria salva. Silêncio. Seis!

"Elise!" O grito a fez reagir. "Elise!"

Aquele nome, aquele nome. Elise. Não era dela, pois ela não era ninguém. Não existia, nunca tinha existido. Ela vivera uma vida que não lhe pertencia, tinha formado uma família que havia enganado, falava um idioma que não era o dela. Tinha vivido todos aqueles anos fugindo de quem realmente era. E para quê? Ela era uma sobrevivente, e isso não era um erro, nem um equívoco.

Na hora em que os paramédicos a colocaram na maca, ela já tinha esquecido a mulher e a menina de olhos azuis, esquecido as cartas escritas num idioma estranho, a fotografia.

Mas, naquele espaço do esquecimento, uma lembrança emergiu. Era ela, quando criança, tentando encontrar o caminho numa floresta densa, rodeada de árvores enormes, que a impediam de ver o céu. Como ela podia saber para onde ir se não podia se orientar pelas estrelas? Tinha sangue nas bochechas, nas mãos, no vestido, mas não estava machucada. O sangue não era dela. Um corpo jazia sem vida no chão, ensanguentado. Nenhuma mão a amparava. Podia sentir o ar espesso e úmido e sua voz infantil balbuciar: *"Mama! Mama!"* Ela estava perdida, abandonada em meio à escuridão.

Na névoa das lembranças fragmentadas, ela viu tudo: as cartas, a caixa de ébano, a caixa de joias púrpura, a bola de futebol gasta, um soldado ferido. Flores murchas e linhas borradas.

Tinha sido necessário conhecer essa menininha, Anna, para que Elise descobrisse quem ela realmente era, para que tirasse a máscara que usava havia sete décadas. O passado que agora a recompensava com essa última e inesperada visita, com a imagem das cartas escritas à mão nas páginas de um livro familiar, não pelo que estava escrito nele, mas pelas horas que ela tinha passado desenhando letras e flores que a haviam acompanhado durante todos os dias da sua infância.

"*Hydrocharis morsus ranae*", ela sussurrou.

Ela se sentiu flutuando à deriva como uma daquelas plantas aquáticas, as flores manchadas de amarelo. Estava delirando, mas, pelo que podia se lembrar, ainda estava viva. Era hora de se deixar morrer, mas primeiro tinha de fazer algo com as folhas daquele livro mutilado.

O dano já estava feito, porém. Ela não tinha direito de pedir perdão. Fechou os olhos e contou as batidas do coração. O silêncio entre elas ajudou a dissipar seu medo. *Quem a ensinara a fazer isso?*

"Pronto!", ela ouviu.

Sentiu um peso sobre o peito. O primeiro choque elétrico provocou palpitações que ela nunca sentira. Prometeu a si mesma que não ia permitir que a ressuscitassem. Ela não queria viver. Na infância, tinham-na embarcado num enorme transatlântico e ela nunca se atrevera a olhar para trás. Não iria fazer isso agora.

Com o segundo choque, o calor voltou e a obrigou a abrir os olhos. Lágrimas começam a brotar sem controle. Não conseguia saber se estava viva, por isso chorava. Alguém pegou a mão dela e acariciou ternamente sua testa.

"Mãe!", ela ouviu a voz chorosa da filha. Estava tão perto que Elise não conseguia distinguir suas feições.

Será que ela conseguiria encontrar palavras para explicar a Adèle, sua única filha, que ela tinha sido criada com uma mentira?

"Elise, como se sente? Não foi minha intenção..." Ida também estava ali, obviamente aflita pelo efeito causado por sua visita.

Adèle ficou em silêncio. Não conseguia entender o que aquela desconhecida e a filha dela faziam no hospital com sua mãe, uma anciã à beira da morte.

Num idioma que ela não reconhecia, Elise ouviu-se murmurar uma frase que chegava de algum lugar ao longe: "*Mama, verlass mich nicht*". *Não me abandone.*

Um... silêncio, dois... silêncio, três... silêncio, quatro, cinco... Ela respirou fundo, à espera que seu coração batesse mais uma vez.

Verão, 1939

Minha pequena Viera,
Passaram-se apenas algumas horas, mas Mama *já sente muito a sua falta. As horas são dias, semanas, meses para mim, mas eu me conforto sabendo que você ainda vai me ouvir à noite, suas noites, que para mim são amanheceres, quando eu canto em seu ouvido e leio para você páginas do nosso livro de botânica favorito.*
Você é como aquelas flores que têm de aprender a sobreviver numa ilha, na terra úmida e com um sol escaldante. Você precisa de luz para viver e lá não lhe faltará. Não será fácil, mas não fique com medo, pois tenho certeza de que você vai crescer e ficar cada vez mais forte.
Sua irmã sente sua falta. Quando vamos para a cama, ela me pede para contar histórias sobre você e aqueles dias felizes em que éramos uma família. Seja forte, fique sempre ao sol e cresça; assim, quando nos encontrarmos novamente (porque isso vai acontecer), você vai poder correr para nós e nos abraçar, assim como fizemos no porto, ao lado daquele enorme navio.
Minha Viera, lembre-se de que sua mãe, embora muito longe, zela por você. Quando você estiver com medo, conte as batidas do seu coração para se acalmar, do jeito que Papa *lhe ensinou. Sua irmã é uma especialista nisso também. Não se esqueça, pequena.*
Toda sexta-feira, acenda duas velas, feche os olhos e pense em nós. Estamos com você.

Com todo o meu amor,
Mama

DOIS

A Fuga
Berlim, 1933-1939

2

*A*manda Sternberg sempre tivera medo de encontrar seu fim em meio às labaredas do fogo, por isso não foi tão surpreendente quando soube que seus livros logo enfrentariam o mesmo destino.

Já haviam deixado, em sua pequena livraria em Charlottenburg, um panfleto de advertência com as Doze Teses; portanto, ela tinha de começar a fazer a limpeza, desde a vitrine da frente até os cantos mais distantes da sala onde os livros eram estocados. Ela precisava se livrar de todos os livros que poderiam ser considerados ofensivos, antipatrióticos ou pouco alemães. Aquela paródia luterana, que pretendia eliminar todo o espírito judaico do universo impresso, já havia atingido todos os proprietários de livrarias do país. Amanda tinha certeza de que apenas um número muito reduzido dos seus livros iria sobreviver. Ela passara tantos anos entre pergaminhos, manuscritos, livros com capas de couro e ilustrados à mão, histórias de duelos, amantes furtivos, pactos diabólicos, loucos empedernidos... Eles eram parte do próprio passado dela e da família, o amor do seu pai, a arte dos antigos escribas: tudo isso seria agora reduzido a cinzas. *Um verdadeiro ato wagneriano de purificação*, disse a si mesma.

Ela ainda se agarrava à esperança desesperada de que a fachada de uma loja chamada Jardim das Letras pudesse passar despercebida. Se ela mostrasse a pureza alemã na vitrine e escondesse os livros que mais amava na sala dos fundos, talvez a deixassem em paz. As nuvens estavam a seu favor: várias semanas de chuva haviam contido o avanço das fogueiras.

Apesar das suas vagas esperanças, ela não podia colocar a família em risco e por isso decidiu finalmente começar a cruel tarefa. Mas primeiro se deitou ao lado de uma das estantes e descansou a cabeça contra o tépido assoalho de madeira. Olhando para o teto coberto de teias de aranha, deixou que sua mente divagasse entre as rachaduras e manchas de umidade acima, cada uma com sua história, como cada livro tinha a sua. Na infinita fogueira que ela previu, nem um único volume sobreviveria, porque mesmo os mais alemães, os mais nacionalistas, os mais puros deles podiam conter inúmeras ambiguidades. Ela sabia bem que não importava como o autor criasse seus personagens, não importava quais palavras escolhesse, era sempre o leitor quem detinha o poder da interpretação. *No final, o cheiro dos livros, até mesmo do outono, depende do nosso olfato*, pensou, tentando encontrar as possíveis soluções, nenhuma das quais se mostrando viável.

Ela suspirou e colocou as mãos no abdômen, que logo começaria a ficar arredondado. O tilintar da campainha da porta despertou-a da letargia. Inclinando a cabeça para trás, reconheceu a silhueta. Só Julius entrava na livraria àquela hora do dia.

O homem se ajoelhou atrás dela. Suas mãos grandes e quentes cobriram suas orelhas quando ele a beijou primeiro na testa, depois na ponta do nariz e finalmente nos lábios quentes. Ela sempre ficava muito feliz com a visão de Julius cruzando o limiar da loja, vestindo seu sobretudo cor de chumbo, a velha pasta de couro na mão.

"Como estão meus tesouros?", soou a voz grave e profunda de Julius Sternberg. "Com o que você estava sonhando?"

Amanda queria dizer a ele que fantasiava sobre sua loja fervilhando de clientes ansiosos para comprar os livros mais recentes, sobre uma cidade sem soldados, com apenas o ruído distante de automóveis e bondes, mas ele falou novamente antes que ela pudesse dizer alguma coisa.

"Estamos correndo contra o tempo", disse ele. "Você tem que se livrar dos livros."

O tom do marido a fez estremecer e ela respondeu com um olhar suplicante.

⁂

"Vamos subir agora, querida. O bebê e eu estamos com fome", foi tudo que ele disse.

A sala de estar era uma espécie de jardim, cercado por uma muralha de livros. Cortinas de brocado com padrões florais, tapeçarias mostrando cenas bucólicas, tapetes tão grossos quanto grama recém-cortada e cada espaço vazio ocupado por livros.

Durante o jantar, Amanda travou uma conversa pontuada de comentários banais para que Julius não voltasse ao tópico mais urgente. Ela disse ao marido que tinha vendido uma enciclopédia, que alguém havia encomendado uma coleção de clássicos gregos, que *Fräulein* Hilde Krahmer, sua cliente favorita, não visitava a livraria fazia uma semana, embora antes viesse todas as tardes, depois de ministrar suas aulas, e passava horas revisando as prateleiras, sem comprar nada.

"Logo ao chegar pela manhã, limpe a vitrine da loja", Julius exigiu, com voz severa.

Quando ele viu Amanda recuar, ressentida, aproximou-se e puxou-a para ele por um instante. Julius inclinou a cabeça contra o peito dela e respirou o perfume do cabelo recém-lavado da esposa.

"Você não se cansa de ouvir corações?", perguntou Amanda com um sorriso.

Gesticulando para que ela ficasse calada, Julius se ajoelhou para colocar o ouvido na barriga dela e respondeu:

"Posso ouvir o dela também. Vamos ter uma filha, tenho certeza disso, com um coração tão bonito quanto o da mãe."

Desde seus tempos de escola em Leipzig, Julius era fascinado pelo coração – seus ritmos irregulares, seus impulsos elétricos, suas batidas alternadas e silêncios. "Não há nada mais forte", ele dizia a ela quando eram recém-casados e ele ainda estava na universidade. Mas sempre acrescentava uma advertência: "O coração pode resistir a todos os tipos de trauma físico, mas a tristeza pode destruí-lo num segundo. Portanto, nada de tristeza nesta casa!"

Eles esperaram até ele abrir sua clínica antes de terem o primeiro filho. Naquele dia, Amanda iria com ele ao consultório para testar o eletrocardiograma adquirido recentemente durante uma viagem a Paris. O aparelho era uma grande novidade em Charlottenburg e, aos olhos de Amanda, parecia uma versão mais complicada da máquina de costura Singer que ela tinha no sótão.

Naquela noite na cama, motivado pelo pensamento de sua filha crescendo dentro de Amanda, Julius descreveu com entusiasmo as etapas do batimento cardíaco. "Um coração na diástole", ele explicou enquanto ela estava em seus braços, "está descansando." Ele continuou e, confusa com sua terminologia, Amanda logo adormeceu no peito do homem que protegia a ela e ao seu bebê do horror que fermentava entre os vizinhos, a cidade, todo o país e, aparentemente, todo o continente. Ela sabia que ele estava cuidando bem do seu coração e isso era suficiente para fazê-la se sentir segura.

~·~

Amanda acordou sobressaltada no meio da noite e saiu do quarto na ponta dos pés, sem acender a luz para não acordar o marido. Um sentimento estranho levou-a até uma das prateleiras no quarto dos fundos, onde guardavam os livros que não estavam à venda.

A prateleira estava repleta de obras do poeta russo Maiakovski, o favorito de seu irmão Abraham, que havia deixado a Alemanha vários anos antes e se estabelecido numa ilha do Caribe. Ali também estavam, com suas lombadas desgastadas, os livros de histórias que seu pai lia para ela na hora de dormir. Ela fez uma pausa para considerar qual escolheria se pudesse salvar apenas um. Não precisou de muito tempo: protegeria o livro de botânica francês, com suas ilustrações pintadas à mão, de plantas e flores exóticas, que seu pai tinha trazido de uma viagem de trabalho às colônias. Ela pegou nas mãos o livro cujo cheiro inigualável lembrava o pai e notou que as páginas estavam amarelando e a tinta de alguns desenhos estava desbotando. Ela ainda conseguia se lembrar dos nomes exatos das plantas em latim e francês, porque, antes de ela adormecer, o pai costumava repeti-los, como se fossem almas abandonadas em terras distantes.

Abrindo uma página aleatoriamente, ela fez uma pausa para fitar um *Chrysanthemum carinatum*. Fechou os olhos e ouviu a voz ressonante do pai descrevendo aquela *planta originária da África, tricolor, com lígulas amarelas na base e flores em capítulos tão longos que emocionavam*. Levou o livro para o quarto e o colocou embaixo do travesseiro. Só quando fez isso conseguiu dormir em paz.

Na manhã seguinte, Julius a acordou com um beijo na bochecha. O aroma de cedro e almíscar do seu creme de barbear trouxe de volta lembranças da sua lua de mel no Mediterrâneo. Amanda o abraçou para que ele continuasse com ela, enterrando a cabeça contra o pescoço longo e musculoso, e sussurrando:

"Você estava certo. Vai ser uma menina. Eu sonhei. Vamos chamá-la de Viera."

"Seja bem-vinda, Viera Sternberg", Julius respondeu, envolvendo Amanda em seus braços poderosos.

Alguns minutos depois, ela correu até a janela para se despedir com um aceno e viu que ele já estava na esquina, rodeado por um grupo de jovens usando braçadeiras com a suástica.

Mas Amanda não se preocupou. Ela sabia que nada intimidava Julius. Nenhum golpe ou grito, muito menos um insulto. Ele olhou para trás, antes de virar a esquina, e sorriu para ela. Isso foi suficiente. Amanda estava pronta para esvaziar as prateleiras da livraria, agora que já tinha escolhido o livro que salvaria da fogueira.

Quando desceu as escadas para abrir a porta do Jardim das Letras, *Frau* Strasser já estava parada ali, rígida como uma muralha. Amanda não sabia se essa impressão resultava do traje pesado que a vizinha estava vestindo – uma espécie de uniforme militar com cinto de couro que era a nova moda numa cidade onde feminilidade e elegância eram vistas com reprovação – ou se era por causa do seu ar despótico e ameaçador. *Frau* Strasser agora fazia parte de um exército de mulheres que se julgavam soldados, embora nunca tivessem sido chamadas às armas.

"Não vou permitir que esses livros indecorosos sejam vendidos bem embaixo do meu nariz!", ela trovejou. "Você teve sorte com toda aquela chuva, mas seu período de graça acabou."

Era verdade. Em maio, a loja de Amanda tinha sobrevivido à queima de mais de 20 mil livros na Opernplatz, arrastados como cadáveres em carrinhos de mão por estudantes universitários encantados, que pensavam que alimentar a maior fogueira já vista em Berlim iluminaria seu futuro.

Naquela tarde sombria de 10 de maio de 1933, todos ouviram no rádio o discurso que selaria o futuro do que até aquele momento fora seu país: "*A era do intelectualismo judaico extremo chegou ao fim e a revolução alemã abriu caminho novamente para a verdadeira essência do que é ser alemão*".

Como pode um país sobreviver sem poetas e pensadores?, perguntava-se Amanda, enquanto estava sentada, perdida em pensamentos, ao lado de Julius. O rádio começou a transmitir o hino da Juventude Hitlerista, gabando-se da nova era.

Embora os dias chuvosos do final da primavera os impedissem de continuar com suas queimas de livros pela cidade, agora eles esperavam o início do verão para reiniciar os ataques com todas as suas forças, e a coleção de Amanda não seria poupada.

Frau Strasser ainda estava de pé na porta da loja, mas Amanda não se sentia intimidada. Ela acariciou a barriga, determinada a não deixar que aquela vizinha corpulenta, com suas fantasias militares, arruinasse sua felicidade. *Vou ser mãe*, disse a si mesma, baixinho, mas *Frau* Strasser permaneceu ali, de braços cruzados, desafiadora. Observando-a mais de perto, Amanda achou que a única coisa humana nela eram os olhos. Além do seu exterior severo, era evidente, pelo seu traje, que ela não era um dos escolhidos: representava apenas o poder das massas, não o da elite. Uma elite para a qual a mulher sem dúvida rendia homenagens, com adoração irrestrita e submissão.

Depois de sustentar o olhar de Amanda por alguns instantes, *Frau* Strasser se afastou sem dizer mais nada. Amanda sabia que, na próxima vez que aparecesse, ela estaria escoltada por membros da Juventude Hitlerista. A vizinha estava tramando alguma coisa.

Amanda se acomodou perto da estante da entrada, pronta para começar seu veredito, sentindo-se como uma mãe lançando seus filhos ao esquecimento. Os bárbaros estavam destruindo séculos de civilização, atacando a razão em nome de um suposto ideal de ordem, pelo que alegavam ser a perfeição. Ela foi incapaz de conter as lágrimas quando lembrou-se do pai organizando os livros por assunto, passando as mãos pelas lombadas, soprando a poeira das capas. Avivou na memória os aromas de tinta e cola, de amêndoa e baunilha, do couro seco e rachado dos livros antigos. Até podia ouvir o pai descrevendo como o papel se desintegrava, falando sobre as substâncias voláteis que emitia, sobre a celulose e a lignina, a hidrólise do ácido.

Amanda tentou ao máximo evitar os nomes que tinha que enfrentar. *Por que alguns sim e outros não?* Ela começou com Zweig, foi para Freud, London, Hemingway, Lewis, Keller, Remarque, Hugo, Dostoievski, Brecht, Dreiser, Werfel, Brod, Joyce e Heine, o poeta favorito de seu pai. Não conseguiu conter as lágrimas, como se elas pudessem salvá-la do infortúnio de ser seu próprio censor patético. Começou a jogar os livros no chão, preparando-os para o pior.

A campainha da porta tocou e um estudante universitário de rosto sardento e bochechas rosadas entrou. Seu rosto era tão alegre que até seu uniforme marrom parecia amigável. Mas ela não se deixou enganar. Cumprimentou-o como se ele fosse um cliente assíduo, alguém que passava horas ali, entre livros, ilustrações e textos.

"Onde está o proprietário?", o rapaz perguntou, enfatizando cada sílaba como se quisesse mostrar seu poder e se sobrepor à impressão deixada pela sua pequena estatura.

Amanda, com sangue-frio, sorriu e explicou que não havia mais ninguém na livraria além dela e que, se ele quisesse ver um homem, teria que esperar pelo marido, que chegava mais tarde.

"Você tem até hoje para limpar todo esse lixo das prateleiras!", o jovem advertiu e depois saiu da loja, batendo a porta para intimidá-la e murmurando entredentes: "Vermes asquerosos...".

Qual era o sentido de ela selecionar livros se eles já tinham decidido o que fazer? Chegara o momento de deixar que o Jardim das Letras murchasse e morresse. Não havia nada que pudesse fazer. Sua livraria teria de ser abandonada à mercê dos carrascos.

O sol estava alto no céu quando ela deixou as estantes para trás, trancou a loja e caminhou pelas ruas de um bairro que já tinha dificuldade para reconhecer. *É solstício de verão, o dia mais longo do ano*, pensou. *O verão vai começar.*

⁂

Enquanto caminhava, notou que os vizinhos evitavam uns aos outros. Todo mundo parecia só sussurrar e escutar as conversas clandestinamente. O caos da dúvida estava na capital alemã: era mais seguro escutar, pois falar era arriscado. De casa em casa, janela em janela, as notícias no rádio, aquelas arengas em louvor da pureza racial tinham se tornado a trilha sonora diária da cidade: "A Alemanha para os alemães".

E por acaso eu não sou alemã também?, ela queria perguntar.

Por fim, ela se viu na Fasanenstrasse. Percebendo que estava perto da sinagoga, atravessou a rua. Na esquina seguinte, ficou surpresa ao ver dálias do lado de fora de uma floricultura. Alegrou-se com aquele choque de cores em meio à cidade cinzenta e sem graça, que parecia desprovida de vida.

Entrou e pediu as flores com os botões mais abertos, decidida a levá-las ao consultório do marido e surpreendê-lo. A florista, uma mulher corcunda e com as mãos em garra, começou a preparar o buquê.

"Só quero aquelas em tons de rosa", interrompeu Amanda.

"Elas são todas iguais. São dálias vermelhas", a florista resmungou. "Qual é o problema? Não enxerga? Se não gosta do jeito que estou fazendo isso, pode fazer você mesma!"

Depois de selecionar algumas dálias em tons de rosa, Amanda rapidamente pagou à florista e saiu da loja. Já estava acostumada a ouvir ofensas. Com o buquê nos braços, saiu da Sybelstrasse e desceu a movimentada Kurfürstendamm; depois se dirigiu à Pariser Strasse, que a levaria ao consultório de Julius. A cada minuto, as cores das dálias se tornavam mais intensas. Os vulneráveis tons de rosa se defendiam da atmosfera perniciosa.

Embora ela estivesse tentada a se perder na beleza frágil das dálias ou no rosto das crianças que encontrava no caminho, Amanda foi levada de volta à realidade pela constatação de que ela e o marido eram os únicos que ainda não tinham fugido. Seus primos estavam na Polônia. Seus pais tinham morrido, assim como os dele. O que restava para eles naquela cidade?

Ela e Julius tinham amigos na França, podiam conseguir um salvo-conduto e deixar tudo para trás, começando vida nova em Paris ou em alguma cidade pequena. O marido tinha até pacientes a quem só bastaria pedir que o recomendassem ao Escritório para a Palestina, na Meinekestrasse. Mas Julius achava que não podia abandonar seus pacientes cardíacos. Agora eles chegavam ao consultório com uma suástica na lapela ou numa braçadeira. O médico fazia vistas grossas para aqueles símbolos que tanto atormentavam Amanda.

"Nada mudou", ele dizia a ela. "Ainda são meus pacientes. Eu vejo apenas o coração, não leio a mente deles."

Quando Amanda entrou no consultório, *Fräulein* Zimmer levantou os olhos, por trás da gigantesca escrivaninha de mogno, onde estavam espalhadas as fichas de vários pacientes. Sua expressão estava longe de ser acolhedora, pois ela sabia que, sempre que Amanda interrompia o médico com uma de suas visitas de surpresa, ele cancelava seus compromissos ou adiava os que não eram urgentes.

Amanda se sentou na sombria sala de espera, o mais perto possível da porta do consultório, esperando que ela fosse se abrir a qualquer momento. Primeiro ouviu vozes e risos; então viu sair dali um homem alto de cabelos grisalhos, vestindo um terno marrom-escuro com uma suástica brilhando na lapela. Quando entrou na sala, ele notou Amanda, que se levantou. Ele olhou para ela, como se estivesse curioso para saber por que uma bela jovem alemã precisaria de uma consulta com o cardiologista.

Sempre que se sentia examinada daquele jeito, Amanda baixava os olhos, num gesto que alguns poderiam interpretar como submissão. Logo atrás do homem imponente havia um jovem que era o retrato vivo do mais velho, com as mesmas características comuns: olhos separados, nariz arrebitado, sobrancelhas grossas e lábios finos. O terno do rapaz estava tão solto no corpo que era impossível dizer se havia músculos ou apenas ossos sob as enormes ombreiras. Seus olhos pareciam prestes a saltar das órbitas e seus lábios estavam arroxeados.

Quando Julius viu Amanda, passou por eles, deu-lhe um beijo no rosto e pôs o braço ao redor dela.

"Sua esposa?", perguntou o velho atarracado, com ar de surpresa. "Ela não parece...", sua voz sumiu.

O homem mais jovem fixou os olhos nela com uma expressão que parecia dizer: *Por que eu e não ela?* Ele pertencia a uma raça superior; ela estava tentando se esconder atrás de uma fachada ariana, mas obviamente era apenas um ser inferior e desprezível. Por que, justo quando a nação mais precisava dele, seu coração tinha que estar tão fraco que não era capaz nem de bombear sangue suficiente para ele respirar?

Pai e filho saíram apressadamente do consultório, despedindo-se de *Fräulein* Zimmer.

Assim que Amanda deixou o consultório de braço dado com Julius, ela se sentiu invencível. Os dois estavam juntos, não precisavam de mais nada. Julius olhou para ela e ela sorriu. *O que seria da minha vida sem você?*, ele pensou.

Eles caminharam em silêncio até a Olivaer Platz e buscaram refúgio num restaurante com mesinhas na calçada e vista para as árvores do parque. Esperando o sol se pôr, Julius pediu vinho e algo para comerem.

"Hoje é o dia mais longo do ano", disse Amanda.

A vida estava indo bem para eles. Logo seriam pais e a clientela de Julius estava aumentando. Embora o ano tivesse ficado sinistro com a ascensão do Partido Nazista, eles não pensavam em deixar para trás tudo que tinham construído. *Por que fugir e começar tudo de novo?*, Julius pensava. *Fugir para onde?*

Terminaram o café e foram para casa, justo quando o sol estava se pondo. Os passos de Amanda diminuíram quando eles se aproximaram, como se ela não quisesse chegar ao seu destino. *Vamos demorar mais, vamos ficar aqui, pare*, ela queria dizer. Julius ficou ali com ela em silêncio, pois percebeu o que estava incomodando a esposa. Grupos de jovens corriam em todas as direções, e tanto os soldados quanto a polícia haviam desaparecido de vista.

Virando a esquina, notaram uma agitação em frente ao Jardim das Letras. De longe, eles podiam ver *Frau* Strasser cercada por vizinhos e curiosos. Estudantes vinham correndo em direção a eles, empurrando carrinhos de mão transbordantes de livros. Eles estavam cantando algum tipo de hino, mas Amanda não conseguia entender as palavras.

Ela viu sua cliente favorita, *Fraulein* Hilde Krahmer, correndo na direção dela.

"Hilde!", gritou quando estava a poucos metros de distância, a voz embargada. Julius apertou a mão da esposa com força, como se implorasse para que ela não se deixasse dominar pelo medo.

A jovem, com o cabelo castanho cortado curto e uma blusa branca abotoada até o pescoço, correu até eles.

"Eles arrombaram a porta e levaram todos os livros!", Hilde gritou.

Todos eles. A única esperança de Amanda era que seu volume mais precioso, aquele que a despertara dos sonhos para ir salvá-lo, ainda estivesse embaixo do seu travesseiro. Hilde ainda falava com nervosismo, obviamente inconformada:

"Pensei que, depois da grande fogueira de maio, os estudantes iriam se aquietar, mas em vez disso... O que vai ser de nós, Amanda?"

Quando Amanda viu o brilho alaranjado do fogo emergir detrás de Hilde, sabia que aquele era um sinal. Uma parte de sua vida iria perecer nas chamas, junto com aqueles livros.

Quando os três se aproximaram do Jardim das Letras, viram *Frau* Strasser do lado de fora, com o que parecia uma enxada na mão. Ela parecia satisfeita por ter cumprido sua missão.

Apenas alguns jovens assistiam ao incêndio. Eram os únicos espectadores, ninguém mais parecia interessado. Amanda queria gritar, mas em vez disso fechou os olhos enquanto respirava o ar esfumaçado, imaginando todo o couro, papel e cola sucumbindo ao calor do fogo. Lágrimas escorriam pelas bochechas de Hilde e os olhos de Julius tinham um brilho escuro de tristeza. O rosto de Amanda, no entanto, agora estava congelado num estranho sorriso.

"Eles estão apenas queimando papel. Os livros ainda estão aqui", disse ela, levando o dedo indicador à têmpora, toda a sua angústia capturada num gesto. "Se realmente querem que desapareçam, terão que queimar todos nós", declarou. "Acham que podem incinerar tudo o que aprendi com meu pai? Nunca vão poder fazer isso, Hilde. A voz do meu pai vai sempre estar comigo..."

Ela não conseguiu continuar.

"Ainda existem bons alemães", disse Hilde, tentando consolá-la.

"Eu sou alemã também. Este é o meu país, não importa o que digam."

"Um poeta previu isso um século atrás: 'Onde se queimam livros acabam-se queimando pessoas'. Hitler hipnotizou a todos, especialmente os jovens, que agem por impulso."

Em seus sonhos, Amanda já tinha visto a fogueira. As chamas chegavam até as nuvens; a pilha de livros era maior do que qualquer edifício da Opernplatz. No mundo real, não passavam de vinte e tantos estudantes encorajados por suas suásticas e pelo hino da Juventude Hitlerista, vingando-se de um punhado de livros. Haveria outros, ela sabia. Esse era apenas o começo.

Não havia mais nada que pudessem fazer. Quando ela disse boa-noite e abraçou Hilde, Amanda sentiu que uma amizade longa e próxima uniria as duas. Juntas, elas recitariam frases de seus autores favoritos em segredo e assim os manteriam vivos. Ela pegou a mão de

Julius enquanto voltavam para o seu apartamento. Tinham sobrevivido à fogueira, ao menos daquela vez, e Amanda tinha a satisfação de ter poupado pelo menos um livro das chamas. Ele permaneceria com ela até o dia da morte.

"Vamos contar os dias até o inverno...", ela murmurou enquanto subiam as escadas de volta ao seu apartamento. "Quando nossa filha vai nascer."

"Mas ainda estamos em junho, querida", Julius sublinhou com serenidade. "Temos um longo caminho pela frente."

3

Viera Sternberg nasceu numa manhã fria, em janeiro de 1934. Ela chegou no alvorecer de um novo ano, com os primeiros raios de sol lutando para perfurar as grossas nuvens de Berlim, carregadas de neve e chuva gelada.

O inverno era a estação preferida de Amanda. Durante os meses em que os dias eram curtos, a calma das noites chuvosas aliviava seu desassossego. Seu refúgio era cuidar de sua filhinha, que logo começou a seguir Amanda com os olhos quando ouvia a voz dela.

Amanda costumava abrir o livro de botânica que salvara da fogueira e ler para o bebê em francês ou latim. Viera caía no sono embalada por idiomas que, pouco a pouco, tornavam-se sons familiares para ela.

"Seu avô adorava rosas Bourbon. Era preciso cultivá-las em fevereiro e cobri-las de folhas secas. Ele preferia as que resistiam a baixas temperaturas, pois são mais fortes, como a Souvenir de la Malmaison e a Madame Pierre Oger, que também tem espinhos mais macios."

E, enquanto amamentava, Amanda citava o livro, às vezes improvisando comentários sobre as flores, do jeito que seu pai fazia quando lia para ela na infância.

Desde aquela noite de solstício de verão, Amanda tinha um olhar sempre triste. Ela lutava para sorrir enquanto amamentava uma filha que cresceria sem livros. Não podia deixar de olhar para ela com pena. *Por que trazer uma criança a um mundo tão hostil?*, repetia para si mesma, sem deixar de se sentir culpada por sua filha sofrer por causa de um erro dela e do ódio dos outros. Em suas horas de vigília, esperava ansiosamente pela noite, para que o tempo pudesse passar mais depressa, mas em seus sonhos via um futuro desolador, em que ela era apenas outro livro destinado à fogueira. Um dia ela também agonizaria em meio às chamas.

Agora, quando Julius chegava em casa, seu primeiro beijo era para Viera. Ele chegava cada vez mais tarde a cada noite, porque desde o nascimento da filha seus pacientes haviam quase duplicado.

"Minha pequena Viera nos trouxe sorte", ele dizia, comentando sobre os problemas cardíacos que proliferavam na capital alemã. *Essa euforia nacional-socialista adoeceu muitos corações*, pensava Amanda.

Quando Julius se afastava, Viera contraía os lábios, fechava os olhos escuros e começava a chorar, com todo o seu corpo enrubescendo. Ele a tomava nos braços, quase dormindo, e a embalava no compasso da sua pulsação, os movimentos ecoando as batidas daquele minúsculo coração, que havia chegado ao mundo com a força de um tornado.

"Minha pequena Viera...", Julius sussurrava para ela, embora a filha ainda não pudesse entender. "Sempre que você tiver medo e seu coração estiver acelerado, comece a contar suas batidas. Conte-as e pense em cada uma delas, porque você é a única pessoa que pode controlá-las. À medida que aumentar o silêncio entre uma batida e outra, o medo vai começar a diminuir. Nós precisamos desses silêncios para existir, para pensar."

Os gritos da criança se espaçavam e Amanda também se sentia em paz com o som da voz de Julius.

"No verão, vamos alugar uma casa em Wannsee, perto do lago", sugeriu ele antes de ir para a cama. Amanda abraçou-o com todas as forças que lhe restavam.

Deitado na escuridão do quarto, Julius fitava as linhas delicadas do rosto da esposa adormecida, que parecia murchar a cada dia que passava.

Nas tardes de sexta-feira, apesar do frio e da chuva, Amanda florescia. Hilde vinha visitá-la depois do meio-dia, quando suas aulas terminavam na zona leste da cidade. Se o tempo estivesse ruim, elas se acomodavam junto à janela e bebiam chás de ervas exóticas que Hilde trazia de suas viagens a Paris, enquanto observavam as pessoas correndo na chuva. Se o dia estivesse ensolarado, elas passeavam pelas avenidas, empurrando o carrinho de bebê de Viera. Uma densa cabeleira avermelhada já crescia na cabeça da menina e as primeiras sardas brotavam em suas bochechas. O bebê gostava daqueles passeios e o movimento do carrinho sobre os paralelepípedos embalava docemente seu sono. Elas paravam no café de Georg, perto da Olivaer Platz, e, sob a luz âmbar escura das lâmpadas que no passado eram acesas a gás, as duas amigas se aqueciam, esperançosas de que a primavera cedesse lugar rapidamente ao verão.

Se Viera ficasse inquieta, Amanda a tomava nos braços, balançava-a e sussurrava em seu ouvido:

"Um dia vamos para a Grécia, morar numa das ilhas, longe de tudo isso. *Papa* vai abrir um consultório com vista para o mar..."

"Viera é a cara do pai", comentou Hilde, fazendo Amanda se encher de orgulho.

Hilde não era muito maternal, mas ela adorava ser incluída nas fantasias da amiga. Sua família morava no sul da Alemanha, mas ela fora para Berlim estudar. Quando se formou como professora de escola primária, os pais compraram para ela um pequeno apartamento em Mitte e ela passou a dar aula de Mitologia Grega numa escola particular para meninas, mas ela detestava o lugar.

Hilde era fascinada pela literatura francesa e, embora tivesse apenas um conhecimento básico da língua, lia as traduções alemãs que costumava encontrar no Jardim das Letras.

De costas, parecia uma adolescente. Ia ao cabeleireiro toda semana para manter o cabelo cortado de forma a mostrar o pescoço e a linha angular do queixo. Suas sobrancelhas grossas e escuras e os olhos negros contrastavam com seus lábios, que eram sempre de um carmesim brilhante. Quando ela estava emocionada ou assustada, manchas vermelhas lhe apareceriam no colo e no pescoço, como se o sangue estivesse se infiltrando através dos seus poros.

Sempre que tinha alguns dias livres do trabalho, Hilde viajava a Paris de trem, para visitar as amigas na capital do lazer e da celebração.

"A vida é mais descontraída em Paris", ela dizia a Amanda.

Ela era a ovelha negra da família, explicara Hilde, porque tinha deixado muito claro que nunca iria se casar, muito menos trazer crianças ao mundo, visto que morava num país do qual se envergonhava. Como suas ideias eram execradas pela nova Alemanha e poderiam causar problemas, a família tentava mantê-la segura, ajudando-a financeiramente para que pudesse viajar e continuar a viver na capital onde eles, conservadores do sul, esperavam que houvesse mais tolerância com relação às ideias rebeldes da moça.

"Vou a Paris na próxima sexta visitar algumas amigas. Preciso de um pouco de ar fresco; esta cidade está me sufocando. Só consigo respirar melhor quando estou com você."

Amanda imaginou Hilde e as amigas com pantalonas folgadas e cortes de cabelo modernos, perfumadas com essências de ervas e madeira, enquanto passeavam pelas ruas estreitas que levam ao rio Sena, visitando livrarias em Le Marais ou procurando, nas barracas dos *bouquinistes*, uma edição esquecida de um clássico.

Toda sexta-feira, quando ela e Hilde voltavam para casa antes do pôr do sol, Hilde a ajudava a preparar o jantar para Julius. Depois colocavam Viera na cama e acendiam duas pequenas velas, na sala de jantar forrada de estantes de livros vazias.

<hr />

Um dia depois de sua viagem a Paris, Hilde apareceu com as mãos cheias de chocolates suíços e saquinhos de chás aromáticos.

"Você precisa convencer Julius a se mudar para Paris", ela disse a Amanda. "Se pudesse ver as ruas em Le Marais... Ali vocês seriam livres e quem sabe poderiam até abrir a livraria novamente. Embora às vezes eu me pergunte se eu deveria continuar visitando a cidade. Eles não querem alemães por lá. Todos dizem que a atitude bélica da Alemanha pode começar outra guerra como a de 1914. Deus nos ajude..."

Amanda ficava desconcertada com a insistência da amiga para que eles fizessem as malas e saíssem da cidade que sempre consideraram deles, mas ela sentia que era inevitável.

"Muitas famílias como a sua se mudaram daqui para Le Marais. Vocês falam francês, então do que mais precisam?

Sim, todos estavam fugindo e, de acordo com os jornais, as histórias daqueles que estavam partindo eram cada vez mais sórdidas. Amanda tinha decidido se isolar do rádio e da imprensa.

Eles repetiam o tempo todo que os emigrantes haviam roubado fortunas da família e abandonado seus anciãos em apartamentos degradados, sem eletricidade ou água quente. Que deixavam os filhos com uma estrela de Davi ao redor do pescoço, nas portas das igrejas cristãs.

"Neste verão, vamos para o lago", respondeu Amanda, impassível, para pôr um ponto final em qualquer possibilidade de exílio. O marido ainda não estava pronto para isso. Mas ela estava.

4

Durante a sua estadia na casa do lago em Wannsee, Amanda contou ao marido que estava grávida de novo. Nenhum deles saudou a notícia com grande entusiasmo. Eles achavam difícil criar outra criança naquele ambiente de medo e escuridão.

Certa manhã, uma sombra apareceu na trilha para a casa. Julius foi até a porta da frente e Amanda o viu de relance, conversando, cabisbaixo, com o dono do imóvel, enquanto ela ficava de olho em Viera, que agora engatinhava e se escondia nos cantos. Quando Julius voltou, ele ficou em silêncio por alguns segundos e Amanda imediatamente entendeu. Ela pegou a filha e virou-se para ele.

"Estou preparada para tudo. Diga-me o que é", disse ela, tentando mostrar ao marido que era mais forte agora, que ele deveria confiar nela e fazer da esposa uma aliada.

"Temos que voltar para a cidade", disse Julius, deixando-se cair na poltrona de frente para o jardim. "Não podem mais nos alugar a casa. As novas leis raciais não permitem. Eles não vão aceitar o aluguel da próxima semana. Se ficarmos, a polícia vai questioná-lo."

"Bem, então, não há mais nada a fazer. Vamos, é hora de ir para casa."

Mais tarde naquele dia, os três se sentaram na parte de trás do carro enquanto o motorista voltava para Berlim em silêncio. Entrando na cidade, Amanda descobriu que toda esquina parecia igual, um prédio se confundia com outro. Uma monotonia sufocante. Os soldados se multiplicavam como moscas, todos eles idênticos: alinhados com uma perfeição doentia e enfiados em uniformes rígidos, pareciam soldados de brinquedo, todos com o mesmo perfil. O motorista do carro em que estavam era um deles. Tudo parecia idêntico até chegarem ao edifício amarelado, que outrora fora verde-musgo e tivera no andar térreo uma bela livraria da qual um dia ela se orgulhara.

A primavera tinha sido uma ilusão; o verão, um desperdício. No momento em que o inverno rigoroso chegou, pegando Amanda de surpresa e obrigando-a a ficar dentro de casa durante o último período de gravidez, Viera se tornava cada vez mais ativa e corria pelo apartamento inteiro. Nos primeiros meses, as náuseas atormentavam Amanda pela manhã e, no último trimestre, ela já podia sentir o bebê chutando o tempo todo, sobretudo na hora de dormir. Seria uma menina, ela tinha certeza, e o nome seria Lina. Às vezes, os chutes do bebê assustavam Amanda, e seus gemidos despertavam Julius e o alarmavam. Ela sabia que deveria comer, mas o preço dos alimentos básicos tinha atingido níveis exorbitantes e ela queria ter certeza de que Viera, que tinha um apetite voraz, continuaria saudável.

Lina Sternberg nasceu no meio da noite, alguns dias antes da chegada da primavera, em 1935. Amanda estava feliz, porque agora ela poderia sair com o bebê e Viera para aproveitar o sol, e porque os dias chuvosos e nublados estavam chegando ao fim numa Berlim que lhe parecia cada vez mais estranha. Às vezes ela virava uma esquina e não reconhecia o lugar onde estava, sentindo-se como uma nota dissonante que se afogava numa cidade uniforme.

Aquela criança que tinha se mostrado tão ativa na última parte da gravidez acabou se revelando um bebê tranquilo, que dormia o tempo todo. O mais difícil era amamentá-la, porque, logo depois do primeiro contato com o peito da mãe e com o leite materno quente, ela caía num sono profundo. Julius estava preocupado, porque ela não estava ganhando peso como deveria, e ele achava que a filha era pequena demais para um bebê da idade dela.

"Ela vai crescer; é uma criança saudável", dizia Amanda, para tranquilizá-lo. "Dê um tempo a ela. Somos todos diferentes. Você não pode esperar que seja como Viera."

Na época em que Lina tinha alguns meses de idade, o que mais chamava atenção no bebê era um par de penetrantes olhos azuis. Quando estava acordada, ela observava tudo ao seu redor com uma concentração perturbadora e nunca sorria.

Ela começou a andar antes do seu primeiro aniversário e seguia a irmã para todo lado. Elas eram inseparáveis: uma com o cabelo avermelhado e os olhos cor de mel, a outra com cachos dourados e brilhantes, e um intenso olhar azul. Elas ficavam tão felizes brincando juntas que Amanda tinha mais tempo para seus afazeres domésticos e podia aproveitar melhor suas reuniões de sexta à tarde com Hilde.

Lina era quem controlava o ritmo da casa e quem liderava as brincadeiras com a irmã. Quando chegava em casa do trabalho, Julius a pegava no colo e ela inclinava a cabeça contra o peito do pai e imitava as batidas do coração dele, movendo a cabeça como se a força dos batimentos cardíacos a fizessem saltar. Julius sorria e a chamava de "minha pequenina".

Ele só se preocupava ao ver que ela ainda era pequena e fraca. Naquele outono, sempre que o clima esfriava, ela ficava com febre e com tosse, e recusava-se a comer. Comer era um incômodo para ela; o mundo era muito mais fascinante do que um insosso e descolorido prato de comida, e explorá-lo era muito mais prazeroso do que se sentar à mesa por uma hora, levando à boca tediosas colheradas de comida.

Na época em que tinha 1 ano e meio, Lina já tinha aprendido a falar e era muito esperta para uma garota da idade dela. Às vezes até parecia mais madura que a irmã; se ouvisse as duas conversando, sem que pudesse vê-las, você poderia pensar que ela era mais velha que Viera. Era apenas o tamanho que a delatava.

Antes da hora de dormir, Julius as pegava em seus braços e corria pela casa como um redemoinho, contando-lhes histórias sobre os egípcios, os gregos e os romanos, sobre escaravelhos sagrados, batalhas campais, mares abertos, tribos nômades, escravos. Às vezes, ele falava com elas sobre filósofos loucos ou especialistas que estudavam o coração, invenções que salvariam a humanidade nos cem anos seguintes, como se ele estivesse falando para uma classe de universitários. Para agradar ao pai, as meninas arregalavam os olhos de espanto e depois explodiam em gargalhadas, de um jeito que o fazia se sentir o homem mais feliz do mundo.

"É assim que você as põe para dormir?", perguntava Amanda, interrompendo-os, conivente com a brincadeira que ela rezava secretamente para que nunca terminasse.

5

Uma noite, no começo de novembro de 1938, Amanda acordou assustada. Ela foi até a janela e viu alguns vizinhos na rua, olhando para o céu. Um deles a notou e gritou com uma tristeza que tinha se tornado muito familiar:

"A sinagoga da Fasanenstrasse está pegando fogo!"

Amanda fechou a janela e, com a resignação dos condenados, voltou para a cama, numa tentativa inútil de voltar a dormir.

Na manhã seguinte, Julius encontrou as janelas da sua clínica quebradas, uma estrela trêmula pintada por dedos enfurecidos na parede da frente e, ao lado dela, uma palavra que se tornara odiosa e agora se via em toda a cidade: *judeus*. Quando entrou, Julius encontrou entulho por toda parte. Um pouco depois, a secretária chegou. Sem o menor indício de simpatia, disse a ele que teria de deixar o emprego.

Julius se sentou no sofá da sala de espera para ver quem seria o primeiro paciente heroico a desafiar as ordens daquela raça supostamente perfeita. Mas nem um único paciente apareceu naquele dia ou no seguinte; ninguém nem ligou para cancelar a consulta. Tirando do bolso duas correntes de ouro de onde pendiam minúsculas estrelas de seis pontas, leu com melancolia as inscrições com o nome das filhas.

"Que sentido tem as meninas usarem isso agora?", murmurou para si mesmo. "Que proteção daria a elas?"

Naquela sexta-feira, Amanda saiu para a sua caminhada habitual pelo bairro, com Hilde e as meninas. O cheiro de fogo e cinzas ainda pairava no ar; as calçadas estavam cheias de cacos de vidro. A distância, uma fina espiral de fumaça subia das ruínas da que tinha sido a mais bela sinagoga de Berlim. Elas chegaram ao café de Georg, que estava um pouco mais vazio do que nas sextas-feiras anteriores, e estavam pedindo seu chá quando um policial entrou. Ele examinou em silêncio o rosto de todos os clientes, um a um.

"Mais um soldado de brinquedo", comentou Amanda. "Poderiam trocá-los todos os dias e tenho certeza de que nem a família deles se daria conta. Todos pensam igual, têm a mesma voz, o mesmo rosto, o mesmo olhar. Até mesmo a alma deles se diluiu na mesma uniformidade aterrorizante. Nós somos os outros. Mas você sabe de uma coisa, Hilde? Estou ficando cansada de ser a forasteira..."

O policial deixou o café e, com a ajuda de um grupo de jovens, rabiscou uma estrela de seis pontas na frente do prédio. Eles, os outros, os diferentes, simplesmente permaneceram em seus lugares. Estavam acostumados com o insulto. O que poderiam fazer?

Naquela noite, Amanda esperou até que Julius estivesse dormindo para se levantar e se sentar sozinha na sala de estar, perto da janela. Ela precisava de um tempo só para ela, sem Hilde, as meninas, o marido.

Tinha que pôr em ordem os pensamentos, embora não tivesse uma ideia clara do motivo. *Já era tarde demais. O dano estava feito.* Ela às vezes pensava que tinha sido melhor que os pais já tivessem morrido e o irmão Abraham, ido para Cuba, partindo a tempo de escapar da barbárie que engolfava a família, afogando-os a cada minuto sem nenhuma esperança de uma mão salvadora. As duas filhas eram tudo o que ela e Julius tinham.

Ela sabia que era hora de partir, mas não havia quem os acolhesse. As larvas estavam por todos os cantos de uma Berlim apodrecida e estavam se reproduzindo com um ódio terrível para devorar tudo que não era como eles ou que impedia que eles se espalhassem por toda parte. Eles tinham infectado toda a cidade, todo o país, e agora estavam determinados a contaminar todo o continente, talvez até o mundo todo. Sua meta não tinha limites: o próprio universo deveria ser perfeitamente ariano.

Na sexta-feira seguinte, alguém bateu na porta da frente do apartamento com uma insistência perturbadora. Amanda desceu as escadas enquanto Hilde e as meninas tomavam chocolate quente e comiam compotas de frutas, comportando-se como se a vida ainda estivesse normal. Um paciente, com o rosto distorcido de angústia e medo, trazia uma mensagem de Julius.

"Ele foi levado", gritou o velho, que estava obviamente doente. "Estão fechando todas as portas para nós, *Frau* Sternberg."

"Para onde o levaram?", Amanda perguntou, sem demora.

"Para o escritório da Gestapo, na Oranienburger Strasse. Pelo menos é isso que disseram, mas quem sabe se é verdade? Eles têm poder para fazer o que quiserem."

Amanda pegou o casaco e a bolsa e deixou as meninas com Hilde, sem qualquer pergunta ou explicação, sem agradecer ou se despedir.

A cidade estava em tumulto. Todo mundo estava correndo sem rumo de norte a sul, de leste a oeste, esbarrando uns nos outros sem nenhum gesto de compaixão ou pedido de desculpas. Ela tentou chamar um táxi, mas todos passavam sem parar, então ela decidiu que a única possibilidade era tomar o S-Bahn para Mitte. O que importava agora os olhares de desaprovação?

Quando chegou ao escritório da Gestapo, viu várias mulheres perguntando sobre seus parentes, mas ninguém estava dando respostas. Não havia nada a ser feito até que tivessem uma lista atualizada dos presos. Alguém sugeriu que eles talvez estivessem no antigo centro comunitário para anciãos da Grosse Hamburger Strasse.

Ainda havia vestígios da grande sinagoga perto do escritório da Gestapo. O vento soprou um pedaço de pergaminho no rosto de Amanda. Nele estava escrito uma frase em hebraico que ela não fez questão de decifrar. Talvez o destino dela estivesse escrito ali, mas ela ainda não estava pronta para enfrentá-lo. Aos seus pés, havia restos de madeira calcinada; tudo ao seu redor era uma coluna permanente de fumaça, como se o fogo se recusasse a se extinguir.

Ela entrou no prédio antigo e um jovem soldado imediatamente a conduziu até o escritório. Talvez ele a tivesse escolhido porque, ao contrário das outras mulheres que estavam ali, gritando ou soluçando em desespero, Amanda permanecia surpreendentemente calma. Ela subiu as escadas, resoluta, atrás do soldado de brinquedo.

"Quem está procurando?"

"Meu marido."

"O seu marido é comunista?"

Amanda não disse nada. Ela percebeu que aquele soldado inexperiente a tinha confundido com um deles. Não tinha percebido que ela era mais uma dos outros, como os que clamavam pelos seus parentes na entrada, misturando-se com as ruínas de um local de culto que para ele nunca deveria ter existido.

"Judeu? O que está fazendo com um marido judeu?"

Por que dar mais explicações? Amanda ficou em silêncio e acelerou o passo. Ao lado dela, ele examinou suas feições – o tamanho das orelhas, o nariz, como se fosse um especialista em craniometria. Se tivesse com ele um instrumento para estudar os traços faciais que diferenciavam mortais de imortais, teria medido sua testa, a distância entre os olhos, a distância entre a base do nariz e o lábio superior.

O oficial, entrincheirado atrás de uma enorme mesa de mogno repleta de listas em caligrafia imaculada, organizadas por ordem alfabética e data de prisão, ouviu o nome que Amanda lhe deu em voz firme e percorreu a lista com o dedo, nome por nome.

O coração de Amanda batia com fúria. Ela não queria mostrar que estava com medo, pois o funcionário poderia desconfiar e ela perderia o controle, algo que não podia acontecer. Em vez disso, ela contou em silêncio. *Um, dois, três, quatro, cinco, seis...*

"Sternberg. Sternberg, Julius. Então você é a esposa do médico. *Frau* Sternberg, seu marido não está mais neste prédio. Ele se feriu com um pedaço de vidro em seu consultório. Fez em si mesmo um torniquete na perna. Não podemos manter ninguém ferido aqui."

O soldado de brinquedo ainda estava de pé atrás dela.

"Para que hospital ele foi transferido?"

"*Frau* Sternberg, seu marido não foi para nenhum hospital. A ferida vai se curar. Seu marido está em Sachsenhausen."

No começo ela não entendeu, mas repetiu o nome várias vezes mentalmente, até que se lembrou do que tinha ouvido sobre aquele lugar: *um acampamento para trabalhos forçados nos arredores de Berlim. Ninguém nunca voltou de Sachsenhausen.*

"Mas não é para onde enviam ciganos, comunistas, pessoas envolvidas na política? Meu marido é cardiologista. Um médico."

"*Frau* Sternberg, não há erro nenhum. Seu marido foi enviado para Sachsenhausen com todos os outros da sua espécie", disse o funcionário, enfatizando o "da sua espécie", para que não restassem dúvidas. "Eles precisam de médicos em Sachsenhausen também. Espere, tenha paciência e ele lhe escreverá."

Essas últimas palavras a perfuraram como uma flecha. Ao sair, desceu as escadas no passo de um cavalo ferido prestes a ser sacrificado. Perdeu toda a noção de tempo e de espaço, e foi só quando estava na rua novamente que os gritos das mulheres indefesas a despertaram do seu estupor.

Uma velha estendeu um pedaço de papel amassado para ela. Dois nomes estavam escritos nele. Filhos dela, a mulher disse, chorando. Mas Amanda não podia mais ouvir, ver ou entender coisa alguma. Atravessou, desorientada, a multidão de fantasmas e, enquanto se afastava, pôde ver o crepúsculo se tornando violeta no final de uma avenida sem destino.

Ao cruzar por baixo da linha do trem, notou um homem idoso e elegante vindo na direção dela, usando chapéu e gravata, e uma bengala. Ele caminhava com uma dignidade adquirida com o tempo, repetindo uma frase que Amanda só entendeu quando quase esbarrou nele:

"Levaram todos embora. Levaram todos embora."

Ela compreendeu que aquele era o eco da perda: a perda dela, a do velho, a das mulheres em Grosse Hamburger Strasse, que se afastavam chorando, temendo que seus entes queridos levados para longe nunca mais voltassem.

6

Na manhã seguinte, Amanda foi ao consultório abandonado, para comprovar se era verdade que Julius tinha se ferido num caco de vidro da porta da frente. Havia vestígios de sangue por toda parte, mas havia também sinais óbvios de luta. O marido tinha lutado por sua vida, para escapar, para não se deixar ser derrotado. Amanda sentou-se no sofá, como ela costumava fazer naquelas tardes ensolaradas que já se perdiam na memória. Continuou por um tempo olhando para a porta, com a sombria ilusão de um milagre, mas ela não acreditava em milagres.

Tentou se lembrar da última vez que o vira, as últimas palavras, o último abraço, o último beijo. Nada. Não conseguia nem se lembrar do tom de voz de Julius, ao se despedir dela todas as manhãs. Ela tinha apagado todos aqueles momentos felizes e agora estava cara a cara com o sangue seco e sem vida do único homem que amara.

Hilde decidiu morar com Amanda e as meninas até que Julius fosse libertado. Lina estudava o rosto delas com atenção, seu olhar solene parecia expressar a convicção de que o pai nunca voltaria. Amanda sorria para ela e se preparava para receber as notícias fatídicas que sua filha parecia capaz de prever. Ela sentia que, com Lina ao seu lado, o futuro nunca seria uma surpresa.

Três semanas depois, a carta de Julius chegou. Sem indicação do lugar de onde viera, apenas com o nome do destinatário. Amanda ficou na porta da livraria, com a carta na mão. No começo ficou confusa, porque ela parecia só ter instruções. Não reconheceu a caligrafia imprecisa e rabiscada com algumas palavras incompletas. Aquele papel amarelado, manchado e amassado, era a última coisa que tinha tocado o marido.

2 de dezembro de 1938

Amanda,

Você precisa ir à sede da polícia na Alexanderplatz. Na recepção, perguntar por Herr Christmann *e se identificar. De lá vá para o Escritório da Palestina, no número dez da Meinekestrasse, e pergunte pelo senhor Donovan. Registre-se como a esposa do médico e você não vai ter que dizer a ele nada além disso.*

As malas estão na única estante com portas na sala dos fundos.

Não consigo controlar a infecção na minha perna. Ela continua se espalhando e aqui, como você pode imaginar, não há remédios. Não consigo mais andar, mas tenho pelo menos uma boa notícia: não dói.

Como estão minhas filhinhas? Diga à minha pequena Viera para cuidar sempre da irmã. Lembrem-se, vocês três, de que o medo não leva a lugar nenhum. O medo só acaba tirando a pouca lucidez que nos resta. Conte cada batida do coração; vocês podem ter certeza que daqui contarei com vocês.

Como teria sido a minha vida se eu não a tivesse conhecido? Você surgiu quando eu mais precisava. Você é minha luz. Uma vez fomos para Leipzig e imaginamos que íamos no casar, começar uma família, abrir um consultório e você iria reabrir a livraria abandonada do seu velho pai. Nós teríamos dois, talvez três filhos.

Iríamos passar os verões em Wannsee e um dia visitaríamos a Acrópole juntos. Realizamos nossos maiores sonhos. Agora me ajude a construir o nosso final.

Deste lugar escuro e frio, posso ouvir seu coração. Sei de memória todos os seus movimentos. Quando você está dormindo ou acordada, feliz ou triste, como hoje.

Minha Amanda, quero que você nunca se esqueça de que fomos felizes um dia.

Seu Julius

Quando terminou de ler a carta, Amanda percebeu que era a despedida do marido. Deixou que um grito emergisse do fundo do seu ser e desabou na calçada, à vista de todos. Sim, ela queria que a vissem chorar, que constatassem o que tinham feito com a família dela. Queria que todos e cada um deles, da raça perfeita, reconhecessem o horror e sentissem a culpa que teriam que suportar. Até que um dia, sim, um dia, num futuro não muito distante, tivessem que pagar pelo que haviam feito.

Deixou as meninas com Hilde e vagou de olhos vazios e sem casaco por toda a cidade, como se levasse apenas alguns segundos de sua casa até a Alexanderplatz. Não sentia frio. Agarrara-se à sua bolsa rígida de couro marrom, onde estava guardada a carta de Julius. Fora isso, a bolsa estava quase vazia, apenas com algumas notas e moedas, e a última foto dos quatro juntos, quando Lina nascera. Uma família de olhos solenes, embora o fotógrafo insistisse em pedir um sorriso impossível. Uma foto escura, onde a única luz estava em seus rostos; o resto da imagem era um borrão desfocado. A lembrança de que tinha a foto consigo lhe dava uma sensação tênue de felicidade, uma fugaz emoção que já era estranha a ela, mas que podia reconhecer e lhe causava um sorriso.

Era um dia da semana; ela não sabia qual, mas isso não importava. Pegou o primeiro trem e foi empurrada pelos transeuntes, deixando-se levar como um corpo já sem vida. Atravessou aquelas ruas impecáveis, limpas, sem vidros quebrados nem escombros queimados, sem vestígios do horror. Quem eram os fantasmas? Eles ou ela? Não saberia dizer.

Amanda entrou na sede da polícia sem que ninguém parecesse notar ou se importar; era como se já estivesse morta. Seguiu as instruções de Julius e lhe deram um envelope que ela colocou sem abrir na bolsa rígida. Ela estava tremendo, mas não por medo. Tinha certeza disso, porque seu coração havia parado no momento em que recebera a mensagem de Julius. Onde ela havia deixado a carta? Ali estava, na mão dela.

Ela voltou a subir e descer de um trem, viajou de Mitte para Charlottenburg, sem se dar conta disso. Agora estava do lado de fora do prédio onde havia uma enorme placa: *Palestina & Oriente Lloyd*. Não havia longas filas de pessoas desesperadas, não havia mais ninguém. Todos tinham ido embora. As janelas estavam quebradas, os escritórios abandonados, um observador curioso espreitava a entrada.

Continuou andando, distraída. Não tinha ideia de para onde ir, porque a carta não dizia o que ela deveria fazer se o Escritório da Palestina tivesse fechado ou se o senhor Donovan tivesse sido preso ou morto. Procurando algum lugar que conhecesse, ela caminhou até a Olivaer Platz. As vidraças do café de Georg também tinham sido destruídas, a porta arrancada das dobradiças, as mesas e cadeiras, derrubadas. Pelo visto, os lugares que ela conhecia não existiam mais em Berlim.

Viu-se sob uma marquise iluminada e alguns minutos depois, no interior do edifício, engolindo a fumaça sufocante dos cigarros das almas perdidas nas sombras. Para ela e Julius, não havia nada mais misterioso ou inspirador do que se sentar naquela arena sagrada, invadida por fantasmas luminosos na tela enorme, onde até os cantos mais escuros ganhavam vida em preto e branco. Entre os créditos, ela viu o nome de uma amiga de infância que costumava chamar pelo primeiro nome, Helene. As duas eram alunas da Escola de Dança Grimm-Reiter, numa época em que ela sonhava em ser bailarina e Helene, atriz. As amigas iam nadar juntas e competiam até ficar sem fôlego.

Agora, conduzida na tela por Helene, ela se deixou levar através das inúmeras colunas dos templos gregos e depois se elevou até o céu, onde uma deusa do Olimpo abriu os braços para ela. Viu rostos transpirando, prontos para competir e gritando a toda voz, como se tivessem sido atirados a leões famintos na arena. Alguém precisava sempre vencer: era a hora da vitória, o momento do voo, quando o homem mais rápido do mundo dava a partida e vencia, para o desalento da raça perfeita. Se ele podia fazer isso, ela também podia. Se ele ultrapassava os limites humanos, nada iria detê-la.

As massas uivavam, sedentas de sangue, gritando pela queda do outro. Ela era o outro. A chama olímpica estava prestes a se extinguir quando alguém lançou um disco para as nuvens mais distantes, enquanto rostos se confundiam numa saudação ao vazio. Os homens que fumavam na plateia, soldados de um exército invisível, ficaram em pé quando viram o homem que controlava seus destinos aparecer na tela. Responderam em uníssono a um impulso, uma força exterior a eles, e levantaram o braço direito para o infinito.

Um dos soldados ao lado dela na plateia a repreendeu:

"Como uma mulher alemã perfeita pode ficar sentada, sem celebrar o triunfo da raça superior?", disse ele, tentando incentivá-la com um gesto triunfante.

Será que Helene se lembra do que sonhávamos?, pensou Amanda, ignorando o homem. Ela tornara-se uma estrela a serviço do poder nazista.

Quando Amanda fechou os olhos, o auditório escuro se desvaneceu. Agora ela estava sonhando com Julius ao seu lado, como naquelas noites em que costumavam se perder no Palast, sorrindo para homens de fraque e sapatos engraxados, enquanto dançavam pelas escadas de mármore, à luz de uma lua de prata e estrelas de cristal. Ela seguia no mesmo compasso, com o vestido de seda moldado às suas curvas, como se fosse uma extensão do seu corpo etéreo.

Um homem assobiando a fez estremecer no denso nevoeiro dos esquecidos e ela se aconchegou aos braços de Julius, perguntando: *Por que você me traz aqui?*, mas ele apenas sorriu.

Ela sempre se sobressaltava com aquele assobio, cada vez que o homem de rosto angustiado reaparecia nas sombras. Um coro de garotas entoava uma canção sobre um assassino: *No salão do rei da montanha...* Amanda fechou os olhos novamente e tentou esquecer aquela imagem na tela do Palast.

Por que me lembrar de Julius através de um filme que me causa calafrios?, ela se perguntou, perplexa. A história se repetia e ela sabia que precisava fugir. As filhas estavam à mercê de um assassino serial, que se escondia atrás dos uniformes impecáveis dos vencedores.

Ao deixar o cinema, abriu a bolsa para pegar a carta de Julius. Só leu a data, que repetia para si mesma em voz alta.

"Dois de dezembro de 1938." *Era um sábado?*

7

Enquanto Amanda procurava uma maneira de fugir da cidade, Viera e Lina se divertiam brincando com o antigo estetoscópio do pai, ouvindo através de paredes e janelas. Para Lina, todo objeto inanimado era vivo e ela estava ali para demonstrar isso. Antes de levar um pedaço de fruta à boca, ela o examinava para ver se estava respirando ou não. Toda noite, antes de sua mãe ler para ela em francês uma página do livro de botânica, ela ouvia os batimentos cardíacos do livro e não deixava que Amanda o abrisse na página em que tinham parado na noite anterior antes que tivesse detectado uma batida do seu coração. Viera sentia o cheiro das páginas desbotadas e suspirava.

De tanto ler em francês, Lina conseguia recitar parágrafos inteiros do livro fluentemente. Quando saíam com Hilde a caminho de um café ou de um parque, falavam na língua que a própria Amanda aprendera com o pai quando criança.

De vez em quando, Amanda passeava, com Lina atrás dela, entre as prateleiras de livros vazias da antiga livraria, lembrando onde os romances de cavalaria e de amor costumavam ficar, as primeiras edições, as traduções francesas, os livros de botânica, os atlas e as enciclopédias e dicionários populares.

Mesmo de olhos fechados, ela se lembrava exatamente onde ficavam *Madame Bovary, Crime e Castigo* ou *Os Miseráveis*. Nos sonhos, às vezes imaginava que um dos seus tesouros literários, aqueles que um dia haviam sido os favoritos dela ou do pai, voltavam num passe de mágica e a surpreendiam.

Hilde entretinha as meninas retirando do guarda-roupa os vestidos de seda que não usava mais, os xales bordados com fios de ouro ou os leques feitos com rendas de Bruges. Ela passava batom nos lábios das irmãs, nas bochechas e na ponta do nariz, e usava o lápis de sobrancelha para lhes fazer covinhas. Elas gargalhavam como se fossem felizes, como se Julius nunca tivesse ido embora e ainda as colocasse para dormir nas noites quentes.

"*Mama* está triste", disse Lina um dia e o momento feliz se desfez num instante. "Eu sei que *Papa* nunca vai voltar."

Reclinando-se na poltrona, Hilde inventava histórias para protegê-las da melhor maneira que sabia.

"Um dia, quando vocês menos esperarem, essa porta se abrirá e o médico entrará. *Herr* Sternberg vai voltar e vocês sabem por quê? Porque, se ele é capaz de salvar uma pessoa doente do coração, o órgão mais importante do corpo, deve saber como se recuperar de qualquer ferida, por mais grave que seja. Ele vai melhorar e voltar para vocês... Vamos ver agora, o que vocês gostariam de fazer amanhã à tarde?"

As garotas não responderam. Preferiam não sair, pois se sentiam mais protegidas no apartamento acima do que tinha sido a livraria, longe da rua e dos vizinhos que não gostavam delas.

Uma tarde, quando estavam cantando uma velha canção de ninar que Lina insistia em ouvir, mesmo que não fosse hora de dormir, foram surpreendidas por uma batida na porta da rua. Hilde desceu, determinada a descobrir quem estava tentando invadir sua preciosa casa; Amanda a seguiu. A primeira coisa que viu foi a suástica na lapela do homem; então Amanda reconheceu o rosto do paciente que havia trocado algumas palavras com ela no escritório do marido. Ela tinha uma memória ainda mais vívida do filho magricela do homem, o menino com os lábios arroxeados. Ela pediu a Hilde para voltar ao andar de cima e ficar com as meninas, e, recusando-se a cumprimentar seu inimigo, esperou que ele proferisse outro insulto, como o que ela tinha escutado quando se conheceram.

"*Frau* Sternberg, trouxe uma mensagem do seu marido. Posso entrar?", ele disse, olhando ao redor como se quisesse ter certeza de que ninguém o veria entrar naquele edifício marcado com o sinal da vergonha.

Amanda se afastou para ele passar. O homem robusto ainda estava olhando em volta com nervosismo. Não sabia como começar ou como se explicar. Sem dizer nada, retirou um envelope volumoso do bolso da capa de chuva e estendeu para ela.

Amanda não conseguia entender o que aquele homem estava fazendo ali, se tinha ido pagar uma dívida que, com as novas leis raciais, não seria válida de qualquer maneira, ou se os documentos estariam anunciando que ela seria presa também.

Ela o confrontou com seu olhar mais desafiador.

"O que quer de nós?", ela indagou, ignorando o envelope.

"Vim ajudar", o homem disse, hesitante.

"Não precisamos da sua ajuda. O senhor sabe muito bem que meu marido vai estar de volta a qualquer momento."

"*Frau* Sternberg, receio dizer que seu marido não vai voltar."

Eles ficaram em silêncio por alguns instantes, até que a compostura que Amanda mantivera desde a chegada do homem começou a se dissolver. Lágrimas brotaram em seus olhos e ela fez um grande esforço para que não deslizassem pelo rosto.

O homem ainda tinha a mão estendida, como se insistisse para que aquela mulher teimosa confiasse nele, apesar da grande distância entre eles em termos de raça e, mais importante ainda, de ideologia. Ele era um militante do partido no poder; ela era uma mulher judia, com a aparência de uma alemã.

"É o mínimo que posso fazer pelo seu marido. Por favor, pegue este envelope."

"Não preciso do seu dinheiro", Amanda retrucou.

"Meu filho está vivo graças ao seu marido", insistiu o homem.

"E como está seu filho?", ela perguntou, a voz ficando cada vez mais fraca. Ela não conseguiria mais encará-lo sem explodir em lágrimas.

"Não poderá servir ao Führer, mas pelo menos está vivo!", o homem respondeu com um sorriso que imediatamente sufocou, sem saber se havia dito a coisa errada.

Amanda pegou o envelope. Estava prestes a verificar o que havia dentro quando o homem a interrompeu.

"Vocês já têm seus passaportes. Sei que não conseguiu vistos para a Palestina, mas consegui autorizações para desembarcarem em Cuba. São passagens de primeira classe num transatlântico alemão. As passagens estão no envelope. Eu me certifiquei de que tudo esteja em ordem. Com a ajuda do seu marido, consegui localizar o seu irmão em Havana e ele mandou dizer que está disposto a recebê-las."

"Não vamos embora sem meu marido", protestou Amanda, percebendo naquele momento que Julius estava planejando a fuga da família havia semanas, talvez meses.

"*Herr* Sternberg faleceu há seis dias", o homem a interrompeu, baixando o olhar e cruzando as mãos, agora vazias na frente dele.

Sem levantar a cabeça, ele tentou ver a reação de Amanda.

Ainda em silêncio, ela sorriu fracamente. Estava preparada para aquela notícia, não era uma surpresa. Desde o dia em que Julius tinha sido preso, ela sabia que ele não voltaria. Lina também havia previsto isso. A única carta que tinha recebido era uma despedida e ela não precisava de mais nada. Muito menos da compaixão daquele homem, que era tão culpado quanto aqueles que tinham deixado o pai de suas filhas morrer. Tudo o que ela queria era que ele fosse embora, que a deixasse sozinha com aquela tristeza nova e dilacerante, com a qual ela teria que aprender a conviver.

"*Herr* Sternberg era um grande homem. Ele me pediu que eu fosse vê-lo e consegui visitá-lo antes do final. A infecção já o consumia, mas ele teve forças para me implorar que ajudasse a esposa e as filhas."

Ao ouvir aquele estranho falar sobre o marido no passado, os lábios de Amanda começaram a tremer. Ela os mordeu o mais forte que pôde, nunca compartilharia seu sofrimento com ele. Os olhos dela também se recusavam a expressar qualquer agradecimento. Ela apenas contava os segundos para ficar sozinha com as filhas e a amiga, e para ler a última carta de Julius novamente, quantas vezes pudesse.

"Só consegui obter duas autorizações para o desembarque. *Herr* Sternberg insistiu para que você enviasse as meninas. O *St. Louis* vai zarpar do porto de Hamburgo ao anoitecer do dia 13 de maio. Você encontrará todas as instruções no envelope." Ele fez uma pausa e depois continuou devagar. "É a única maneira de salvá-las..."

Ele deixou a última frase incompleta, dividida entre o que ele via como seu dever como cidadão e a dívida que tinha com o homem que havia salvado a vida do seu filho. Agora ele era aquele que tinha que proteger os seres de uma raça inferior que seu país pretendia varrer da face da Terra. A escória, os vermes, aqueles que estavam desfalcando os cofres da Alemanha, roubando seus empregos, humilhando a raça mais pura que Deus podia ter criado.

Houve outro longo silêncio. Quando ele viu que Amanda não estava reagindo, deu um passo em direção a ela. Ela se afastou, todo o seu corpo se agitando.

"*Frau* Sternberg, siga as instruções do seu marido. De Hamburgo, você deve ir para Paris, no primeiro trem da manhã, e de lá para Limoges. Irá para uma pequena aldeia em Haute-Vienne, onde *Frau* Claire Duval estará esperando por você. Ela já foi paga por um ano, até que possa reencontrar suas filhas. É também uma maneira de ajudar *Frau* Duval. Como deve saber, ela é viúva e mora sozinha com a filha."

Fazia um ano que Amanda tivera contato com Claire. O marido dela, que era muito mais velho, tinha sido um grande amante da botânica e compartilhara essa paixão com o pai de Amanda desde que haviam se conhecido nas colônias. Ele havia morrido vários anos antes.

O que Amanda não conseguia entender era por que Julius mantivera em segredo todos aqueles planos de fuga, aquela possibilidade de salvação da qual, aparentemente, ele nunca imaginara fazer parte.

"É a melhor coisa que você pode fazer por suas filhas", concluiu o homem com voz sombria. "A única coisa." Lançando-lhe um último olhar, ele se virou para a porta e desapareceu.

Durante vários segundos, Amanda não se mexeu. Passava rapidamente, em sua mente, o panorama que se descortinava diante dela. Seria condenada a viver numa pequena aldeia do sudoeste da França, enquanto as filhas fariam o mesmo numa ilha insignificante do outro lado do Atlântico. Desorientada, ela foi direto para o cômodo dos fundos e procurou, pela primeira vez, as malas as quais o marido havia se referido em sua carta de despedida. Tudo o que ela conseguiu encontrar foi a maleta do médico. Abrindo-a, descobriu que estava cheia de marcos alemães. Ela deixou a maleta onde estava e andou ao redor da sala, imersa em pensamentos.

"Julius, Julius, o que fizemos?!", ela gemeu com amargura, enquanto as lágrimas começavam a fluir, com o coração partido pela sua perda e a ideia de que teria que lançar as filhas num abismo. *Sei que sua intenção foi cuidar de nós, mas como espera que eu me separe das minhas filhas, nossos tesouros, nossas pequenas estrelas? Viera é um pouco mais velha, mas Lina...*

Amanda passou um longo tempo na sala dos fundos da livraria, com a maleta carregada com uma fortuna que não podia comprar a liberdade dela ou das filhas. O tempo estava contra elas. Tinha que prepará-las para uma travessia rumo ao desconhecido, para uma ilha perdida no meio do oceano, longe daquele mundo sombrio. *Sim, nessa ilha haverá sol, muita luz e ninguém que se atreverá a depreciá-las. Abraham vai protegê-las*, ela repetia para convencer a si mesma.

Tentou imaginar o futuro que as filhas teriam numa ilha do Caribe, com um tio cheio de ideias comunistas, que confrontava o mundo com raiva, sempre pronto para pegar em armas. Tudo o que ela podia ver era uma nuvem negra e espessa.

Ah, Abraham, terei que confiar em você cegamente... Dessa distância, que escolha eu tenho?

Ela se lembrou de Abraham com o ímpeto de um jovem guerreiro pronto para se rebelar contra a ordem estabelecida. Desde a infância, ele desafiava os pais, a religião, a política. Nas aulas de História, muitas vezes terminava brigando com os colegas de escola, obrigando a mãe a intervir para salvá-lo de castigos severos. O irmão era obcecado por Maiakovski e fizera o pai comprar todos os livros de poesia desse escritor comunista.

Os livros haviam chegado à Alemanha embrulhados em papel pardo para esconder a capa vermelha. *Como estará Abraham agora?*, ela se perguntou. Da última vez que o vira, ela não estava nem casada com Julius. Pensando nisso, Amanda finalmente voltou para o andar de cima. As garotas já estavam dormindo e Hilde a esperava sentada à mesa, com uma xícara de chá que começava lentamente a acalmá-la.

"Elas vão embora", disse Amanda, tomando um gole de chá. "Viera e Lina vão embarcar num navio. É a única maneira de sobreviverem."

Naquele momento com Hilde, parecia que alguém estava falando por ela. Não eram dela aquelas palavras ou aqueles pensamentos. Respirou devagar, sorvendo o aroma do chá, e repetiu o que acabara de ouvir.

"Vamos fugir para Paris", sugeriu Hilde, despertando do seu estupor inicial.

"Elas vão partir em meados de maio, do porto de Hamburgo."

Vendo que lágrimas caíam dos olhos de Hilde, Amanda sorriu para a amiga. Hilde podia dar vazão às suas emoções, podia chorar, gritar, ser confortada em seu lugar, enquanto ela permanecia estoica.

Amanda contou que elas deixariam o Jardim das Letras e Berlim para atrás, mas não mencionou para onde estavam indo, além de insinuar que seria uma jornada sem volta. Hilde entendeu. Amanda não a abraçou, nem permitiu que um único soluço lhe escapasse.

"Tenho que arrumar as malas. Três: uma para cada uma das meninas e uma para mim. Nós não precisamos de mais nada."

Em seu quarto, ela procurou a caixinha de ébano que o pai lhe dera de presente, detendo-se para olhar o delicado trabalho de marchetaria em madrepérola.

"*Diospyros ebenum*", sussurrou, enfiando a caixa na mala, junto com o precioso livro de botânica.

Despido de seus livros, o quarto não era nada mais que um espaço vazio e sem vida. Não havia mais nada para ser salvo, nenhuma razão para ficar ali, nenhuma possibilidade de nostalgia.

"As meninas estão indo para Cuba", explicou ela a Hilde, quando voltou para a sala de jantar. "Pelo menos lá poderão ir à escola. Aqui elas não têm permissão para isso. E sem livros..."

O que mais perturbava Amanda era ficar à mercê do desconhecido, da distância, do tempo. Ela se recompôs para consolar a amiga querida. Abraçando-a, aliviando a dor de outra pessoa, recuperou as forças para dizer:

"Deixaram Julius morrer seis dias atrás."

Seis dias, uma eternidade. Ela tentou reconstruir na memória o que tinha feito naquele dia. *Estava chovendo? Fazia frio? Não, era um dia ensolarado e ela tinha saído para passear com as meninas.* Sim, agora ela se lembrava. *Era um lindo dia. Ele teria morrido ao amanhecer ou no meio da noite? Quem teria segurado sua mão ou fechado seus olhos? Quem teria se despedido dele, quem teria ouvido suas últimas palavras?*

"Nós vamos ficar bem. Julius deixou tudo organizado. As meninas ficarão com meu irmão em Cuba e eu ficarei no sul da França, numa chácara com minha amiga Claire, longe das hordas selvagens. Viu? Julius nos salvou. Ele sempre estará cuidando de nós. Eu me casei com um anjo."

As duas mulheres sorriram. A imagem de Julius cuidando da família lhes deu uma sensação de paz ilusória, mas reconfortante. Agora elas tinham que planejar como manteriam contato e quando Hilde poderia visitá-la.

"Ah, Hilde, ainda temos tempo para nos despedir. Mas precisa entender que isso será um adeus." Ela fez uma pausa dolorosa. "Nos encontraremos novamente, quando a Alemanha recuperar a razão. Vivemos numa era de trevas, mas você pode ter certeza de que a luz triunfará no final. Ninguém pode viver eternamente na escuridão."

Hilde se retirou para o quarto, deixando Amanda sozinha, algo de que ela precisava desde que começara a aceitar que precisava se separar das filhas.

Sozinha. Sem ninguém para julgá-la ou sentir pena dela quando amaldiçoou o ar que respirava e culpou seus antepassados, os pais dos pais dos seus pais, por terem feito da Alemanha a terra prometida e desistido de sua vida nômade, para a qual, definitivamente, haviam nascido. Ela não tinha o direito de deixar raízes. Agora ela, com suas duas filhas, era responsável por finalizar um século de permanência ilusória. Cabia a ela conquistar um novo mundo que seria, tinha certeza, tão hostil quanto aquele que estavam sendo obrigadas a abandonar.

8

Os cumprimentos amigáveis desapareceram da fala cotidiana e foram substituídos por um levantar impetuoso do braço direito, acompanhado do clamor de *Heil Hitler*! Amanda estava completamente apartada de tudo: os judeus não tinham autorização para usar o telefone, comprar um jornal ou embarcar num bonde.

Todos os dias, depois que Hilde ia dar suas aulas, ela saía com as meninas em busca de um lugar onde comprar pão, queijo, carne, batatas, e perambulava por ruas onde estavam constantemente lutando contra uma maré de pessoas. *Ninguém mais caminha*, pensava Amanda. *Todos marcham ou correm. Nós vamos no nosso próprio passo.*

Certa manhã, na porta do açougue, viu um grupo espancando o proprietário, que tentava, em desespero, proteger a cabeça. Seu quipá tinha caído a poucos metros dele. Um jovem começou a chutá-lo como se fosse uma bola de futebol, saltitando e cantando vitória.

"O que estão fazendo com *Herr* Ross?", perguntou Lina, cheia de medo. Viera começou a chorar.

Um homem de chapéu e uma braçadeira com a suástica no braço direito do casaco esbarrou em Amanda.

"Saiam daqui, não é seguro para vocês! Leve as meninas para casa agora mesmo", ele ordenou em voz baixa, lançando para Amanda um olhar cúmplice antes de se juntar ao grupo que atacava o açougueiro.

Amanda arrastou as filhas para longe e, dessa vez, correram tão rápido quanto os bárbaros, atropelando tudo que encontravam pela frente, até que, por fim, encontraram abrigo numa viela que levava à Grolmanstrasse. Abrindo um portão de ferro enferrujado que rangia, entraram no pátio de um prédio grandioso, cujos tijolos estavam cobertos de bolor. Com o rosto voltado para o céu, Amanda implorou que um raio de luz a guiasse para longe daquela humilhação. *Mais algumas semanas e as meninas pelo menos estarão seguras*, ela disse a si mesma, como se fizesse uma oração, um credo, um pedido de perdão por ter trazido dois seres para aquele mundo turbulento. Era tarde demais, não havia como voltar atrás, Julius tinha compreendido isso e dedicado seus últimos dias a protegê-las.

Ela fechou os olhos e agradeceu. Perguntava-se quem poderia ser aquele homem que lhe alertara no açougue. Devia ser outro anjo enviado por Julius, um bárbaro cujo coração ele tinha resgatado. Ela estava convencida de que Julius havia deixado a cidade repleta de anjos para salvá-las.

Depois do jantar, enquanto Hilde recolhia os pratos, Amanda pegou as mãos de Viera e Lina e pediu que prestassem atenção. Só se escutava o barulho da louça na pia.

"Meninas, o pai de vocês conseguiu um jeito de vocês irem morar algum tempo com meu irmão, Abraham", disse ela, não dando tempo para que as filhas retrucassem ou se opusessem à ideia. "Temos que fazer o que o *Papa* planejou para nós. Vocês duas vão primeiro e depois nos reencontramos lá."

Lina se voltou para Hilde, esperando que ela interviesse, ajudasse-a a convencer a mãe a não mandá-las para tão longe, para um tio que não conhecem e que certamente só as aceitara porque não tinha escolha. Mas Hilde se manteve de costas para elas.

"Quando vamos?", perguntou Viera.

"Em breve. Daqui a algumas semanas."

"Estou com medo, *Mama*", queixou-se Viera, começando a tremer, os olhos vermelhos.

"O que fazemos quando estamos com medo?"

"Contamos as batidas do nosso coração", Lina respondeu, começando a contá-las lentamente, em voz baixa. "Uma, duas, três, quatro, cinco, seis..."

Ela sorriu, esperando ser recompensada por ter respondido corretamente à pergunta da mãe.

"Muito bom! Precisamos começar a arrumar as malas. Só vamos pegar o que for necessário."

Hilde tentou identificar o que estava por trás daquele rosto que dava instruções como se alguém de outra dimensão estivesse controlando as palavras de Amanda, obrigando-a a comunicar às filhas que as estava enviando para uma ilha distante, talvez para sempre. Deixou cair um prato e foi surpreendida quando ouviu o som da porcelana quebrando contra o ladrilho da cozinha. Mas ninguém mais percebeu. Nenhuma delas se virou para ver o que Hilde havia quebrado. Elas não se importavam. Estavam indo embora.

Amanda foi para o quarto com as filhas. Elas se deitaram juntas na cama, as três abraçadas, como se fosse a última noite. Só precisavam de tempo.

"Um dia, vamos visitar a Acrópole", Amanda sussurrou para as filhas, dando-lhes uma linda fantasia à qual se agarrar enquanto se deixavam levar pelo sono.

Quando a noite caiu naquela sexta-feira, enquanto acendiam as velas na sala e o jantar estava quase pronto, ouviram uma batida forte na porta da frente. Mas nada poderia alarmá-las. Em uma semana, no sábado 13 de maio, estariam partindo. Nada poderia ser pior do que isso. Hilde foi abrir a porta e voltou para dizer que duas mulheres estavam aguardando no andar de baixo, cada uma com uma prancheta cheia de listas.

Amanda desceu com as meninas para o Jardim sem livros.

"Vieram fazer nosso *Vermögenserklärung*", Hilde disse a ela, incluindo-se de propósito no inventário de bens que todos que deixavam o país tinham de fazer.

Uma das mulheres olhou com desprezo para Hilde.

"Como ela se atreve a se misturar com esse lixo?", disse a outra mulher, que explodiu numa risada grosseira. "Descer ao nível dessa gente..."

Hilde as ignorou e Amanda também não esboçou nenhuma reação. Ela se sentia protegida pelo vazio à sua volta. Não havia nada de valor para que colocassem em seu inventário, nada que quisesse salvar de seu inventário. Ladeada pelas filhas e pela amiga, em meio às prateleiras vazias do que outrora fora o Jardim das Letras, ela se sentia segura, enquanto as mulheres saqueavam um passado que ela não tinha mais nenhum desejo de proteger.

A tímida primavera tinha finalmente chegado a Berlim e os cartazes com a grandiosa ode à perfeição lançavam sua sombra sobre as pálidas flores. Para Amanda, que dava uma volta pelas ruas para se despedir da cidade que um dia acreditara ser dela, as estações haviam desaparecido. Ela se perguntava por que as limeiras da Unter den Linden ainda não estavam florescendo.

Na última noite, elas tinham jantado em silêncio sob a trêmula luz âmbar das velas. Ao pé da escada, estavam as três maletas. Hilde tinha trazido algumas etiquetas de sua última viagem a Paris e, com as meninas, colara-as à bagagem.

"Hotel Bellevue", Lina leu. "É um palácio?"

"Um palacete no centro da cidade mais bonita da Europa, que está cheio de palácios sem princesas. Vocês podem ser as primeiras."

O carro deveria chegar muito cedo na manhã seguinte, para levá-las ao porto de Hamburgo. Hilde certificou-se de que os documentos das meninas estavam em ordem, que não tinham se esquecido das autorizações de desembarque, das passagens de primeira classe, dos passaportes com a orgulhosa águia escurecida por uma suástica.

Amanda, pelo contrário, estava esperando que houvesse algum erro, algo de que tivessem se esquecido, um deslize que iria salvá-la da culpa que carregaria pelo resto da vida.

Naquela noite, as meninas dormiram em paz, na expectativa da viagem. Amanda e Hilde ficaram acordadas, atentas ao frágil sono daquelas criaturas inocentes.

9

Ao nascer do sol daquela manhã de sábado, a última que veriam em Berlim, elas se prepararam para a fuga. Não havia como voltar atrás. Amanda apertou as mãos de Hilde e sorriu seu sorriso mais doce. Inclinando a cabeça, olhou nos olhos da amiga e abraçou-a.

"Você sempre estará comigo, minha amada amiga...", murmurou. "Muito obrigada."

"Tem certeza de que não quer levar as garotas com você para Paris?"

"Eu tenho que protegê-las, Hilde. Temos que fugir daqui. Talvez nem um oceano seja suficiente para salvá-las dessa barbárie."

"Vou poder escrever a você?"

"Melhor não, Hilde, melhor não. Este é o nosso adeus."

"O que será de nós, Amanda?", perguntou Hilde, a voz começando a fraquejar.

"Eles vão pagar por isso, Hilde. Nós todos vamos. Como você disse uma vez: 'Eles começam com os livros e terminam com as pessoas'. A Alemanha não é o que foi um dia. Meus pais tinham orgulho de pertencer ao país mais civilizado, mais culto e mais criativo deste mundo... O que somos agora? O pior é que os anos vão passar e ainda estaremos pagando pela culpa de outras pessoas. Eles levaram a nação a um abismo de onde é impossível sair. Quem vai querer ter um filho alemão? Vamos ficar velhos, seremos repudiados pelo mundo inteiro e geração após geração tentará limpar essa vilania, sem nunca conseguir. É o fim, Hilde. É o começo do fim."

Amanda se afastou da amiga e viu quando Hilde se virou de costas e cobriu o rosto em desespero. Ela saiu do Jardim das Letras com os olhos baixos, fitando o chão. As meninas beijaram Hilde com carinho. Lina estava carregando sua rígida boneca de pano, de braços estendidos. Viera tinha um lenço de cabeça florido amarrado no pescoço. Ansiosas para embarcar em sua nova odisseia, elas se sentaram no banco de trás do carro.

Amanda lançou para a amiga um último olhar de compaixão. Ela estava fugindo do terror, mas Hilde teria que suportar o peso vergonhoso da nação a que pertencia. Não podia deixar de sentir pena dela.

Hilde, por sua vez, viu em Amanda uma calma aterrorizante e sem emoção; ela parecia tão leve quanto alguém que já não existia ou que partia deste mundo.

"Como você se sente?" A voz de Hilde era suave e triste.

Ouvindo a amiga, Amanda voltou ao presente.

"Como se tivessem nos colocado numa fila, em total escuridão, em frente a um pelotão de fuzilamento. Você não pode ver quem está atirando, quem é seu agressor. Ouve o sibilar das balas, agudo, penetrante, mas ainda está de pé. Não importa quantas vezes as balas perfurem seu corpo. Você fica ali de pé até que a gravidade a vença. No chão, todos continuam numa fila perfeita, crivados de balas, olhos bem abertos. Não podem matá-la. E você continua lá, porque nada nem ninguém pode separar você do seu sofrimento. Como me sinto, Hilde? Eu não sinto."

Elas se abraçaram em silêncio, sem lágrimas. Um abraço solitário como uma ilha, que ninguém viu além da vizinha que espreitava da janela do segundo andar.

No céu, a lua cheia se recusava a desaparecer com o raiar do dia. Amanda olhou para o satélite com os olhos cheios de lágrimas.

"Que lua mais teimosa!", suspirou.

Apertou a garganta como se fosse uma ferida aberta. Tinha morrido quando levaram Julius, mas ela continuava a desfalecer. *Quantas mortes mais ainda me aguardam?*, se perguntava.

Quando Amanda ia entrar no carro, esbarrou num soldado que passava. O que importava? As meninas já estavam no banco de trás e Hilde estava trancando o Jardim das Letras, fechando a porta de uma época gloriosa. Amanda subiu no carro, que partiu enquanto as meninas acenavam freneticamente. Hilde permaneceu em pé na porta da livraria por alguns segundos, em seguida partiu na direção oposta, os olhos cheios de uma fúria velada. Elas a viram andar lentamente, mas sem nunca chegar à esquina, como se ela e o carro estivessem suspensos no tempo. Então Amanda viu Hilde se tornando uma silhueta escura, que aos poucos foi se desvanecendo. Respirou fundo para que, na vertigem da fuga, pudesse manter a essência da amiga na memória.

"Em Havana, não vamos precisar usar casaco", sussurrou Lina. "Há tanto sol que às vezes a noite nunca chega. Consegue imaginar isso?"

Viera sorriu, o olhar fixo nos olhos da mãe, cheios de lágrimas.

"Estamos indo para uma ilha onde é sempre dia, sempre verão", Lina continuou, animada.

"Por que o tio Abraham não tem filhos? Talvez não goste de crianças…" Viera a interrompeu.

"Tio Abraham não tem filhos porque trabalha muito."

"Então ele não vai ter tempo para nós", disse Viera, ainda observando os olhos ausentes da mãe, sua respiração agitada, os lábios trêmulos e as pálpebras contraídas, o jeito como ela abria e fechava os punhos, num desespero contido. "*Mama?*", foi tudo o que ela disse, tentando despertá-la da letargia.

Amanda estava imersa na dúvida. Nunca deveria ter seguido as instruções daquele bárbaro que a menosprezara no consultório do marido. Ele tinha feito tudo o que podia para salvar o filho, entregando-o a um médico de uma raça inferior para que seu coração continuasse bombeando sangue e agora ela tinha que se desfazer das suas filhas. Que tipo de mãe era ela, para se deixar ser enganada por um homem cujo único objetivo era arrebatar ela e as filhas de sua ideia absurda de nação?

"*Mama!*", gritou Viera.

"O que estamos fazendo aqui?", disse Amanda, reagindo por fim. "Aonde estamos indo?"

"Para Cuba, *Mama*. Tio Abraham está esperando por nós", Lina respondeu, não muito convencida.

Naquele instante, o rosto de Amanda clareou e ela sorriu. As meninas soltaram um suspiro de alívio, mas Lina ainda não tinha certeza. Sentia que a mãe tinha tomado uma decisão que mudaria a vida delas para sempre, uma decisão que ainda não podia definir. Talvez ela tivesse decidido que era muito arriscado enviá-las sozinhas para uma ilha onde o verão era escaldante; ou talvez a mãe delas é que partiria no navio para comprovar se o tio Abraham ficaria realmente feliz em recebê-las. Talvez ela e Viera é que acabariam na chácara da França, cercada por ovelhas, enquanto esperavam pelo sinal de resgate da mãe. Lina tinha suas suspeitas, mas o futuro imediato era incerto e ela não era capaz de decifrá-lo.

Lina tentou contar as batidas do seu coração, de Viera e a da mãe, para sincronizar aqueles silêncios tão necessários para repelir o medo, como o pai lhe ensinara. *Se ao menos pudéssemos ir juntas...*, ela fantasiou. *Quando o capitão do navio perceber que seremos duas crianças viajando sozinhas, vai pedir que* Mama *viaje conosco. Ele vai encontrar uma cabine para nós três, com uma enorme escotilha. Como poderia abandoná-las, madame? Não vê que são apenas duas garotinhas? De maneira nenhuma vou permitir. Tome, aqui está sua autorização de desembarque, e vocês vão ficar na melhor cabine a bordo. Veja agora como as meninas estão felizes. Prontas para desembarcar em Havana. Vocês verão que cidade mais bonita...*

10

O porto de Hamburgo era um caos, em meio ao qual se assomava o enorme transatlântico preto, branco e vermelho, como uma enorme massa de ferro flutuante. Elas saíram do carro carregando as malas e abriram caminho através da multidão. Amanda tentou se orientar no meio da aglomeração de pessoas, que corriam em diferentes direções. Uma banda tocava uma destoante marchinha de despedida, enquanto se ouviam ordens e gritos de adeus. Viera e Lina olhavam, admiradas, o tamanho do navio que as levaria para a ilha do tio comunista.

Amanda tentava identificar, em meio a toda aquela gente, aqueles que estavam partindo e aqueles que, como ela, ficariam para trás. Ela se juntou a uma fila que conduzia os eleitos a um posto de controle, antes que pudessem subir pela passarela flutuante, oscilante e escorregadia.

No final da fila, três soldados examinavam com atenção os documentos e os carimbava. Sim, todos os documentos estavam em ordem; ela tinha os passaportes das meninas... Sabia que algo estava faltando, mas não conseguia identificar o quê.

Na frente dela, havia um homem e uma mulher com cerca de 50 anos, sem bagagem e vestindo trajes escuros. Eles se viraram para ela e sorriram.

"Nós somos os Meyer", a mulher se apresentou, ao notar o olhar insistente de Amanda.

"*Frau* Meyer, minha filha mais velha estará viajando sozinha", disse Amanda, sem que Viera ou Lina a ouvissem. "Meu nome é Amanda Sternberg", ela disse depois de uma pausa, forçando um sorriso.

A mulher recuou e a fitou com um olhar de repreensão.

"Não temos escolha", Amanda se justificou.

A mulher continuava sem entender. O marido ignorava a conversa entre elas.

"*Frau* Meyer, por favor, eu lhe peço, cuide da minha filha", Amanda implorou. "Não tenho mais ninguém a quem pedir. Meu irmão estará esperando por ela em Havana."

Quando a fila avançou, *Frau* Meyer olhou para a menina, que ainda estava fascinada pela banda, tocando marchas militares abafadas.

"O nome dela é Viera", disse Amanda, apontando para a filha. "Ela é mais velha, conseguirá resistir; já vai fazer 6 anos. Lina ainda é muito pequena; tem apenas 4."

A mulher assentiu em silêncio. Uma luz suave se acendeu em seus olhos. Amanda entendia sua rejeição anterior. *Frau* Meyer devia tê-la questionado como mãe: como ela podia abandonar a filha nas mãos de dois desconhecidos? Mas ela mesma estava embarcando naquele navio em desespero e a situação de Amanda era, sem dúvida, ainda mais desesperadora.

"Não acho que você esteja fazendo a coisa certa", ela disse, "mas farei tudo que estiver ao meu alcance para que sua filha não se sinta sozinha." A voz dela era firme, como se quisesse repreender Amanda, mas quem era ela para fazer isso se todos no porto, inclusive ela e o marido, estavam fugindo daquela barbárie devastadora, deixando para trás tudo o que conheciam.

O policial pegou os documentos dos Meyer e carimbou um "J" vermelho nos passaportes. Ao lado dele, outro oficial pediu os documentos de Amanda. Ela lhe entregou o passaporte e a autorização de desembarque de Viera. Com o "J" carimbado, elas se dirigiram para a passarela flutuante. Os Meyer deram um passo para o lado, abrindo espaço para Amanda se despedir. Eles não tinham ninguém em Hamburgo de quem se despedir.

Viera e Lina não conseguiam entender o que estava acontecendo. A mãe havia tomado a decisão no último minuto; as irmãs ainda pensavam que deixariam a Alemanha juntas, para começar sua aventura na ilha.

Amanda se inclinou para a filha mais velha, queria que ela ouvisse bem para entender, e que pelo menos a perdoasse. Tirou uma caixinha de joias púrpura da bolsa e pegou duas correntes de ouro com a estrela de Davi. Escolheu a que tinha o nome de Viera, colocou a de Lina de volta na caixa e guardou a caixa na bolsa outra vez.

"Viera, você é mais velha..." Ela olhou a filha nos olhos enquanto colocava a corrente em volta do pescoço da menina. "Não acredito que Lina sobreviveria à viagem."

Os lábios de Viera começaram a tremer. Seus olhos se encheram de grossas lágrimas.

"*Mama!*", ela implorou.

Lina ainda estava olhando fascinada para tudo que acontecia ao seu redor no porto: as ondas quebrando contra a proa do navio, o balanço da passarela flutuante e a banda desafinada, que ainda abafava os gritos de adeus.

"Sempre estarei com você, dia e noite", disse Amanda, tirando o livro de botânica da bolsa e arrancando dali um punhado de páginas amareladas. "Ouça, Viera. Vou guardar essas folhas. Vou escrever para você todas as manhãs enquanto estivermos longe uma da outra. No dia em que as páginas terminarem, nós nos encontraremos novamente. Eu prometo."

As três se abraçaram e se beijaram.

"*Mama* ama você. Sempre estaremos juntas. A corrente de vocês e a minha nos unirá. É um presente de *Papa*", disse ela, tocando a estrela de Davi. "Olhe, Viera, *Frau* Meyer está esperando você."

A menina se afastou da mãe, caminhou até a passarela, deixou escapar um suspiro e subiu, com os olhos cravados no chão. Seu coração não estava batendo; ela não estava com medo. Não havia como contar as batidas absurdas do seu coração.

Amanda procurou a caixinha de ébano na bolsa, dobrou as páginas do livro de botânica e guardou-as dentro dela.

Lina olhou para a mãe com desespero. Não havia o que perguntar. Pela primeira vez, ela não sabia o que dizer. *Frau* Meyer se virou, os olhos agora cheios de compaixão, e lhes lançou um sorriso de compreensão. Ela entendia.

O que eu fiz?!, Amanda gritou em silêncio, o rosto contraído, mas sem suspiros ou lágrimas. Enquanto assistia à filha mais velha desaparecer no infinito, entre os que iam se salvar, ela foi subitamente assaltada por dúvidas. Estaria condenando a filha mais nova? Embora a estivesse protegendo do desconhecido, estava expondo a menina aos tormentos que estavam por vir. Abrindo os olhos, gravou os detalhes na memória. Era 13 de maio de 1939. Oito horas da noite. Lina agarrou-se à mãe, incapaz de compreender por que tinha sido obrigada a permanecer em terra.

O que eu coloquei na mala de Viera? Qual foi a última coisa que ela comeu? Ela vai passar frio? Será que pode ficar com febre em alto-mar? Sim, ela tem vários vestidos, dois pares de sapatos, mas as roupas logo vão ficar muito pequenas para ela. Meu Deus! Amanda queria parar o tempo, gritar para que lhe trouxessem a filha de volta, mas o apito do navio a fez perceber que já era tarde. O navio começava a se afastar do cais; no convés principal ela podia distinguir os rostos angustiados daqueles que estavam fugindo. Não conseguiu ver Viera ou os Meyer. Imaginou a filha sozinha em sua cabine de primeira classe, desfazendo sua pequena mala de couro, com um sorriso. *Sim, ela estava sorrindo*, Amanda disse a si mesma.

Segurando a mão gelada de Lina, ela virou as costas para o navio, para os Meyer e para a filha.

Outono de 1939

Minha pequena Viera,

Os dias aqui ficam cada vez mais cinzentos. Todas as manhãs o sol luta para se levantar: às vezes consegue, outras vezes, não, permanecendo escondido entre as nuvens.

Não tive notícias do tio Abraham, mas atualmente o correio não é uma prioridade. Terei que esperar mais um pouco.

Eu estava esperando ansiosamente notícias suas e verificava a caixa de correio todas as noites, até que poucos dias atrás, a primeira carta que enviei a você foi devolvida para mim. Vou enviá-la junto com esta, e esta com todas as outras que mandarem de volta, porque Mama nunca vai desistir de você, pode ter certeza disso.

Estamos em guerra. O mundo está em guerra, mas felizmente estamos protegidas nesta aldeia, numa chácara, longe das grandes cidades. Não acho que seremos encontradas.

Sua irmã Lina está crescendo e seu francês melhora a cada dia. Você deveria ouvi-la falar, parece uma francesa da região.

Começamos a frequentar uma igreja, embora quero que saiba que eu acendo uma vela para você todas as noites. Seguro minha estrela de Davi como se fosse a sua e posso sentir você em cada uma das suas pontas, na palma da minha mão.

A essa altura, você já deve estar falando espanhol ou pelo menos algumas palavras nesse idioma. Quero que você escreva para mim em seu novo idioma. Escrevo para você no início da manhã, porque sei que é quando você estará indo para a cama. Descanse um pouco, minha pequena Viera, e todas as manhãs deixe que o sol seja o seu guia.

Nós nunca vamos deixar de pensar em você, mesmo que deste lado do mundo o dia nunca amanheça.

Com todo o meu amor,
Mama

TRÊS

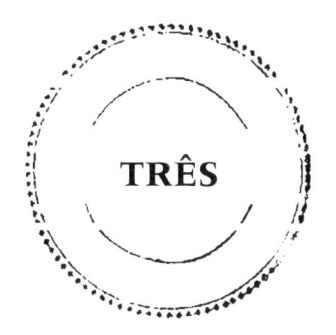

O Refúgio
Haute-Vienne, França, 1939-1942

11

Claire Duval temia o esquecimento. Primeiro a mãe dela, depois o pai e, por último, o marido tinham se refugiado na névoa espessa da falta de memória, fechando a porta para o passado. Por fim, todos os três tinham terminado por não reconhecê-la mais e perdido a capacidade de falar, passando o tempo gesticulando sem expressão. Posteriormente, deixaram de andar e se enrodilharam como bebês recém-nascidos, retornando à semente.

Ela amava a imagem do marido, Jerome Oliver, um homem nobre, de olhos bondosos, que era amante das plantas exóticas e dedicara a vida ao estudo da botânica. Mas ele tinha ficado irascível e violento, consumido pela velhice mais devastadora, acamado, com o corpo cheio de escaras e cada vez mais debilitado. Jerome reagia à dor com um sorriso fixo e gelado que causava calafrios em Claire cada vez que ela se lembrava. No entanto, ela se obrigava a fazer isso, a recordar cada detalhe, a reviver os tempos radiantes e amargos, a atravessar labirintos, na esperança de que essas memórias não assombrassem seus sonhos. Claire tinha medo dos sonhos. Eles eram a única coisa que ela se permitia esquecer.

Ultimamente, vinha tendo pesadelos recorrentes. Acordava banhada em suor e tentava apagar as mensagens difusas do sonho, em que colocava a vida da filha em perigo. Ela abria os olhos e acordava trêmula, dominada pelo medo. Tudo começara no dia em que recebera a carta de Julius Sternberg, pedindo um favor que se sentira obrigada a atender. Concordara em receber sua esposa, a filha de um dos melhores e mais antigos amigos do marido.

Era seu dever cristão, ela pensava e repetia para si mesma até cansar, tentando se convencer de que não estava cometendo um grande erro. Não podia abandonar Amanda e, ainda assim, também precisava proteger a própria filha. Ela ainda se lembrava do marido enviando antigos livros franceses de botânica para o Jardim das Letras, em Berlim. Os dois homens amantes das plantas tinham trocado uma longa correspondência. Depois da morte do pai de Amanda, Jerome mergulhara numa tristeza profunda e aos poucos tinha sucumbido à perda de memória. A demência o consumira até a morte e, depois disso, Claire se dedicara inteiramente à criação da filha pequena.

Agora, ajudando Amanda, ela sentia que estava pagando uma dívida que devia ao marido.

Ao se levantar da cama naquela manhã de maio, ela inspirou com força o ar quente do verão que se aproximava. Depois de orar em silêncio, regou as violetas da floreira da janela ao lado da porta da frente e fez um buquê de flores silvestres. Depois colocou o buquê num vaso em cima da mesa, como um sinal de boas-vindas a Amanda, que conhecia apenas através de breves cartas e referências amigáveis. Ela tentaria ajudá-la a se recuperar da angústia do abandono, da dor de ter enviado suas duas filhas num navio cheio de almas atormentadas, rumo a uma ilha perdida no oceano.

Espreitando pela porta da frente instantes depois, ela pôde ver uma sombra oscilante a distância.

"Danielle!", gritou em voz alta. Alarmada, a filha correu até ela.

"*Maman*, você não me contou que Madame Sternberg viria acompanhada de outra pessoa."

Claire colocou o braço em volta dos ombros da filha sem dizer nada e começou a acariciar os cabelos dela.

A primavera estava no auge. Vermelhos, laranja, amarelos e verdes venciam o cinza, que recuava. A mulher e a criança que se aproximavam, com pesados sobretudos, pareciam arrastar com elas o inverno fora de época.

Danielle agarrou-se à mãe, enquanto ambas aguardavam na porta. Amanda deu um passo à frente, sorrindo com timidez, e Claire ajudou-a a tirar o casaco empoeirado. Quando se abraçaram, ela pôde sentir o corpo frágil e emaciado daquela mulher que respirava devagar.

"Danielle, esta é *Madame* Sternberg, Amanda. E…" Ela hesitou, como se esperasse pela confirmação: "… e esta é a filha dela".

"Lina", a recém-chegada revelou, olhando para o chão. "Viera viajou sozinha no navio."

Por alguns segundos, as duas meninas olharam uma para a outra com curiosidade, trocando sorrisos tímidos. Em questão de segundos, elas se abraçaram e Danielle pegou Lina pela mão, desaparecendo casa adentro com a menina.

Amanda se virou e olhou para trás, como se perguntando se alguém poderia tê-la seguido. Uma fantasia fugaz passou pela cabeça dela: a filha fugindo do navio, pulando nas águas frias do rio, em Hamburgo, e nadando até a margem, determinada a não ser separar delas.

"Mas Viera não sabe nadar", ela disse a si mesma.

"O tempo vai passar rápido, você vai ver", disse Claire com serenidade. Ela conduziu Amanda até a sala de jantar, impregnada com o aroma doce de creme e canela do bolo de boas-vindas que tinha assado.

"Tudo o que posso fazer é esperar", disse Amanda, espalhando as páginas soltas do livro de botânica sobre a mesa. "Viera é a mais velha. Dei a ela o livro, mas rasguei estas páginas quando nos despedimos. Vou usá-las para manter contato com ela. Quando as folhas terminarem, nós nos encontraremos novamente." Ela sorriu com ironia. "Isso é o que prometi a ela. Já ouviu falar de uma mãe que não tenha cumprido as promessas que fez a um filho?"

"Viera vai ficar bem", Claire respondeu. Ela se levantou e voltou com uma xícara de chá de camomila e uma flor seca de anis estrelado flutuando na superfície. "Você fez o melhor que podia."

Elas ficaram em silêncio por alguns minutos. Com paciência, Claire observou os gestos distantes, o olhar perdido e os suspiros constantes daquela desconhecida a quem havia oferecido refúgio.

Amanda já achava difícil recordar a viagem de Hamburgo para Haute-Vienne, a longa espera na plataforma ferroviária. Se ela tinha dado de comer à filha ou não, ou mesmo se tinham bebido água. Sua lembrança mais recente era do apito do condutor do trem, ao gritar o nome da aldeia em que haviam chegado.

Claire levou-a para o cômodo que seria seu quarto, atrás da sala de estar. Amanda se viu num abrigo temporário, com vigas de madeira precárias, paredes descascadas, portas e janelas quebradas. Uma casa cheia de sombras e feixes de luz infiltrando-se através de rachaduras e buracos. Seu quarto tinha paredes verdes emboloradas, mas os lençóis recém-passados eram impecavelmente brancos.

Ela tentou sorrir, mas seu rosto não obedeceu. Sozinha no quarto, incapaz de chorar, Amanda foi engolfada pela dor: uma dor física, palpável, como a de um braço que conserva a lembrança de uma mão ausente.

Pegando uma das folhas do livro de botânica sem olhar a ilustração da flor, ela tentou escrever uma frase aleatória no espaço vazio, sentindo como se naquele momento sua alma estivesse se separando do corpo. Ela se ergueu no ar e bateu contra as vigas do teto de madeira. Podia ver seu corpo inerte embaixo, diante do papel em branco, a caneta na mão, esperando uma inspiração para saber o que poderia dizer à filha abandonada.

Minha pequena Viera, escreveu em alemão, a língua que havia jurado nunca mais falar. *Será que seria melhor escrever em francês?*, pensou. Sua escrita era instável, com letras cheias de arabescos, pesadas e desiguais. O medo aparecia ali também. *Faz apenas algumas horas e sua Mama já sente sua falta...* Ela tinha que dar um sinal a Viera, alguma indicação de que se encontrariam um dia outra vez. *Verão de 1939,* conseguiu escrever, uma data tão vaga quanto seus pensamentos. Ela não tinha ideia de quando seria capaz de terminar a carta, que atravessaria parte da França e todo um oceano antes de chegar às ruas tórridas de Havana. Ela adormeceu ainda segurando a caneta, a cabeça a poucos centímetros da folha de papel.

Pouco depois da meia-noite, Claire ouviu alguns sons abafados. Cruzou silenciosamente a sala de estar às escuras, chegou ao quarto de Amanda e colocou a orelha na porta. Ela percebeu que Amanda estava cantando algo que parecia uma canção de ninar. *Guten Abend, gut Nacht, mit Rosen bedacht, mit Näglein besteckt, schlupf unter die Deck: Morgen früh, wenn Gott will, wirst du wieder geweckt.* Com seu alemão precário, Claire decifrou: "rosas e cravos sob a colcha" e "com a graça de Deus, você vai acordar de novo amanhã".

Amanda levou seis semanas para completar a primeira carta. Não podia se permitir nenhum erro; as preciosas folhas do livro que mutilara não poderiam ser desperdiçadas. Cada palavra, cada frase, tinha que ser cuidadosamente calculada. Era vital perceber que reação causariam na filha, sozinha e perdida do outro lado do mundo. Duvidou mais uma vez do que havia escrito; queria evitar que Viera pensasse que ela estava fraca e aflita. Tinha que transmitir a impressão de que estava feliz para elevar o ânimo dela.

Numa noite úmida de verão, ela selou o envelope e colocou na caixa de correio vermelha da rua principal da cidade. Três dias e duas tempestades se passaram até que o carteiro a recolhesse. Dali talvez ele fosse levá-la para Limoges, onde seria processada e enviada para o seu destino. Quem sabia se as cartas destinadas ao outro lado do Atlântico teriam que passar por Paris? Era esse o tema das conversas enquanto ajudava Claire na cozinha ou as duas se sentavam juntas para tricotar cachecóis para o inverno, enquanto as meninas corriam, subiam em galhos ou se deixavam cair sobre as flores já secas, ao longo do caminho.

Algumas noites, Amanda lia o texto que acompanhava as ilustrações do livro de botânica. Danielle ficava encantada com o francês e o latim falado por aquela senhora alemã. Antes do seu beijo de boa-noite, ela sempre contava às duas meninas sobre Viera, o quanto ela era esperta e como ouvia os livros com o estetoscópio antes de lê-los ou os cheirava, para tentar adivinhar a história que contavam.

"Deveríamos ter trazido o estetoscópio de *Papa*", comentou Lina uma noite. "Danielle e eu poderíamos brincar com ele, como Viera e eu costumávamos fazer."

Depois de apagar a luz, Amanda retirava-se para o seu próprio quarto. Ela ficara surpresa ao descobrir que na casa havia apenas livros de receitas, sobre plantas medicinais e uma Bíblia, todos escondidos em prateleiras altas na cozinha.

Aos domingos, as quatro iam à missa do padre Marcel na igreja da aldeia, onde Amanda aprendeu os conceitos cristãos da culpa, do castigo e do perdão. Embora não tivesse intenção de mudar de religião, simplesmente se deixava levar por uma liturgia que a acalmava e se sentia comovida ao ver Lina ajoelhada, mãos juntas, olhos fechados e cabeça baixa, enquanto rezava com fervor infantil para um deus estrangeiro.

Danielle se divertia tentando acabar com todos os vestígios de alemão do sotaque de Lina. Às vezes, colocava um lápis na boca da menina; outras vezes, uma migalha de pão sob a língua. Ou ela a fazia dizer as palavras como se estivessem prestes a explodir num beijo, o que fazia as duas se matarem de rir.

Para as crianças da aldeia, não importava o quanto Lina tentasse, ela ainda seria a garota alemã, ou a alsaciana, ou até mesmo a amiga refugiada de Danielle. Mas Amanda passou a não se preocupar tanto quando percebeu que ninguém discriminava Lina por ser "a menina judia".

Ao pôr do sol, toda sexta-feira, Amanda acendia uma vela na janela, esperando até as estrelas aparecerem no céu, no dia seguinte, para escrever frases inacabadas a Viera. Nas noites de sexta-feira, também recebiam o padre Marcel em casa. Eles jantavam juntos, o que sempre incluía uma conversa acalorada sobre a terrível sombra que pairava sobre a Europa.

Padre Marcel era alto e cheio de vida. Seu cabelo era cortado tão curto ao redor das orelhas e da nuca que era possível ver suas veias protuberantes sempre que ele ficava indignado. Os gentis olhos cinzentos do padre contrastavam com a maneira veemente com que desafiava o mundo, embora nunca tivesse levantado a voz e falasse com uma cadência suave que encantava Claire e deixava Amanda confusa. Seu fervor, a amargura de suas palavras, seu pessimismo sobre os dias sombrios que se avizinhavam pareciam antiquados e estranhos para alguém que não entendia seu meticuloso francês, de um lirismo de outros tempos. Era somente quando ele estava no púlpito, aos domingos, que seu tom de voz se tornava mais severo e inundava a igreja inteira.

"Às vezes acho que o mundo está acabando", disse ele uma noite, "Será que rezar é tudo que nos resta? A guerra é iminente."

Para Amanda, a guerra já havia começado. As palavras do padre Marcel não a incomodavam tanto quanto a Claire, para quem o padre era a única pessoa em quem ela podia confiar e pedir proteção depois da morte do marido.

"Não acho que os alemães vão se atrever a invadir a França", ela se aventurou a dizer.

"Já fizeram isso uma vez e foram derrotados. Mas agora têm poderio militar e o apoio de um povo ensandecido", disse o padre Marcel em voz baixa. "Estamos falando de Hitler, não de um militar comum."

"Os nazistas vão vir até aqui?", perguntou Lina, aterrorizada.

"Nunca vamos deixá-los entrar", Danielle garantiu.

"A guerra ainda não foi declarada", Claire interrompeu. "Então não vamos nos preocupar. Terminem a sopa, é isso que é importante agora!" Ela tinha visto um vislumbre de terror nos olhos das meninas.

"Tudo o que estou dizendo é que temos que estar preparados", insistiu o padre, antes de continuar com a refeição.

Amanda ouviu a conversa em silêncio. Os nazistas já tinham destruído sua família e ela estava quase convencida de que não havia refúgio seguro para a filha.

"O padre é um órfão criado por freiras. É por isso que é tão 'rebelde'", Claire sussurrou para Amanda de modo que ele não ouvisse. "Ele se encoleriza por qualquer coisa. É tão sábio quanto um ancião, mas o vigor da juventude o torna impetuoso."

"O que estamos fazendo enquanto o mundo vai à ruína? Nada. Não posso acreditar no que me transformei", continuou o padre, sem esperar resposta. "Não sei mais quem sou." Ele suspirou e soltou a colher sobre a mesa, fechando os olhos como se estivesse no meio de uma batalha épica consigo mesmo.

"Estamos todos enfrentando o mesmo dilema", Amanda se atreveu a comentar, mas em seguida baixou a cabeça, com medo de ter sido indiscreta.

O padre fez uma pausa e percebeu que estava inquietando as anfitriãs.

"Não haverá guerra", disse ele. "Pelo menos, vamos rezar para que não haja!", exclamou com veemência, completando seu discurso acalorado com uma colherada de sopa e os olhos fixos na toalha de mesa florida.

Claire se levantou para tirar a mesa. Antes de pegar seu prato, estendeu a mão num gesto consolador. Padre Marcel ainda estava com os olhos colados na toalha de mesa.

"Vou me certificar de que Lina seja matriculada na escola de meninas da aldeia", ele disse finalmente, olhando para Amanda. Ela agradeceu com um sorriso.

A noite terminou sem despedidas. Amanda levou as meninas para o quarto e colocou a cadeira entre as duas camas, ao lado de um pequeno abajur.

"*Mama* vai ler as páginas do livro rasgado para nós", disse Lina, pronunciando a palavra 'rasgado' com um ar misterioso. "Vai contar sobre as flores e raízes das leguminosas e da família das polemoniáceas..."

Claire acompanhou o padre até a estrada e se deteve ao lado dele. Eles não olharam para a lua, que estava escondida atrás das nuvens; lá não havia estrelas também. Fitaram o céu escuro da noite. Padre Marcel pegou a mão calorosa e familiar de Claire e ela se atreveu a descansar a cabeça no ombro do amigo.

Eles permaneceram assim por vários minutos, até que ele se afastou em silêncio daquela proximidade tranquila. Quase como se fugisse, começou a andar rumo à escuridão.

12

Lina ficou muito feliz com a possibilidade de ir à escola com Danielle. Prometeu a si mesma que iria praticar seu francês até lá, para que não tivesse nenhum sotaque. Queria ser mais francesa do que as francesas, dizia a si mesma, soletrando sem parar as palavras mais difíceis.

"Não vamos ficar na mesma classe", avisou Danielle, quando se sentaram nos degraus, nos fundos da casa de Claire. Ela tinha 8 anos e era muito madura para a idade. "Mas podemos ir e voltar juntas, e isso é o mais importante."

Uma tarde, a conversa delas foi interrompida por um redemoinho de folhas na estrada de terra. No centro dele, surgiu um jovem rapaz.

"É Remi", explicou Danielle. "Como pode ver, ele passa o tempo todo fazendo travessuras."

"Então essa é a garota estrangeira!", exclamou o garoto. Ele se aproximou de Lina, observando-a com atenção, tentando descobrir de onde ela vinha de fato. Percebendo que ela estava se sentindo intimidada, ele recuou um pouco e soltou a bola esfarrapada que carregava debaixo do braço, como que para protegê-lo.

"Não tenha medo, garotinha, nós não comemos crianças aqui."

"Tem certeza?", perguntou Danielle. "Que eu me lembre, você está sempre com fome." Danielle deu a mão à Lina e as duas pegaram um atalho em direção à aldeia.

"Espero que essa Elise fale um pouco de francês", Remi continuou, enquanto seguia as duas, correndo na frente e depois ao redor delas, em círculos.

"*Elise?* O nome dela é Lina e ela fala francês melhor do que você. Não esqueça que sua família veio do norte, por isso você é mais estrangeiro do que ela..."

"Ela tem mais cara de *Elise*, não acha?"

"Não dê ouvidos a Remi", Danielle disse a Lina. "Ele passa o tempo todo inventando palavras para tudo o que encontra."

"Vamos para o rio!", gritou Remi e correu, ajustando o cinto branco com fivela de metal que segurava as calças, já muito curtas para ele. O garoto usava sapatos sem meias.

As meninas correram atrás dele. Durante todo o caminho até a aldeia, Lina não se atreveu a pronunciar uma única palavra. O menino as levou até os trilhos do trem, na entrada da aldeia. Bem onde os trilhos faziam uma curva, logo antes da ponte, havia uma rocha enorme. Eles descansaram à sombra dela.

"O trem deve passar em meia hora", disse Remi. As bochechas do menino estavam rosadas por causa da corrida; o colarinho da camisa, encharcado de suor. "Esse é um bom lugar para descansar."

Lina examinava-o em silêncio, tentando seguir a avalanche de palavras e piadas que ele lançava a toda velocidade.

"É assim que Giampiero Combi usava na Copa do Mundo e é assim que vou usar sempre", ele explicou com orgulho, quando viu que sua nova amiga olhava, curiosa, para o seu cinto branco.

A família dele era da cidade francesa de Rheims, embora a mãe viesse do norte da Itália. Ela se apaixonara por um francês e deixara a família e o país, fugindo da insanidade que crescia no coração da sua cidade.

Pelo menos, essa era a história que Danielle tinha ouvido durante um dos jantares de sexta-feira com o padre Marcel. Remi nunca tinha aprendido o idioma da mãe, mas era apaixonado pelo time de futebol de um país que ele não conhecia "e não tinha intenção de visitar enquanto Mussolini estivesse no poder", ele dizia, numa frase repetida pela mãe. Sempre que ouviam um jogo no rádio, o pai dizia em tom de brincadeira: "Então você é fanático pelo Juventus? Isso faz de nós inimigos mortais". A mãe piscava para ele, com cumplicidade, enquanto Remi respondia com orgulho que ele nunca iria apoiar um time perdedor e que a França nunca ganharia uma Copa do Mundo se os jogadores do Juventus estivessem jogando. A Itália vencera no ano anterior e ele os apoiaria "até a morte". "Fascista! Meu único filho virou um fascista!", o pai gemeu, com a cabeça entre as mãos. "Não vamos mais comer macarrão nesta casa", ele ordenou à esposa, que riu enquanto o filho perguntava por que o pai o chamava assim.

"Meu pai diz que em breve vai haver uma guerra. Se a guerra começar e os alemães invadirem a França, em vez de seguir para o norte, nós cruzaremos os Pirineus e iremos o mais longe possível, para a Espanha. Já temos um plano. E vocês?"

"Se houver uma guerra e os alemães entrarem em Paris, não acho que haverá muitos lugares para onde fugir", concluiu Danielle.

"Escapamos uma vez, mas, se toda vez que os nazistas se aproximarem, todo mundo fugir, o que será de nós?!", disse Lina, que até aquele momento não tinha dito uma palavra. Ela falava muito devagar, tentando pronunciar cada palavra com perfeição, o que a fazia parecer mais velha e lhe dava um ar de superioridade infantil.

Um pouco surpreso com o francês impecável da menina, Remi correu para os trilhos do trem.

"O trem está chegando! Temos que atravessar para o outro lado."

Ao longe, viram a locomotiva prestes a entrar na curva. Remi pegou Danielle pela mão e eles cruzaram os trilhos. Lina ficou para trás.

"Lina!", gritou Danielle. "Não vai dar tempo de você atravessar. Fique onde está!"

Remi enterrou o rosto nas mãos. Lina subiu no trilho, hesitou por um instante, olhando para a locomotiva em movimento, e saltou para a frente, caindo de cabeça nas pedras, no centro dos trilhos. A vibração dos trilhos agitou todo o seu corpo, mas ela ficou imóvel até o trem ter desaparecido. Danielle pensou ter visto embaixo do trem os pés da garota que ela deveria proteger, mas estava cega pela poeira e seu grito não produziu nenhum som. Remi correu para Lina, ajudou-a a se levantar e lhe deu um abraço.

"Está tudo bem?"

Lina não respondeu. Deu um salto, com um fio de sangue escorrendo do corte no joelho.

"Ela é corajosa, essa garotinha alemã!", admirou-se Remi, enquanto Danielle corria até eles, ainda se recuperando do choque.

Lina continuou a andar, rígida e ereta, tentando ignorar a sensação de ardência no joelho. Sabia que, para ganhar o respeito de Remi e das meninas da escola, não podia chorar. Estava determinada a não deixar ninguém intimidá-la; seu sotaque desapareceria e ela estaria pronta para desafiar o mundo, inclusive os alemães que se atrevessem a invadir o país. Com o tempo, os vestígios do passado seriam varridos da memória.

Daquele dia em diante, Remi se tornou seu companheiro inseparável. Eles costumavam jogar futebol e competiam para ganhar o controle da velha bola, que era o animal de estimação de Remi. Ele até a levava para a cama com ele. Remi a chamava de Combi, como o lendário jogador do Juventus.

13

O mundo estava em guerra. Com tristeza nos olhos, a professora deu aos alunos a notícia, que não foi surpresa para ninguém. Lina e Danielle não estavam muito preocupadas. Elas moravam numa pequena aldeia no interior da França; era impossível que o exército alemão quisesse atravessar campos, montanhas e rios apenas para chegar a um ponto tão insignificante com apenas duas ou três lojas e uma igreja austera.

Apesar disso, o dia a dia na aldeia mudou. Durante os jantares de sexta-feira com o padre Marcel, longos silêncios substituíram as antigas discussões. Lina e Danielle saíam cedo pela manhã, voltavam para casa na hora do almoço e depois retornavam para as aulas da tarde. Depois da escola, brincavam com Remi num pomar abandonado atrás da igreja.

Às vezes, o padre Marcel se juntava a eles para chutar a bola esfarrapada. Às sextas-feiras, os três voltavam juntos para o jantar, na casa de Claire. Remi era o novo convidado e o padre Marcel achava estranho que ele tivesse conseguido converter Lina e Danielle em fãs daquela equipe estrangeira que vencera a Copa do Mundo pela segunda vez no ano anterior, dentro da própria França.

Graças a Remi e ao início do ano letivo, a vida na aldeia tornou-se mais fácil para Lina. Ela passava mais tempo fora de casa e gostava de pensar que o pior já tinha ficado para trás, que ela poderia crescer numa família em paz, apesar de seus professores ocasionalmente falarem de uma ocupação nazista que a assustava. Mas ela tinha Danielle e Remi, e isso a fazia se sentir a garota mais sortuda do mundo, ainda que, ao ir para a cama todas as noites, sempre sentisse falta de Viera. O que mais poderia pedir? Ela estava morando num novo país; tinha encontrado dois novos amigos e se sentia protegida. Ao lado deles, era capaz de enfrentar até o inimigo mais poderoso.

Uma sexta-feira, depois do jogo de futebol com o padre Marcel, eles viram a figura taciturna e volumosa do carteiro saindo do café de *Madame* Beauchene. Ele estava obviamente indo para a casa de Claire.

"A carta!", Danielle gritou para Lina. "Notícias de Viera!"

Lina franziu a testa, parou e depois ficou para trás. Ela sentia que a carta não traria boas notícias e tinha certeza de que a mãe voltaria a ficar desanimada. O pai dela tinha explicado, uma vez, que a vida era cheia de altos e baixos, como os picos e vales de um eletrocardiograma, uma montanha-russa sem fim. Pela primeira vez desde que tinham chegado à França, Lina começou a contar as batidas rápidas do seu coração, para tentar medir os silêncios: um, dois, três...

Amanda estava de pé ao lado da caixa de correio vermelha. Todas as noites, como uma sentinela, ela esperava algum sinal da ilha distante e escrevia frases sem sentido nas folhas do livro de botânica. Amanda se sentia cada vez mais culpada à medida que o rosto de Viera se desvanecia em sua memória. Apenas seis meses depois de partirem de Berlim, ela já não conseguia mais ver a filha com clareza, lembrar-se da cor exata dos seus olhos ou da roupa que estava usando quando partiu. *Nós nos distanciamos do passado muito rapidamente*, dizia a si mesma.

O carteiro, ofegante, abriu a enorme bolsa que continha nada mais do que um pequeno envelope amarelado, coberto de selos vermelhos e pretos. Amanda o pegou sem dizer nada. O carteiro baixou os olhos, mas ela olhou para o céu cheio de nuvens.

"Está escurecendo mais cedo. Preciso acender uma vela", ela disse e apressou-se a voltar para casa.

Talvez devesse tentar entender melhor a ideia cristã das ofensas e do perdão. Talvez devesse confessar todos os seus pecados e tentar se redimir. Talvez devesse esquecer quem ela era, se colocar nas mãos de um deus misericordioso e venerar a cruz. Mas ela não podia, não devia. Pelo bem dela, dos seus antepassados e das filhas.

Amanda procurou no guarda-roupa um vestido perfeitamente passado e o vestiu, evitando a visão de si mesma no espelho. Prendeu o cabelo e pôs brincos de pérola. Apagando a luz da sala, acendeu uma pequena vela, esfregando as mãos geladas acima das chamas para aquecê-las. Chorando em silêncio, ela olhou para o envelope à luz bruxuleante da vela. Eles tinham devolvido a carta depois de ela ter cruzado a França, o Atlântico e as ruas de Havana, sem encontrar Viena.

Colocou o envelope na caixa de ébano. Apoiando-se no peitoril da janela, assistiu enquanto o sol começava a se pôr e rezou para ter um pouco de alívio da sua dor. Quando ouviu Lina entrar no quarto, inclinou o rosto para ela e cumprimentou-a com um sorriso. Abençoou-a com um beijo na testa e disse para que lavasse as mãos antes do jantar.

Amanda rezou para ter forças no caminho que ainda tinha à frente e decidiu começar outra carta assim que pudesse ver as três estrelas no sábado à noite. Ela não podia desistir. Tinha certeza de que a filha estava bem e por isso, ao amanhecer, cantava em voz baixa só para ela, durante aquele momento especial em que podiam se comunicar, embora as cartas nunca chegassem ao seu destino.

14

Na escola, começaram os exercícios de simulação de ataque aéreo. A França declarara guerra à Alemanha e Lina estava com medo de que fosse mais uma vez vista como uma inimiga. Era desse modo que era considerada em Berlim e agora poderiam vê-la como uma invasora. Seu único conforto era que agora ela fazia parte da maioria. Fechando os olhos, implorava a todos os deuses do universo para deixá-la em paz, para permitirem que fosse apenas outra menininha francesa da sua escola.

Todos tinham que estar preparados para quando a primeira bomba caísse, explicou a professora sem conseguir evitar o terror na voz, não por causa do ataque iminente, mas pelo medo que poderia estar incutindo nas alunas. Quando ouvissem a sirene soar, as garotas teriam que se esconder embaixo das carteiras, até que escutassem o aviso de sair para o pátio. Tinham que atender com rapidez às ordens, sem pensar nem titubear.

Para as meninas, o inimigo ainda era invisível. Lina achava que eles viriam do céu, escondidos entre as nuvens, e esmagaria a todos. Não haveria eleitos nem religião. Todos, sem importar que deus eles adorassem, cairiam nas garras da mesma força e ninguém no mundo seria capaz de enfrentá-la.

"Estamos no *Drôle de Guerre*, a Guerra de Araque", comentou padre Marcel a Claire, ao se despedir na porta, depois do jantar. Enquanto isso, Amanda observava as duas meninas cavarem uma pequena sepultura na terra, para enterrar um passarinho caído do ninho.

"Aposto que abateram um avião alemão", sussurrou Lina.

"A primeira vítima dessa Guerra de Araque", concordou Danielle, repetindo a expressão usada pelo padre Marcel.

"Se continuarmos assim, os alemães vão nos matar como moscas", disse o padre, prosseguindo. "Temos um velho comandando nosso exército e os britânicos não vão atravessar o Canal da Mancha para nos defender. Por que fariam isso?"

"Os alemães não vão ter a ousadia de nos invadir. Não vai ser nada fácil para eles tomar Paris", Claire repetiu, tentando parecer convicta simplesmente para acalmar a raiva reprimida do amigo. Na verdade, ela não estava nem um pouco convencida do que estava dizendo; um medo obscuro a mantinha acordada na maioria das noites agora.

Para Amanda, o futuro era um enigma. Concentrada no seu desejo de reencontrar Viera, ela não conseguia mais vislumbrar o que o destino lhes reservava. No sábado, ao amanhecer, pegou outra folha do livro de botânica e começou a escrever. Para ela, a guerra que haviam deixado para trás em Berlim, e que ainda as perseguia mesmo nos campos de Haute-Vienne, não fazia sentido nenhum. Mas ela também sabia que, por mais que se escondessem, seriam descobertas e humilhadas, várias e várias vezes, antes de ser aniquiladas. Aos olhos dela, aquela guerra, a única que importava, não era nem um pouco fictícia.

Outono de 1939. Minha pequena Viera... Os dias aqui ficam cada vez mais cinzentos. Todas as manhãs, o sol luta para se levantar: às vezes consegue, e outras vezes, não, permanecendo escondido entre as nuvens. Tenho certeza de que, em sua ilha, ele sempre brilha e a ilumina a cada manhã...

Com a chuva de novembro, o céu desabou sobre as ruas e estradas. O rio Vienne parecia se espalhar por toda parte. As pedras, os troncos das árvores, as fachadas e janelas das casas ficaram cobertas de musgo. Lina passava horas fascinada pelo tapete verde que aderia a cada superfície e crescia a cada dia que passava. *Um dia, a luz não entrará mais em casa*, ela pensou, tentando sem sucesso raspar aquele veludo úmido e verde-escuro das paredes.

Certa manhã, Claire não saiu do quarto. A chuva tinha deixado todos desorientados, perambulando num crepúsculo sem fim. Amanda bateu na porta delicadamente. Ninguém respondeu, mas ela ouviu Claire respirando com dificuldade na escuridão do cômodo. Quando entrou e abriu as cortinas, a luz relutante do dia revelou Claire banhada em suor, com os lábios rachados e os olhos semicerrados. Ela tremia de febre.

Amanda mandou as meninas molharem toalhas em água fria e depois pressionou-as com suavidade contra a nuca e a testa de Claire.

"Você vai ficar bem", ela sussurrou. "É impossível não ficar doente com um tempo assim. O outono e o inverno são sempre desse jeito aqui?"

Lina e Danielle ficaram na porta, sem se atrever a entrar no quarto.

"Temos de deixá-la descansar", disse Amanda, saindo para fazer um chá de ervas.

Quando as meninas contaram que Claire estava acamada, padre Marcel foi correndo para a casa das duas, na companhia de Lina e Danielle. Quando entrou, pela primeira vez, nos aposentos da amiga, foi surpreendido pelo cheiro de eucalipto e das infusões de calêndula, malva e celidônia.

"Esta chuva está derrubando todos nós", disse ele, sentando-se ao lado da cama.

Tomou as mãos de Claire e beijou-as com timidez. Ela sorriu e tentou dormir: era tudo que tinha forças para fazer. Padre Marcel examinou todos os cantos do quarto mal iluminado. Reconheceu Claire vestida de branco numa fotografia desbotada, ao lado de um homem de casaco e chapéu de feltro. Ambos fitavam a câmera sem sorrir e com um olhar assustado. O padre pegou o rosário de madeira e concentrou-se em suas orações.

Na manhã seguinte, Claire estava pior. A febre não cedia, a respiração estava cada vez mais irregular. Amanda achou que seria melhor chamar um médico.

"Não", Claire protestou. "Amanhã já estarei melhor."

Durante seis noites, padre Marcel orou e manteve vigília ao lado da cama de Claire. Ele ia embora à meia-noite, embaixo de chuva, e voltava no entardecer do dia seguinte. Logo se acostumou a ficar sozinho com ela e a relatar os detalhes da sua vida: sua infância com as freiras, o seminário, a descoberta precoce da sua vocação para ser padre, a época em que percebeu que nunca saberia quem eram seus pais. Provavelmente dois adolescentes medrosos, que o haviam deixado na porta do convento.

"Isso é dramático demais para ser verdade", ele brincava. "Por muito tempo me senti abandonado e indefeso", continuou. "Como alguém pode deixar uma criança assim, à mercê das intempéries? Mas acabei entendendo e esqueci e perdoei. Quem sabe o que estava se passando pela cabeça da minha mãe? E agora eu tenho uma família enorme, não tenho?"

As cores começavam a voltar ao rosto pálido e abatido de Claire. Padre Marcel se envergonhou de não se alegrar com a boa notícia. Se Claire se recuperasse, seu contato com ela mais uma vez se limitaria aos jantares de sexta-feira à noite e às conversas ocasionais depois da missa, ou a uma visita com as meninas à abadia. Ele sabia que não haveria mais motivo para suas visitas diárias à casa e ainda menos para ficar sozinho com Claire. Ela compreendia os sentimentos ambivalentes do padre.

"Esta casa é sua, padre. Será sempre bem-vindo aqui", ela disse, sem olhar para ele, corada e agradecida.

Naquela noite, eles não se despediram com um chá de ervas, mas beberam café moído na hora, do lado de fora do quarto. Sentaram-se juntos na sala de jantar, olhando para a tempestade que os mantinha alegremente aprisionados.

15

A segunda carta foi devolvida quando o inverno chegou. Elas já adivinharam quando viram o carteiro se aproximando de cabeça baixa. Amanda pegou o envelope e o guardou na caixa de ébano. Estava convencida de que um dia a filha iria lê-las e descobrir que ela nunca se esquecera dela. Isso era o mais importante. Esperaria pelo ano novo; não fazia sentido enviar outra carta numa época em que certamente ela se perderia entre todos os cartões e pacotes de Natal. Tinha esperança de que, nos primeiros dias de janeiro, as distâncias ficassem mais curtas e algum funcionário dos correios, na ilha, tivesse pena dela por insistir tanto e finalmente descobrisse o paradeiro da filha, que agora devia falar espanhol como uma nativa. Ou talvez fosse melhor começar a escrever novamente na primavera, quando as flores floresceriam mais uma vez. Amanda estava resignada com a passagem do tempo, mas não com o esquecimento.

No início da nova década, a guerra ainda parecia uma ameaça silenciosa. Não havia um único confronto no campo de batalha, uma única explosão, nenhum invasor, nem manobras de defesa. Somente navios de guerra contra navios de guerra, no meio do Atlântico, longe do continente. Na cidade, panfletos ocasionais caíam dos céus, em telhados e praças, como delicados flocos de neve. Padre Marcel lamentava que aquela fosse a única resposta de uma nação disposta a cair de joelhos diante do inimigo. Claire estava convencida de que o ataque alemão era iminente, que os dias de paz estavam acabando. Amanda também sentia que seu refúgio logo não existiria mais.

***

No meio da primavera, com as tulipas em plena floração, os Países Baixos desmoronaram como um castelo de cartas. Um mês depois, os alemães cruzaram a fronteira mais enfraquecida e entraram na França. Dois meses depois, em 14 de junho de 1940, Paris, *la grande dame*, rendia-se aos seus pés.

"Ninguém pode resistir aos alemães", disse Amanda. "É um horror, mas essa é a realidade. Eles vão dominar o mundo."

"Não acho que veremos nazistas por aqui. Eles não vão içar a bandeira com a suástica sobre a nossa aldeia", disse Claire, embora ela mesma não estivesse totalmente convencida.

Amanda estremeceu. Se ela abandonasse a casa de Claire e fosse para o sul, atravessando os Pireneus, Viera não saberia como encontrá-la. Ela tinha que esperar um pouco mais, antes de tomar sua decisão.

Pelo rádio, escutaram com pesar a voz do general francês falando do seu exílio, em Londres.

"O que quer que aconteça, a chama da Resistência Francesa não deve se extinguir e não se extinguirá."

Amanda levou um ano para terminar sua carta seguinte. Estava ciente de que nunca chegaria ao seu destino, pelo menos não enquanto ela estivesse neste mundo. Mas tinha que escrever.

Inverno de 1940. Minha pequena Viera: a escuridão chegou até nós. Viu como eu estava certa em deixá-la partir, mesmo sabendo que meu coração sofreria a cada instante? Só Deus é testemunha da força que tive que reunir para abandoná-la. Só Ele poderia me dar determinação para pegar a mão da sua irmã e me afastar de você.

Essa era a primeira vez que Amanda escrevia sobre como tinha se sentido ao deixar a filha no porto, e como tinha sido resoluta. Ela havia chegado também ao momento em que precisava enfrentar a si mesma e assumir a responsabilidade pelo seu possível erro. E agora tinha de ser ainda mais forte para salvar Lina. Começou a traçar seus planos em silêncio, estudando todas as diferentes possibilidades. Ela tinha uma missão e não podia se deixar vencer pelo desânimo.

A mudança de Amanda era óbvia para Claire, que não conseguia entender como a amiga podia parecer tão serena, até feliz. Seu rosto vivia iluminado. Ela estava mais carinhosa com as meninas e seus silêncios durante o jantar tinham se transformado em conversas animadas.

Começou a chamar a amiga de "*Maman* Claire". "Vamos lá, Lina, ajude *Maman* Claire." "Apresse-se, *Maman* Claire precisa de você." "Vá ao mercado com *Maman* Claire." Desse modo, ela começou uma espécie de transferência. Para Lina, Claire passou a ser *Maman* Claire. Agora, sempre que a filha perguntava se podia ir até o rio com Danielle ou Remi, ou ficar na aldeia depois da escola, ela pedia que perguntasse a *Maman* Claire. Logo, até mesmo o padre Marcel começou a chamá-la assim.

No ano seguinte, 1941, apesar de não haver nem sinal dos alemães perto da aldeia, havia rumores de que os nazistas tinham ocupado Limoges, a cerca de vinte quilômetros de distância. As manchetes dos jornais começaram a divulgar os novos estatutos para os judeus, assinados pelo governo francês em Vichy. As novas leis autorizaram a "arianização" das empresas judaicas e proibiram os judeus de trabalhar em jornais, teatros ou no rádio. Para Amanda, a história estava se repetindo. Desta vez ela estava indiferente. Não havia nada a ser feito.

Claire se encarregava das meninas à noite e lhes contava histórias fantasiosas, para desviar sua atenção da guerra invisível.

Um dia, quando Lina adormeceu, Danielle perguntou a Claire sobre o pai dela.

"Você era a menina dos olhos dele", Claire dizia com nostalgia, olhando para a fotografia de casamento e suspirando. "Graças a Deus seu pai não está mais conosco, Danielle. Ele não teria conseguido suportar se visse no que a França se transformou. Ele foi um homem que dedicou toda a vida ao nosso país..."

16

Numa manhã de verão de 1942, o carteiro bateu na porta de Claire. Dessa vez ele estava acompanhado por um policial e um funcionário da prefeitura de Limoges.

Claire se sobressaltou. Cumprimentou-os atenta e temerosa, com Amanda ao lado dela. Uma lufada de ar gelado entrou na casa junto com os homens e as meninas correram para se esconder no sótão. O carteiro apontou para uma das mulheres com a mão trêmula. Havia medo em seus gestos, mas seus olhos brilhavam aliviados, depois de fazer a denúncia.

"Ela é Amanda Sternberg", afirmou.

"Documentos", exigiu o policial uniformizado. Essa era a lei e tinha de ser obedecida, mesmo que partisse do inimigo. No fim das contas, ninguém sabia muito bem quem era o inimigo.

Amanda foi para o quarto, depois voltou devagar e entregou ao policial seus documentos e os da filha.

O homem anotou seus nomes e datas de nascimento. Na margem, escreveu a data de 16 de julho de 1942 e a palavra JUDEUS em letras maiúsculas. Orgulhoso de sua bela caligrafia, verificou o que havia copiado em seu caderno, depois afastou-se um pouco para que o carteiro pudesse admirar também.

"É uma mera formalidade", o funcionário da cidade acrescentou, com um ar incomodado. "Temos que manter um registro atualizado de todos os judeus da região. Essa é a lei."

Confrontados pelos olhares repreensivos das duas mulheres, os três homens se viraram e saíram sem se despedir.

Daquele momento em diante, Amanda e a filha não teriam mais proteção. Seu destino dependia dos caprichos da polícia francesa, que, de acordo com o padre Marcel, estava ficando mais covarde e submissa a cada dia.

As cartas. As cartas nos delataram. O pensamento martelava nas têmporas de Amanda. Sua determinação em encontrar Viera colocara Lina em risco. Ela e Claire sentaram-se em silêncio com uma xícara de chá na mão, enquanto tentavam encontrar uma ideia reconfortante, algumas palavras que lhes oferecesse esperança. Os olhos de Claire brilhavam com raiva e terror; a vida de Amanda e de Lina estava nas mãos de uma lei assinada pelos franceses para agradar aos alemães –

uma regra que lhes dava esperança de sobreviver se denunciassem os indesejáveis.

Não há escapatória. Ninguém pode reescrever o destino, Amanda dizia a si mesma. Ela era protegida por um padre de aldeia e uma mulher que tinha colocado em risco a vida da própria filha para dar refúgio a ela e a Lina.

Padre Marcel chegou alarmado. Os poucos espanhóis que moravam na aldeia, os gaullistas e os "indesejáveis" tinham acabado de ser levados para um campo de trabalhos forçados.

"Posso providenciar um certificado de batismo para Lina e enviá-la para o convento em que cresci", disse ele, atropelando as palavras. "Nenhuma de vocês está segura aqui, mas podemos pelo menos nos certificar de que não levem Lina. Estão falando de pessoas sendo cercadas em Paris. Com a ajuda do governo de Vichy, os alemães encheram a França de campos de trabalhos forçados."

Amanda ouvia tudo em silêncio, com os olhos semicerrados, sem demonstrar emoção. Do lado de fora, as meninas corriam felizes atrás da bola de Remi.

"O melhor será conversar com o padre Auguste na abadia. Tenho certeza de que ele nos ajudará. Este lugar não é mais seguro para vocês", o padre insistia em dizer.

"Nenhum lugar é seguro. Não podemos passar a vida toda fugindo."

"Amanda, com a ajuda do abade, podemos salvar Lina", disse Claire. "Ele é idoso, mas tenho certeza de que, se o padre Marcel pedir, não recusará. Com o certificado de batismo..."

"Não vou abandonar minha filha", Amanda interrompeu com voz severa. "Já fiz isso uma vez e não vou fazer de novo. Ela só tem 7 anos."

Beberam vinho sentados ao redor da mesa. Claire pegou as mãos de Amanda, que se deixou consolar, enquanto o padre Marcel bebericava o vinho em silêncio. De repente, ele bateu o punho na mesa duas vezes e levantou-se com um suspiro.

"Vamos encontrar uma solução. Por enquanto, acho que é mais sensato se Lina não for para a escola."

17

Iluminadas pela luz de uma vela, as meninas se esconderam atrás de alguns barris de madeira no pequeno sótão. Tinham construído uma trincheira com cobertores velhos e ferramentas enferrujadas.

"Eles não vão nos encontrar aqui", garantiu Danielle. "A partir de hoje você será Elise e todo mundo vai pensar que é francesa como nós. Talvez *Maman* possa adotá-la, então seríamos oficialmente irmãs. Quem duvidaria disso? Você parece mais com ela do que eu!"

Lina se mantinha em silêncio, olhando para a luz oscilante da vela. Quando a chama apagou, as duas dormiram nos braços uma da outra.

Foi difícil convencer Lina, mas Amanda decidiu que não deveriam ir com Danielle e Claire para a missa aquele domingo. O sermão do padre Marcel começou com referências a príncipes, filisteus, filhas entregues e traições. Ninguém da congregação entendeu o que ele estava tentando dizer com aquelas referências bíblicas. Não houve menção à guerra, a Paris entregue aos alemães. Tudo girava em torno da culpa e da traição, da vergonha e do dever. No final, encarando duramente os fiéis, padre Marcel leu pausadamente um salmo: "Pois não era um inimigo que me afrontava; então eu o teria suportado; nem era o que me odiava que se engrandecia contra mim, porque dele me teria escondido. Mas eras tu, homem meu igual, meu guia e meu íntimo amigo".

Um murmúrio inquietante encheu a igreja. Lágrimas escorriam dos olhos de alguns membros da congregação. Claire caiu de joelhos e começou a orar, enquanto Danielle e Remi corriam ao encontro de Lina.

O padre se fechou na sacristia. Por um longo tempo, andou de um lado para o outro, as mãos cruzadas nas costas, imerso em pensamentos turbulentos. Quando saiu dali, esbarrou no carteiro que aparentemente estava esperando por ele. O padre passou direto pelo homem, sem intenção de parar. Não podia improvisar outro sermão e não tinha o menor desejo de castigar aquele sujeito, consumido pela própria covardia. Ele tinha que se concentrar em algo muito mais importante: encontrar um novo refúgio para Lina e Amanda.

"Eu estava apenas seguindo ordens!", explodiu o carteiro, correndo atrás dele. "Não tinha outra saída."

"O que quer que eu diga? Que deve recitar dez pai-nossos? Então faça isso, se acha que vai limpar sua consciência."

"Eram instruções da prefeitura para que o registro fosse atualizado. Tudo o que eu disse foi que havia uma estrangeira morando lá. Não fazia ideia de que ela era judia. Recebemos ordens para localizar todos os estrangeiros *indesejáveis*."

"E qual é a diferença?"

"O senhor sabe, padre, que não podemos esconder judeus. Eles estão contra nós."

"Eles?" Padre Marcel estava prestes a acrescentar outra coisa, mas não valia a pena. "Acho melhor você ir embora agora. Tenho assuntos importantes para resolver."

"O problema é que, se não nos livrarmos deles, se não colaborarmos, os alemães vão despejar toda a sua fúria sobre nós, padre. E eu tenho família…"

"Eles já despejaram essa fúria sobre nós. Estamos de joelhos!" O padre Marcel suspirou. "Bem, cada um sabe o que faz." O padre deu meia-volta e atravessou a praça da aldeia, dirigindo-se à abadia.

O carteiro permaneceu imóvel. Pensou em voltar para o altar, ficar de joelhos e pedir perdão, mas no final preferiu tranquilizar a si mesmo, convencendo-se de que tinha feito a coisa certa.

"Temos que cumprir as leis", disse a si mesmo, diante da imagem do Jesus crucificado. "É só o que podemos fazer. Você sabe disso melhor do que nós. Você foi traído também e o que fez? Nada." Ele mergulhou o dedo na pia batismal e fez o sinal da cruz, com um encolher de ombros. "Nenhum padre vai vir me dizer o que é certo e o que é errado. Nem ele nem ninguém está acima da lei."

Ao cruzar a praça, o padre Marcel pensava no episódio com o carteiro. *O fedor do medo contamina: tudo o que entra em contato com ele fica vulnerável e, depois que alguém entrou nesse caminho, é impossível sair. O fedor da infâmia é ainda mais repugnante: ninguém pensa, ninguém reage. E Deus simplesmente olha,* o padre refletiu, analisando sua própria recusa em argumentar com o delator.

Aquele incidente deu início a uma vigilância permanente. Ele se mantinha alerta a qualquer atividade na aldeia, ciente de que qualquer um poderia seguir o exemplo do carteiro. Todos aqueles que haviam tomado a comunhão poderiam se tornar delatores, porque havia chegado a hora de trair o vizinho para salvar a própria pele. Ele entrou no Hotel Beaubreuil para comprar um jornal. Lia as manchetes e tentava se manter informado, mas só tinha acesso a notícias das quais desconfiava. Não tinha dúvidas de que em breve todos os "indesejáveis" seriam levados. Passava noites sem dormir tentando reivindicar para a sua congregação até o menor ato de bondade. Chegou a questionar sua própria vocação e suas dúvidas lhe causavam tamanho horror que ele sentia até uma dor física. Seria mais útil se ele se juntasse à Resistência, pensava, se fosse para as montanhas. Mas ele não passava de um padre, preparado apenas para fazer sermões e perdoar em nome de Deus.

"Primeiro vão levar os indesejáveis. Quando não sobrar mais nenhum na França, será a nossa vez", dizia a si mesmo em voz baixa.

18

A presença dos alemães em Limoges significava que moradores das cidades e aldeias próximas se sentiam desprotegidos. A hora de começar o êxodo havia chegado. Por menores que fossem as chácaras e praças de aldeia, por mais distantes que estivessem das grandes cidades, a ocupação nazista era um fato e todos temiam o resultado.

Aqueles que tinham chegado na aldeia, vindos do norte ou de Paris, partiram novamente, avançando ainda mais para o sul, em busca de refúgio. As aldeias se esvaziavam, as estradas ficaram abarrotadas de pessoas. Para Claire, a guerra estava apenas começando. Para Amanda estava chegando ao fim; era impossível travar uma batalha por mais de três anos. Sua única esperança era o tempo, a cura para todas as doenças. Mas quanto tempo mais ela teria que esperar?

Os dias pareciam mais longos para Lina desde que ela tinha sido proibida de ir à escola. Danielle e Remi contaram a ela que uma bomba poderia cair sobre eles a qualquer momento e que os professores tinham ensinado os alunos a se proteger por meio de uma simulação ridícula da qual todos participaram com entusiasmo, como se fosse uma brincadeira.

Os dias eram mais incertos, o objetivo de Lina era chegar segura ao anoitecer. Ela não achava que os soldados franceses ou alemães fossem "retirá-las" à noite – essa era a palavra que a mãe usava sempre que Claire ou o padre Marcel mencionavam as capturas nas aldeias da vizinhança.

"E se vierem nos retirar à noite?", Amanda perguntou a Claire uma tarde, quando viu Lina e Danielle entrarem correndo, de olhos arregalados e com os sapatos cobertos de lama.

"Vimos os soldados!", gritou Lina, tentando recuperar o fôlego.

"Cruzaram a ponte em direção a Limoges", sussurrou Danielle.

"Bem, é onde vão ficar. Eles têm coisas mais importantes para fazer lá", Claire respondeu, tentando tirar a importância do que as meninas tinham visto. Ela entrou na cozinha e ficou ali, de cabeça baixa. Amanda a seguiu e, quando parou em frente à amiga, olhou para ela por vários instantes. Estava chegando a hora.

Ao pôr do sol, Amanda acendeu as velas da sexta-feira. Estava convencida de que o padre Marcel traria más notícias para a mesa do jantar e ela já tinha tomado uma decisão. Voltou para o quarto, arrumou uma mala para ela e outra para Lina, depois chamou Claire com um gesto.

Elas ficaram sentadas por vários minutos na beirada da cama, em silêncio. Um raio de luz que entrava pela janela as pegou de surpresa. Claire olhou ansiosamente para a caixa de ébano no colo de Amanda. À meia-luz, o rosto da amiga perdia o contorno suave e parecia severo e imponente.

"A única coisa que me une à minha filha está aqui, Claire. Você pode imaginar que algo tão grande poderia caber num espaço tão pequeno?"

Não havia resposta para uma pergunta como aquela. O coração de Claire disparou.

"Sei que eles virão mais cedo ou mais tarde", disse Amanda. "Eles nos levarão embora, só Deus sabe para onde. Esta caixa contém o que há de mais precioso para mim. Algum dia minha filha vai saber de nós, algum dia vai entender que não a abandonei."

A voz dela falhou e as últimas palavras soaram como um gemido. Um gemido seco, sem lágrimas.

"Tudo tem um fim e sei que esta guerra vai terminar e a vida seguirá seu curso. Mas não para mim. É tarde demais para nós."

Claire não podia deixar de se sentir culpada, ferida, desesperada. Rezava em silêncio a Deus para ajudá-la a encontrar uma maneira de salvar a amiga.

"Prometa que estas cartas chegarão a Viera. Me prometa isso, Claire. É tudo que peço a você."

Claire tentou abraçá-la, mas sentiu a rigidez do corpo de Amanda, que recusava qualquer compaixão. Elas se separaram e Amanda se aproximou da janela. Acendendo outra vela, pegou uma das páginas do livro de botânica. Leu em voz alta o nome da flor ilustrada na folha desbotada, *Matthiola incana*, e admirou o delicado púrpura de suas pétalas, sua beleza perene.

De repente, Amanda sentiu falta de ar, como se a flor estivesse sugando todo o oxigênio do quarto. Ela soltou a folha, tentando absorver uma brisa revitalizante. Uma carta não ia resolver nada; ela tinha que pôr um fim naquela farsa sem sentido.

Começou a escrever e, desta vez, as palavras brotaram com fúria, sem pausas. Quando a vela estava prestes a acabar, ela apagou a chama com os dedos e continuou escrevendo na escuridão. A luz da janela brilhava nos filamentos de madrepérola da pequena caixa que Claire ainda estava segurando.

De repente, Amanda parou. Amassou a folha de papel e jogou-a num canto do quarto. Ela se levantou e, sem olhar para Claire, foi para a sala de jantar, rígida como um robô.

Alarmada, Claire correu para recuperar a folha de papel amassada. Alisou-a contra o peito, depois abriu a caixa para colocá-la com as outras cartas devolvidas.

"Temos que ir. Não resta muito tempo", pediu padre Marcel ao entrar no cômodo.

Pela primeira vez, ele estava se incluindo. Não mencionou o certificado de batismo de Lina, não falou em mandá-la para um convento nem disse que Amanda devia atravessar a fronteira para a Espanha, ou que Claire e Danielle tinham de chegar o mais perto possível do sul. Desta vez, ele estaria liderando a fuga. Essa era a única coisa que fazia Claire se sentir segura, era a única maneira de fazê-la correr o risco de fugir.

Amanda não se envolveu naqueles novos planos de fuga. Ela achava que estava pagando pela culpa de ter traído o marido por não mandar Lina para Cuba com Viera. Se tivesse feito isso, ambas agora estariam seguras. Mas o estrago estava feito e era irreparável. Não havia escapatória.

Naquela noite, Lina dormiu com ela na cama estreita. Não houve histórias para dormir, nem leituras sobre plantas exóticas, nem nomes latinos. Amanda lembrou-se de Hilde e, em sua mente, examinou os infinitos caminhos diferentes que poderia ter tomado: e se tivesse enviado as duas meninas para Cuba? E se as três tivessem ido a Paris? Havia muitas possibilidades.

Com os olhos fechados, Amanda tentou imaginar Hilde. *Minha querida amiga, os nazistas também chegaram à cidade mais bonita do mundo, a cidade em que você sonhava em morar com as meninas, Paris. Você pode imaginar? Teríamos sido felizes... Mas, no final, a felicidade é apenas um instante, uma miragem. Viera está numa ilha distante, Lina e eu estamos desamparadas... e você, onde está? Em Berlim, Paris, ou talvez já tenha decidido buscar refúgio com seus pais, no sul distante? Nós não pertencemos a lugar algum. Não temos raízes e nunca teremos. Neste momento, preciso da sua mão para me dar forças para tomar uma decisão. Uma decisão da qual tenho certeza de que também arrependerei. Essa é minha punição, meu remorso constante.*

Ouvindo a si mesma, ela pensou por um momento em escrever uma carta para a amiga. Nunca a escreveu; em vez disso, caiu no sono.

19

$\mathcal{C}$omo em todas as manhãs, Amanda se levantou como se fosse seu último dia. Tomou um banho quente, esfregou a pele, prendeu os cabelos. Deixou a mala feita atrás da porta do quarto e se certificou de que, sobre a mesa estavam, em seus devidos lugares, a caneta, a tinta, a vela e a folha de papel do livro mutilado, para que pudesse escrever sua última carta para Viera. A data ela já havia escrito: *Verão de 1942*. Deteve-se, por um instante, na ilustração, e leu, como se estivesse orando, as palavras do texto em latim, que descrevia a flor com sua corola de cinco pétalas azuis e um centro vermelho como uma ferida: *Anagallis caerulea*, ela soletrou enquanto se sentava na porta, esperando que viessem buscá-la. Ninguém na casa se atrevia a mudar sua rotina silenciosa e calculada. Talvez ela nunca fosse escrever aquela carta, talvez a página com a flor fosse sua despedida.

Com os primeiros raios de sol, Lina ouviu algo bater na vidraça do quarto dela. Olhando para fora, viu Remi lá embaixo. Danielle correu até a janela, embrulhada num cobertor. Eles sabiam que Remi nunca dormia muito, mas uma visita tão cedo não era bom sinal.

Abriram a janela e esperaram que ele se explicasse. Estava vestido com suas melhores roupas sob o casaco: a camisa do Juventus e o cinto branco com a fivela dourada.

"Hoje é meu último dia aqui", ele disse, com os lábios contraídos e os olhos transbordando de lágrimas.

Vê-lo chorar entristecia as meninas, mas elas não sabiam como consolar o amigo. Vestiram-se, apressadas, e o encontraram nos fundos da casa, seguindo depois para o rio.

Deveríamos estar preparados para isso, pensou Danielle. Ela sabia que Remi iria embora com os pais quando menos esperassem e atravessaria os Pirineus com a ajuda de um republicano espanhol que poderia, quem sabe, também ser fã do Juventus. Remi prometera aos pais que, nem mesmo em sonhos, revelaria que iriam fugir ao anoitecer daquele sábado. "O fascismo é uma praga, é contagioso", repetia o pai dele, batendo nas paredes. Mais um dia com os nazistas e ele enlouqueceria, se é que isso já não tinha acontecido.

No caminho para o rio, Remi não conseguiu encontrar palavras para dizer adeus a elas. Ele fazia uma pausa a cada curva para pegar uma pedra e arremessá-la a distância. Rasgou uma folha, sentindo sua textura, e cheirou-a, como se não fosse às meninas e à aldeia que ele estivesse dizendo adeus, mas à própria infância.

"Sabem o que eu queria fazer agora?", ele disse quando chegaram ao rio. "Queria gritar bem alto. Gritar para o mundo inteiro ouvir. Para Deus também, se é que Ele pode nos ouvir, se é que realmente nos ouve."

"Grite se isso vai te fazer bem", disse Danielle.

"Odeio os nazistas...", disse Remi entredentes.

As meninas começaram a rir.

"Odeio os nazistas!", repetiu Lina, um pouco mais alto.

"Odeio os nazistas!", gritou Danielle com força.

Os três estavam repetindo a frase ao mesmo tempo, quando foram surpreendidos por uma carroça carregada de caixas, malas e duas ovelhas balindo. O homem que conduzia a carroça se juntou ao protesto.

"Odeio os nazistas!"

A cumplicidade dos gritos os animou um pouco. Quando viram uma enguia nadar rio abaixo, correram atrás dela na direção da fronteira entre Haute-Vienne e La Creuse. O uivo de um animal lhes chamou a atenção.

É um cachorro, pensou Lina.

"Está se afogando!", exclamou ela.

Remi se agachou na margem do rio, onde estava o cão moribundo. Metade do corpo do cachorro estava fora d'água e coberto de lama, e suas duas patas traseiras, ensanguentadas e ainda na água, sendo mordiscadas por peixes minúsculos. Lina observou com cautela a pobre criatura, que não reagiu à presença das crianças. Estava ofegante e seu focinho, coberto com uma espuma amarelada.

"Deve ter rolado aqui do mato. É muito pequeno para saber nadar e a água está muito fria." Remi falava baixinho, tentando acalmar o animal moribundo. Estendeu a mão, mas, quando tentou segurar as patas da frente do cachorro para arrastá-lo para fora da água, o animal rosnou e mostrou os dentes, se defendendo. "Só Deus sabe há quanto tempo está aqui."

Lina começou a acariciar a cabeça do cão, que relaxou. Deu outro grunhido, muito mais fraco, e Remi conseguiu retirá-lo da água e colocá-lo na grama. O animal fechou os olhos e continuou respirando com dificuldade. As patas tinham sido esmagadas.

"Vai se recuperar", disse Remi, sem muita convicção.

Os três se sentaram em volta do cachorro, acariciando-o, esperando que ele mostrasse sinais de recuperação ou de morte. Não podiam deixar a pobre criatura sozinha ali. Não disseram nada, só observaram que pouco a pouco ele parava de respirar, o corpo estremecia, agonizante.

Essa era a primeira vez que ficavam cara a cara com a morte. Observaram o peito arfante do cão enquanto lutava para respirar. As pausas se tornaram cada vez mais longas, até que finalmente o cão parou de se mexer.

"Era o destino dele", Remi sentenciou, com lágrimas nos olhos. Danielle abraçou Lina para confortá-la e acariciou a cabeça da amiga.

"Vai ficar tudo bem", sussurrou Lina, sem saber por quê. Quem era ela para garantir que eles também não terminariam como o cachorro, agonizando na margem do rio?

Quando viu que Lina estava desconsolada, Remi colocou a mão no ombro dela.

"Vamos, Elise, o mundo não vai acabar hoje. Ouça, vou te dar a Combi, mas você tem que cuidar dela!"

Aquilo trouxe um sorriso ao rosto de Lina. Se o amigo dela a chamava de *Elise*, tudo ficaria bem, apesar de Danielle protestar.

"O que está dizendo, Remi? A Combi é sua. E não vamos jogar futebol sem você..."

Mas Lina já estava segurando a bola, com os olhos bem fechados.

"Eu não preciso mais dela. Vou comprar uma nova. Cuide bem da Combi! Ela pertence a este lugar, com você e Danielle..."

Eles voltaram pelo mesmo caminho. Do alto da trilha, olharam para o corpo sem vida do cachorro, então se abraçaram. Remi fitou o céu.

"As nuvens estão muito baixas. Se chover, não vamos poder ir embora e talvez eu passe outro dia com vocês."

O vento soprava em seus rostos enquanto voltavam para casa. Mas aquela noite não choveu.

20

O tempo continuou úmido e enevoado. O dia estava chegando ao fim e, como antes, Amanda estava sentada com a folha de papel em branco diante dela. Danielle estava em seu quarto, enquanto Lina ajudava Claire na cozinha. De repente, ouviram uma batida na porta.

"Deve ser Remi", disse Lina. Ela ia abrir a porta, mas Claire a segurou e passou na frente. Lina a seguiu. Antes de ver quem era, Claire se abaixou e disse à menina:

"Todo esse pesadelo vai chegar ao fim um dia e vamos esquecer tudo isso." Abraçando Lina, que ficou sem entender o que a mulher queria dizer, ela acrescentou: "Ajude sua mãe. Seja forte".

Outro golpe seco na porta forçou-a a recuperar a compostura. Ela a abriu. Do lado de fora, a premonição de Amanda se tornou realidade: um oficial alemão de uniforme preto, escoltado por dois policiais franceses. Mais adiante, um carro e um caminhão com suásticas pintadas nas laterais, os faróis apagados.

"Boa noite, *Madame* Duval", cumprimentou o policial em francês.

Seus olhos verdes a estudavam com atenção. Sorria com uma amabilidade que causou um calafrio em Claire.

Lina apertou a mão dela.

"*Maman*", ela chamou.

O oficial se inclinou para se aproximar do rosto da menina.

"Você é tão bonita quanto sua mãe, não é?", disse, achando que estava se dirigindo à filha de Claire. Ele se endireitou e falou novamente com a dona da casa. "*Frau* Sternberg e a filha precisam nos acompanhar."

Amanda entrou na sala carregando a mala. Danielle estava atrás dela.

"Para onde vai levá-las a esta hora da noite?", perguntou Claire.

"Não se preocupe, *Madame* Duval", disse o policial francês, abrindo caminho para Amanda. "Elas vão para o lugar a que pertencem."

"Sigam-me", o oficial alemão ordenou a Amanda em alemão.

Amanda abraçou Danielle, que começou a chorar e se recusou a deixá-la ir.

"Lina!", gritou Danielle. O oficial olhou para ela, surpreso.

"Estamos perdendo tempo. Vocês duas, para o caminhão!", acrescentou em alemão.

Amanda pegou as mãos de Claire e sorriu. Danielle ficou paralisada, olhando para Lina.

"Já estou preparada há algum tempo", disse Amanda. "Não chore", disse a Claire, aproximando-se dela e sussurrando algo em seu ouvido para que os outros não ouvissem. O oficial ficou ainda mais impaciente. Amanda pegou Lina pela mão e as duas saíram da casa. Confuso, o soldado percebeu seu erro. Olhou com desdém para Danielle, como se ela fosse a culpada.

Lina acompanhou a mãe sem fazer perguntas, sem dizer adeus ou olhar para trás. Seu coração começou a bater descompassado, deixando-a quase sem fôlego. Ela não tinha tempo para contar os batimentos cardíacos, podia se confundir. Além disso, tinha que se concentrar para entender como iriam escapar, qual era o plano que sua mãe estava tramando.

Talvez Claire fosse correr até elas e impedir que as levassem. Ela estava esperando ouvir um grito de Danielle, para que as duas corressem e se escondessem em seu esconderijo perfeito, onde ninguém, nem o oficial alemão, nem os policiais franceses, nem o carteiro, nem qualquer outra pessoa seria capaz de encontrá-las.

Deus é uma sombra. Deus está dormindo. Deus não pode nos ver. Deus nos abandonou. Deus não nos ama, ela repetia para si mesma, numa ladainha sem sentido.

O rugido do motor do caminhão rompeu o silêncio. Os faróis ofuscaram seus olhos. Ainda segurando a mão da mãe, sem saber onde pisava nem para onde estava indo, ela andava às cegas, a garganta ressecada, por um caminho que conhecia, pedra por pedra, mas que agora lhe parecia estranho.

Ah, Remi, por que não fui com você? Por que você não me levou para cruzarmos juntos os Pirineus? Ah, Mama, *tudo seria diferente se eu tivesse embarcado naquele navio com Viera. Ah,* Mama, *por que não fomos para Paris com Hilde?...*

Lina começou a tremer de medo. Era como se o coração estivesse bombeando muito sangue para seu minúsculo corpo suportar. Não estava com frio agora; pelo contrário, sentia um ar quente envolvendo-a. *Papa?*, gritou sem emitir nenhum som.

E se rezasse? Talvez o outro Deus, aquele que prometia a salvação, pudesse ouvi-la. *Pai nosso que estais no céu, santificado seja o vosso nome... Não percebe? Ninguém nos ouve. Deus não existe. Pelo menos não para nós. Onde está o padre Marcel? Na abadia! Vamos correr para a abadia!*

As nuvens eram tão baixas no céu que pareciam prestes a esmagá-las a qualquer momento. As folhas à beira da estrada foram varridas numa rajada repentina e Lina ouviu o vento começar a uivar.

É um sinal, temos que fugir! Ninguém vai nos encontrar. Vamos, Mama! *Essa tempestade é o nosso sinal!*

"*Frau* Sternberg, posso ver seus documentos e os da sua filha?"

Viu, Mama? *Ele vai nos deixar ficar. Não era atrás de nós que estavam. Foi um engano. O que fizemos de errado? Por que temos que fugir de todos os lugares.*

O policial ainda não tinha certeza da identidade da garota. Como ele podia ter cometido aquele erro? Folheou os documentos com desconfiança. Lina baixou a cabeça, não queria que a vissem chorar. Ela sentia seu corpo flutuando no ar, deixando todos muito abaixo. Fechou os olhos com toda força e viu ao lado dela seus pais, Hilde e Viera, até Remi com sua bola de estimação.

"Não vou machucar você, deixe-me ajudá-la", disse o oficial, mas a garotinha ainda parecia perdida em seu próprio mundo.

Papa, *logo estaremos com você. Não vá, espere por nós.* Mama *precisa de você e eu também. Agora estamos sozinhas.*

O vento soprou uma nuvem de poeira contra os faróis do caminhão. O motorista pressionou o acelerador para manter o motor funcionando. O oficial andou ao lado da menina na esperança de ouvi-la dizer alguma coisa que confirmasse que era uma judia alemã. Mas Lina ainda não reagia, vagando sem rumo até tropeçar numa pedra e cair. Ela se enrodilhou como um bebê recém-nascido na grama molhada, à espera de alguém forte e corajoso para protegê-la.

Na escuridão, em meio à névoa e ao redemoinho de poeira, Lina pôde sentir quando um gigante com braços quentes e musculosos a levantou tão alto que fez seu rosto tocar as nuvens. *Estou salva.* Ela abraçou o gigante, aninhou-se no peito dele e sentiu com a mão os batimentos do seu coração. Reconheceu o aroma da colônia do pai e sorriu, contente. *Minha Lina*, ela ouviu e recuperou a esperança.

"Eu sabia que não ia me abandonar", disse ela, baixinho, em alemão, aconchegando-se a ele.

O oficial sorriu com satisfação, tinha conseguido a prova que ele queria. Ele a colocou dentro do caminhão.

"*Mama!*", ela gritou e um bebê começou a chorar. Não sabia de onde o barulho estava vindo. Não sabia dizer quantas pessoas havia na parte de trás do caminhão.

Amanda levantou a mala e deixou-a cair na caçamba. O oficial ajudou-a a subiu no caminhão, depois usou uma lanterna para ajudá-las a encontrar um lugar para sentar.

"Lá na frente. Podem se sentar ao lado daquela senhora", disse ele, soltando a aba de lona.

Amanda e Lina encontraram um lugar e o caminhão partiu. De repente, ouviram um grito:

"*Elise!*" Era a voz de Danielle a distância.

21

Elas aos poucos foram se acostumando à escuridão e os rostos começaram a se delinear. Lina sentiu um cheiro parecido com o fedor do cachorro moribundo e lhe ocorreu que todos ali no caminhão também estavam esperando alguém para salvá-los de serem devorados pelos nazistas. *Melhor morrer sozinha do que ser comida pelos peixes.*

Amanda começou a chorar. A mulher sentada ao lado pegou a mão dela para consolá-la e sussurrou em seu ouvido:

"Você salvou sua filha."

Amanda revirou os olhos para aquela amarga ironia: *Como ela pode me dizer que eu a salvei se a condenei à morte?*

"Sua filha foi uma das pessoas que pôde desembarcar", prosseguiu a mulher, que fedia a urina.

Quando Amanda mexeu os pés na escuridão, sentiu uma poça de urina no chão do caminhão. A velha estava sentada ali havia horas. Amanda ainda não entendia o que ela estava falando. Fechando os olhos, escutou a voz acima do choro do bebê:

"Sua filha desembarcou em Havana. Você a salvou."

Depois de um longo silêncio, Amanda reagiu. Seria a voz de um anjo? Ela estaria sonhando?

"*Frau* Meyer?"

A outra mulher assentiu, envergonhada do estado desesperador em que estava.

"Quando chegamos ao porto, não permitiram que desembarcássemos do navio. Tentamos por uma semana. Fomos todos enganados. Quando saímos de Hamburgo, eles já sabiam que nossos vistos não eram válidos para entrar em Cuba."

Justo quando Amanda começava a esquecer o rosto de Viera, um oficial alemão teve de arrancá-la do seu refúgio para que ela pudesse ouvir notícias da filha. Três anos e três cartas devolvidas tinham sido sua sentença. Mas agora ela percebia que escrever nas folhas do livro mutilado tinha sido necessário para que pudesse encontrar *Frau* Meyer. Se o carteiro não tivesse devolvido as cartas com seu nome verdadeiro e não a houvesse delatado aos alemães, elas nunca teriam se encontrado. Sabendo agora do destino da filha esquecida – que Viera estava a salvo numa ilha perdida no oceano, longe das hordas selvagens, do ódio, do fedor da morte –, ela sentiu com mais força do que nunca que seu único objetivo era salvar Lina também. Só então, sabendo que suas duas meninas estavam salvas, ela poderia morrer em paz.

"Me perdoe por ter julgado você", disse *Frau* Meyer.

Amanda abraçou-a com alegria. Por um momento fugaz, reviveu aquela noite de maio em Hamburgo, aos pés da passarela flutuante do navio. Em sua mente, viu o enorme transatlântico e sua filha desaparecendo de mãos dadas com uma estranha, em meio a uma multidão de pessoas que fugiam para a terra prometida.

"Vivi três anos cheia de culpa por ter abandonado minha filha e agora aqui está você para acalmar meus medos. Obrigada por ter cuidado dela."

"Viera é uma garota muito forte."

Ao ouvir o nome de sua filha sendo mencionado no tempo presente, Amanda sorriu com uma serenidade a que não estava mais acostumada. E vendo o sorriso de mãe, a confiança de Lina foi restaurada. Elas iam ficar bem.

"O tio dela foi autorizado a entrar no convés, então os dois voltaram de barco até o porto", continuou *Frau* Meyer. "Não tínhamos permissão para ficar perto da costa."

"Felizmente você não precisou voltar para a Alemanha."

"Meu marido e eu fomos enviados para a França, mas, quando a guerra começou e os nazistas invadiram o país, isso foi demais para ele. O coração não aguentou mais. Para onde poderíamos fugir se ninguém nos queria? Então aqui estou eu, sozinha. Eu me pergunto por que não escolhemos a Grã-Bretanha quando fomos trazidos de volta para a Europa. É muito mais difícil para os nazistas chegarem lá, mas quem sabe...?"

Sentindo que seu destino já estava selado, que ela estava sendo guiada por uma força maior, que um anjo velava por ela, Amanda estudou o rosto dos condenados no caminhão. Pela primeira vez desde que deixara Berlim, sentia-se uma mulher afortunada. Até mesmo as calamidades de *Frau* Meyer a faziam se sentir grata, pois uma cadeia inexplicável de eventos combinados havia sido conjurada para que ela tivesse notícias de Viera. Tinham permitido que a filha desembarcasse!

Lina estava confusa com a atitude da mãe. Ela não se lembrava de *Frau* Meyer e até achava que a mulher poderia ser uma impostora.

Um velho desmaiou e caiu no chão desnivelado do caminhão, batendo a cabeça num enorme parafuso de ferro. Ninguém reagiu; ninguém tentou ajudar. O baque acordou o bebê, que começou a chorar mais uma vez.

"Ele vai morrer, como o cachorro", disse Lina.

O sangue que brotava da testa do homem misturou-se com os restos de urina aos pés de *Frau* Meyer. Lina levantou os pés para mantê-los secos. Olhou aterrorizada para o velho e viu uma veia pulsando no pescoço enrugado e encardido.

Amanda dormia tranquilamente. Ela havia encontrado Viera.

Inverno de 1940

Minha pequena Viera,

A escuridão chegou até nós.

Viu como eu estava certa em deixá-la partir, mesmo sabendo que meu coração sofreria a cada instante? Só Deus é testemunha da força que tive que reunir para abandoná-la. Só Ele poderia me dar determinação para pegar a mão da sua irmã e me afastar de você.

Eu daria tudo para poder ouvir sua voz, ler suas palavras. Sei que estas cartas que vão e voltam pelo Atlântico chegarão um dia até você. Quem sabe quando, quem sabe se vou estar viva até esse dia, mas estou convencida de que elas vão acabar em suas mãos, porque são a única coisa que posso lhe deixar. Escrevi cada palavra no ritmo das batidas dos nossos corações. Do seu, do meu, de Lina e do seu pai, o homem que enviou anjos para nós. Quando você as receber, saberá que nunca a abandonei, que nunca nos esquecemos de você, minha doce Viera.

O mundo fica mais sombrio a cada dia que passa, mas sei que onde você mora, o sol sempre brilhará para você e sua vida será um eterno verão.

Agora tenho que proteger Lina das trevas.

Mesmo que seu espanhol agora deva ser perfeito, continuarei escrevendo em alemão, porque assim você se lembrará da minha voz e das minhas canções de ninar.

Leio estas poucas páginas do livro de botânica várias vezes, porque sei que, antes de adormecer, você o lerá também. Nas páginas desse livro você verá as flores e plantas tropicais que estão ao seu redor. Respire fundo, cresça, fique forte e pense em nós, que vamos estar sempre aqui, por mais distante que seja, para proteger você.

Mesmo que se esqueça de nós, isso não importa, eu vou entender. Tudo que eu peço é que não se esqueça do seu sobrenome. Você é uma Sternberg. Viera Sternberg. Só assim, enquanto a escuridão nos permitir, vou poder dormir em paz.

Com todo o meu amor
Mama

QUATRO

O Retorno
Haute-Vienne, agosto de 1942

22

Um grito acordou Amanda, o sonho havia terminado.

O corpo ensanguentado do velho rolou violentamente da parte de trás do caminhão. Ao cair, provocou um baque seco no solo rochoso, coberto de folhas murchas.

"Ele está vivo!", Lina disse à mãe, desnorteada.

Ainda não havia amanhecido, parecia que ainda era uma noite de primavera, embora para Amanda as estações tivessem perdido todo significado. Ela estava imune ao frio e ao calor, ao dia ou à noite. Achou que deveria ter ficado acordada, para tentar descobrir para onde as levavam, se estavam indo para o norte ou para o sul, se haviam cruzado alguma fronteira ou ainda estavam na França ocupada. Também precisava saber em que dia da semana estavam; o tempo tinha adquirido uma nova dimensão e agora cada segundo contava. Agarrando-se à sua mala como se fosse uma extensão do seu corpo, ela saltou do caminhão e se virou para ajudar Lina e *Frau* Meyer.

Com aparência abatida, lábios rachados e pernas inchadas, *Frau* Meyer torceu o tornozelo enquanto saltava do caminhão, tentando esconder a mancha de urina em seu casaco. Amanda respirou ar fresco, tentando se livrar do fedor pútrido que parecia ter ficado impregnado em sua pele e em seu vestido, impecavelmente limpo e passado. Olhou em volta para ver onde estavam e distinguir os limites daquele campo de terra batida em que permaneceriam confinados.

Os homens foram empurrados para uma extremidade da área cercada. As mulheres e as crianças, agrupadas numa cabana com uma porta entreaberta, perto da entrada do acampamento. Além das cercas de arame farpado, Amanda podia divisar uma floresta acinzentada e, ao longe, vários telhados, uma ou outra chaminé e uma torre de igreja. Sim, ela tinha certeza de que ainda estavam em Haute-Vienne, e se sentiu mais segura, sabendo que Claire permanecia por perto.

Aparentemente, para as mulheres e crianças, havia apenas uma cabana. O resto do acampamento, ladeado por quatro torres de vigia, estava cheio de homens. Ela ouviu alguns deles falando em espanhol, discutindo. Latiam como cachorros, tentando marcar seu território com uma ilusão de liberdade. Estavam vestidos com roupas civis, pareciam ter um suprimento de cigarros e, com um ar de desafio, passavam de mão em mão páginas esfarrapadas dos jornais, sua única fonte de informação do mundo lá fora. Os guardas franceses os ignoravam e tentavam ficar o mais longe possível, ou pelo menos a uma distância segura.

Amanda calculou que havia cerca de dez guardas patrulhando o acampamento. Aqueles que as escoltaram no caminhão estavam lá e ela se lembrava do rosto do guarda que tinha estendido a mão para ajudá-la. Na escuridão, seu rosto parecia severo e ela calculou que ele devia ter no máximo 20 anos de idade. Quando o sol saiu, ela percebeu que ele era um soldado raso e talvez tivesse a mesma idade que ela. Ele tinha sobrancelhas grossas, uma pele morena e cabelos rebeldes, domados com brilhantina. Alto e magro, com olheiras escuras sob os olhos, ele andava rigidamente, como se tivesse falta de ar. Quando ela o ouviu conversar com os outros guardas, achou que deveria ser o mesmo oficial que havia dito a Claire para onde elas estavam sendo levadas.

Lina descobriu que ela não era a única criança do acampamento. Viu um grupo ao lado da cabana e foi até lá. As crianças a cercaram e começaram a interrogá-la com grande curiosidade: se estava sozinha ou com os pais, se era do norte ou do sul, se tinha sido torturada, se já tinha visto um cadáver, se já tinha atirado num soldado alemão. Lina respondia a todas essas perguntas com uma risada alta, a sua melhor negativa.

"De onde você veio?", perguntou o garoto mais alto, que parecia ser o líder.

"Eu caí do céu", disse Lina sem pensar, com os olhos bem abertos e um sorriso que conquistou a todos.

Para Amanda, o plano de salvar Lina exigia precisão e velocidade. Cada segundo contava; a vida da filha dependia dela. Um único erro poderia arruinar a única chance de fuga que tinha a menina. Elas só tinham que sobreviver mais alguns dias; sem acesso a água potável, comida quente ou um cobertor para dormir. Lina continuava se entretendo com seus novos amigos, que pareciam livres para perambular pelo acampamento.

Amanda percebeu que, felizmente, a cabana das mulheres não estava tão cheia, o que significava que provavelmente continuaria chegando gente. Ela procurou um canto solitário, longe das janelas, porque as noites passariam a ser mais frias.

"Se eu fosse você, viria para este lado, onde estamos todas nós. Se ficar aí, só Deus sabe quem podem colocar ao seu lado. Segundo as últimas notícias, vão encher o acampamento de judeus e ciganos, e você sabe como eles são…"

Amanda ouviu a mulher, que estava deitada sobre um colchonete apoiado num frágil estrado. Ela sorriu com timidez e viu que o pescoço da outra estava vermelho, tomado por uma alergia de pele. Enquanto tentava virar o colchonete, a mulher lhe estendeu a mão.

"Todos temos que ajudar uns aos outros aqui. É tudo que podemos fazer." Amanda acenou com a cabeça em agradecimento e a mulher continuou: "Então, o seu marido é comunista também? Achava que só eu tinha o azar de ser casada com um rebelde. Agora estamos todos pagando por isso. Acabamos aqui, com maridos que não servem para nada, porque ter um marido prisioneiro é como ser viúva, não acha?"

Amanda se manteve educadamente em silêncio. Ela estava determinada a não deixar que nada a desviasse do seu plano. Não estava interessada em fazer amizade com outras mulheres, mas também não queria criar suspeitas que pudessem causar problemas para ela.

A mulher se virou e caminhou até o canto mais distante da cabana.

"Essa recém-chegada, pelo visto, se acha melhor do que o resto de nós", ela disse, obviamente pretendendo que Amanda ouvisse.

"Amanda. Meu nome é Amanda." Ela se apressou a dizer. "Vim só com minha filha. Mataram meu marido, mas prefiro não falar sobre isso. Não há nada a ser feito agora..."

"Esses *boches* bastardos e os guardas franceses vão pagar caro por isso", disse a mulher, refazendo seus passos. "Sou Bérénice. Você é do norte? Aposto que é da Alsácia, com esses olhos azuis e esse cabelo..."

Amanda percebeu que seu sotaque ainda a entregava. Baixou os olhos, esperando que Bérénice levasse isso como um sinal de concordância.

"Não se pode confiar em ninguém aqui. Por mais franceses que esses guardas pareçam, todos eles se venderam para os alemães. Só estão interessados em receber o pagamento e não importa se é dos alemães ou de Pétain. São tão covardes que evitam qualquer problema com os homens, porque sabem que, quando os prisioneiros saírem daqui, se conseguirem se libertar um dia, vão direto acertar as contas." Ela fez uma pausa, em seguida, acrescentou: "E vão pagar bem caro por isso".

Sem perceber, Bérénice acabava de fornecer a Amanda valiosas informações. Ela teria que usar o medo dos guardas a seu favor. Só seria necessário um gesto amigável que garantisse um salvo-conduto no final da guerra, que, por mais interminável que parecesse, certamente um dia teria fim.

Apesar do olhar duro e dos gestos desafiadores, Amanda viu uma pitada de bondade naquela mulher pequena e musculosa. Sob o olhar curioso de Bérénice, ela abriu a mala e colocou o casaco ali dentro. Quando estava se abaixando para enfiar a mala debaixo da cama, viu *Frau* Meyer num canto, parecendo um pouco desnorteada. Ela correu para ajudá-la. Sentindo-se perdida, *Frau* Meyer caminhava apoiando-se nas paredes, batendo contra elas. Ela ia de um canto a outro, tropeçando, como se tentasse encontrar uma saída secreta.

"Judia fedorenta! É por causa dela que todos nós, franceses, estamos sofrendo", disse Bérénice. Amanda fitou-a com um olhar de reprovação. "Tudo bem, não fique brava. Ela talvez seja uma boa pessoa. Mas você não pode dizer que ela cheira bem."

Amanda conduziu *Frau* Meyer até uma janela, de onde podiam ver Lina com um bando de crianças, correndo atrás de um cachorro magro. Amanda tentou tirar o casaco de *Frau* Meyer, mas a mulher se agarrou a ele com olhos aterrorizados, implorando para que ela não o tocasse; o casaco era tudo que lhe restava.

―※―

Naquela noite, Amanda dormiu abraçada a Lina. Dormiu tão profundamente que nem notou a chegada de mais dezenas de mulheres e crianças. Na manhã seguinte, percebeu que não só perdera a noção do dia e da noite, mas que os sons também tinham se tornado murmúrios indistinguíveis, que as vozes eram nada mais do que um ruído de fundo, que o fedor na cabana tinha se tornado um cheiro vago e distante, e que as cores tinham ficado desbotadas. Nada mais era preto ou branco. O marrom e o cinza tinham adquirido uma palidez neutra. Não havia lugar para o vermelho, o azul ou o laranja do nascer do sol. Tinham começado a viver numa noite perpétua, sem contrastes ou sombras. Haviam aprendido a respirar apenas o suficiente para absorver o ar de que os pulmões precisavam para se expandir, sem sorver qualquer cheiro insuportável. Era a única maneira de sobreviver. Acima de tudo, ela precisava aprender a redescobrir o silêncio. A todo momento, um gemido, um grito ou um golpe a fazia se lembrar de que não estava sozinha.

A manhã começava com o choro intermitente de um bebê, que se agarrava ao seio seco de uma mulher. Ela espremia com fúria aquele pedaço de carne, como se ele não fizesse mais parte do corpo dela. Aparentemente, sempre que ela pressionava os dutos sem leite, o bebê se acalmava por um instante, mas depois seu corpinho recomeçava a tremer com soluços involuntários.

Exausta e sem ânimo, a mãe se refugiou num canto da cama e deixou o bebê soluçante sobre o colchão nu. Ele se calou, talvez atordoado pelo repentino abandono.

A mulher do beliche de cima desceu e se sentou na beira da cama. Calçou um par de meias sujas, ignorando completamente o bebê, deitado na cama de olhos abertos, talvez porque não tivesse energia para fechá-los.

Ele não vai sobreviver outro dia, pensou Amanda com uma frieza que por um segundo a deixou horrorizada. A ideia de estender a mão passou pela sua mente, mas ela percebeu que não havia por quê. A mãe já havia desistido.

"Meu marido sobreviveu à malária, a uma bala no peito, à queda de um barranco e até mesmo a ser esmagado por uma carroça", disse a mulher a Amanda, os olhos em outra parte, alheios ao bebê deitado atrás dela. "Agora, fechado aqui, ele está morrendo a cada segundo. A cada noite encolhe um pouco mais e um dia desses não o verei saindo da cabana. Nada me comove mais, nada pode me matar. Por que chorar se nunca somos livres? Nem aqui nem lá fora."

Ela esfregou os olhos com calma, um vislumbre de medo brilhando no fundo das pupilas. Tentando esconder o medo com um sorriso, ela pegou de novo o bebê nos braços, como se já o tivesse abandonado, e o estendeu para Amanda.

Lina viu Amanda embalando o bebê e ouviu-a consolá-lo com uma canção de ninar que era mais um murmúrio desafinado. A menina pegou um pedaço de chocolate do bolso e o mordiscou. Pressionou o restante na mão até amolecer, em seguida passou-o pelos lábios da criança. Ela provou o doce com uma mistura de desaprovação e prazer, enquanto se contorcia, desajeitada, tentando se acomodar nesse novo colo, que o recebia tão calorosamente.

Amanda fitou o bebê. Ela tinha certeza de que ele morreria antes do anoitecer. O minúsculo pedacinho de doce só o sustentaria por algumas horas, mas pelo menos no momento ele estava revigorado. As outras mulheres começaram a reparar nele e até *Frau* Meyer se aproximou, pegou-o nos braços e começou a embalá-lo, andando entre as camas, levantando poeira do chão. Bérénice se aproximou dela e ela deixou que a outra o pegasse no colo. Até a mulher do beliche de cima, que o ignorara antes, tinha vindo lhe oferecer carícias e sorrisos desdentados.

Cercado por todo aquele instinto materno inesperado, o bebê permaneceu em silêncio. Amanda mandou Lina sair para brincar com os amigos. Depois voltou para a própria cama, prendeu o cabelo, alisou o vestido e até passou batom nos lábios rachados. Enquanto se dirigia para a porta, Bérénice, ainda segurando o bebê, seguia todos os seus movimentos.

"Aquela está tramando algo. Daqui a alguns dias, estará tão suja quanto o resto de nós."

Ela entregou o bebê de volta para a mãe e saiu para ver aonde Amanda tinha ido, mas não conseguiu localizá-la. Pensando que ela devia ter ido para a cabana dos homens, deu uma olhada lá dentro, mas não viu Amanda. Então foi até as crianças e agarrou Lina pelo braço.

"Aonde diabos foi a sua mãe?", ela rosnou.

Safando-se com facilidade das mãos da mulher, Lina deu de ombros e virou as costas. Bérénice não se deu por vencida. Procurou no banheiro externo e depois na cozinha. Quando finalmente desistiu da sua busca, viu o vestido lilás de Amanda atrás da cabana das mulheres. Ela contornava um grupo de guardas que trazia um novo grupo de recém-chegados, quando a poeira trazida pelo vento a cegou momentaneamente. Quando viu Amanda novamente, ela estava de pé, num canto da cabana, ao lado do galpão de armazenamento de carvão e madeira. Não estava sozinha, mas Bérénice não conseguia ver quem estava segurando a mão dela. Ela se aproximou furtivamente, mas só conseguiu ouvir murmúrios, frases sem sentido, fragmentos de palavras que tentou decifrar: *minha filha, uma amiga, sábado à noite...* Quando ela se aproximou, reconheceu o perfil do homem nas sombras.

Eles estavam presos num abraço e Bérénice viu a mão do homem deslizar até a cintura de Amanda. Ela deixou que ele a abraçasse, aparentemente sem se preocupar com a possibilidade de ser vista, até que o som de passos a sobressaltou. Libertando-se dos braços do guarda, ela correu de volta para a cabana.

Suas bochechas estavam coradas de vergonha, mas pelo menos ela tinha conseguido entregar ao homem a carta para Claire e o padre Marcel. Pelo menos isso... Uma cuspida espessa no rosto a trouxe de volta à realidade. Surpresa, ela fechou os olhos para limpar a bochecha e viu Bérénice de pé diante dela, os braços cruzados e um olhar ameaçador no rosto.

"Então você acha que deixar Bertrand apalpá-la vai ajudar a tornar as coisas melhores aqui para você? O que vai fazer? Denunciar a todas nós? Você me dá vontade de vomitar!"

Amanda tentou se esquivar da outra e entrar na cabana, mas Bérénice a deteve.

"Embora ele seja francês, Bertrand é tão nojento quanto os *boches*. E é tão culpado quanto eles. Você não entende?"

Amanda continuou a andar de cabeça baixa. No fundo, porém, sentia-se triunfante: a primeira parte de seu plano estava cumprida. Uma cusparada não iria detê-la.

"Você ainda pode estar cheirando a seu perfume de rosas, seu cabelo é brilhante, seu rosto ainda parece fresco e adorável, mas, em alguns dias, vai feder como o restante de nós. Veremos então se ele ainda vai querer você..."

"Não é o que você pensa", Amanda interrompeu-a, sem explicar mais nada. Reinou o silêncio enquanto as duas mulheres se encaravam. Mesmo inconformada, Bérénice se calou. Amanda continuou: "Eu vou fazer o que for preciso para salvar minha filha".

Quando entraram na cabana, viram a mãe. O bebê não estava mais lá. Ela sorria alucinada, um brilho estranho nos olhos. Com os dedos, colocou o cabelo atrás das orelhas num gesto maquinal, depois voltou para a cama e virou o colchão. Imóvel por alguns segundos, logo começou a repetir mais uma vez a rotina absurda.

A visão desoladora deixou Amanda em pânico. De repente ela viu a si mesma sem Lina, numa cabana, cercada de mulheres sem futuro. Outra como elas, esperando a hora de ser atirada numa vala.

Ela se voltou para Bérénice, determinada a não deixá-la chegar mais perto.

"Eu faria qualquer coisa pela minha filha. Não temos muito tempo aqui, não há espaço para mais prisioneiros. Vão começar a nos levar embora e só Deus sabe para onde vão nos mandar. Você não sabe o que significa ter um filho. Então, entenda isto: não me importo se é um francês, um alemão ou quem quer que seja…"

"Eu consegui salvar minha filha", interrompeu Bérénice com um sussurro, sem olhar para ela. Ela alisou o longo cabelo escuro e continuou: "Mandei-a para a Espanha com minha irmã quando vi que eles estavam chegando".

"Então você precisa me entender. Não estamos aqui para julgar ninguém."

Bérénice se aproximou, abrindo os braços como se quisesse uma reconciliação, mas Amanda deu um passo para trás. Ela não queria piedade e não precisava de cúmplices. Aquela era sua própria batalha e ela tinha que estudar minuciosamente cada passo, como se consertasse o mecanismo de um relógio antigo.

"Você vai ter que ser rápida", insistiu Bérénice. "Já estamos neste lugar há duas semanas. Assim que as cabanas estiverem lotadas, eles nos levam daqui. Há boatos de que, dentro de um mês, seremos levados para Drancy. E de lá em diante, quem sabe? Dizem que é para a Polônia."

23

Amanda analisara Bertrand de perto: seus movimentos, seu relacionamento com os outros guardas, sua habilidade para evitar qualquer tumulto, deixando que outro oficial interviesse. Ela o viu encostado à parede da cozinha, com uma xícara de café na mão, parecendo perdido em pensamentos, como se perguntasse o que um soldado de carreira como ele, filho de militares, fazia ali, num campo de prisioneiros.

Desde que ela vira o francês chegando à casa de Claire, Amanda tinha notado que a voz dele era distante, relutante. Ela sentiu que, em certa medida, se identificava com seu orgulhoso porte militar, envergonhado por ter sido reduzido àquele desagradável dever.

"O que esses porcos espanhóis mais precisam é, primeiro, de um bom banho e, depois, de uma surra que os coloque em seu devido lugar", comentou um dos outros guardas.

"Deixe-os em paz, eles não são o problema", respondeu Bertrand. "Alguns nem sabem por que estão aqui."

"Não me venha com essa. São todos escória comunista."

Sempre que cruzava com Amanda, ele baixava os olhos, perturbado. Nesses momentos, ela percebia que podia confiar nele e sorria enquanto alisava o cabelo.

Ela estava satisfeita com o que havia conseguido até agora. Ele não só não a tinha rejeitado, como concordara em levar a carta. Ela também se sentia aliviada por ter compartilhado seu plano com Bérénice, outra mãe que também tivera que tomar uma decisão drástica.

Os dias estavam ficando mais curtos, as noites pareciam se estender infinitamente, porque ela não conseguia mais dormir. Era sábado e, embora não esperasse nenhuma resposta de Claire ou do padre Marcel, tinha esperança de que aparecessem no outro sábado à noite.

Seus dias tinham se tornado ligeiramente mais toleráveis, porque Bertrand a designara para trabalhar na cozinha. No começo, ela vira isso como um castigo, até que Bérénice a convenceu de que era um grande privilégio, pelo qual ela deveria ser grata. Pelo menos se mantinha ocupada e de vez em quando podia se lavar. Às vezes, ela deixava as mãos sob a torneira de água fervente até que sua pele ardesse. Esse era um modo de se livrar de toda aquela sujeira que a agredia. Outra vantagem era que podia saborear o café antes que fosse diluído para os "abandonados", como ela preferia chamar os prisioneiros detidos contra a vontade, naquele lugar perdido no meio do nada.

O trabalho na cozinha também permitia que ela levasse pão preto amanhecido para Lina, para a pobre *Frau* Meyer e para Bérénice, que pouco a pouco se tornara uma espécie de amiga e confidente, e a ajudava a entender melhor o funcionamento interno do acampamento.

Bérénice já tinha convencido Amanda de que não estava do lado do inimigo, nem tinha intenção de frustrar ou delatar qualquer tentativa de resistência, revolta ou fuga. Pelo contrário, graças ao seu relacionamento com Bertrand, Amanda poderia ser muito útil para eles. Ela disse isso ao marido, que era o líder de um grupo da Resistência na cabana dos homens.

Às vezes, ao cair a noite, Bertrand esperava Amanda num canto do galpão. Tudo o que ele tinha que fazer era entrar na cozinha e inspecionar o trabalho. Sabia que essa era a senha para eles se encontrarem. Quando o viam entrar, todas as mulheres ficavam em silêncio e baixavam os olhos. Naquele momento, Amanda sorria para si mesma, embora sentisse no mesmo instante um aperto no estômago e uma pontada no peito. A fugaz sensação de felicidade a envergonhava. Não podia entender como conseguia sentir um minuto de alegria com aquele desconhecido, quando seu único homem tinha sido Julius. Mas agora Julius era um fantasma; não estava mais lá para ajudá-la. O que mais a desconcertava era quanto se sentia segura com Bertrand. Em vez de lhe causar calafrios de aversão, seus encontros lhe ofereciam uma sensação de paz e prazer da qual ela havia se esquecido muito tempo atrás. Cada vez que ele aparecia na cozinha para lhe dar o sinal de que deveriam se encontrar, três ou quatro dias após o encontro anterior, ela fechava os olhos e enterrava a cabeça nas mãos, como se quisesse afastar as inquietantes sensações que poderiam significar um risco, ameaçando distraí-la do seu objetivo.

Sempre que estavam juntos, ela se certificava de que fosse a última a deixar a cozinha e aproveitava a chance para polvilhar água quente nas bochechas e nos lábios. O calor a deixava mais corada e, apesar da sensação de ardor, ela podia sentir regressar sua antiga beleza. E ela sorria.

Naquela noite, enquanto Amanda caminhava em silêncio para o local do encontro, olhou para o céu em busca da lua. Quando fez isso, uma enorme sombra apareceu na frente dela, estendendo uma mão forte. Ela se deixou conduzir pela mão quente, que a segurou e atraiu. Bertrand se curvou na direção dela, o inimigo. Ele era quem tinha mais a perder: arriscava sua posição, sua segurança, sua honra. Ambos estavam envolvidos numa batalha contra a tirania do desejo. Na escuridão, os limites se tornavam turvos; seus rostos, indistintos.

"Vai ficar tudo bem", ele sussurrou no ouvido dela, como uma carícia, embora ele soubesse que, para ela, as únicas carícias que faziam sentido eram as que diziam respeito à vida da filha. "Como estão tratando você na cozinha?"

Ela sorriu, vulnerável.

"Você vai ver, sua filha vai sair daqui."

Sim, a filha dela, mas não ela. Ela estava além da redenção, deixara de existir. Amanda pressionou o corpo contra o peito de Bertrand, submetendo-se à vontade dele, a única que existia naquele canto escuro.

Fechou os olhos e se deixou ser levada por caminhos sombrios, que não levavam a lugar nenhum. Como um feiticeiro, ele a tinha em seu poder. E a controlava como queria. Pelo menos tinha alguém para protegê-la, ela pensava, enquanto ele saciava rapidamente seu tosco desejo.

Ele era um oficial francês, reduzido a menos do que isso, depois de enfrentar a derrota pelos invasores. Um soldado que, como um bom militar, simplesmente cumpria ordens sem parar para pensar se elas eram dirigidas contra o seu próprio povo. Pelo menos era assim que ele tinha explicado a ela quando se conheceram, enquanto ele a conquistava com carícias e palavras doces.

"Você tem que entender, eu só estou obedecendo ordens", ele dizia, enquanto subia as calças, ajeitava o uniforme e enxugava o suor frio da testa, alisando o cabelo encaracolado e oleoso. Ela se recusava a ouvir.

Desta vez, quando terminou, o tom do oficial ficou mais severo.

"Você tem certeza de que eles vão trazer as joias?"

Ela havia prometido a ele uma pulseira de diamantes e seu anel de casamento, com o diamante mais brilhante, uma pedra perfeita. Ela lhe assegurou que, com aquele troféu, ele poderia se livrar da ignomínia de ser oficial de um exército derrotado, escapar da vergonha e da desonra e se refugiar em alguma pequena fazenda no vale, onde os alemães nunca o encontrariam.

"Prometo que eles serão seus", disse ela, despedindo-se.

Ela se afastou aos tropeços, como se seu corpo tivesse perdido toda a energia. Quando chegou à entrada da cabana, Bérénice estava sentada numa pedra, esperando por ela. Amanda sentou-se ao lado dela e deixou que a cabeça repousasse no ombro da outra.

"Ah, Bérénice, o que nos tornamos?", disse. "O pior de tudo é que não há espaço para tristeza, arrependimento ou vergonha."

"Vamos ser levadas daqui duas semanas. Está confirmado. Você não pode mais esperar."

"Vai ficar tudo bem." Amanda repetiu as palavras de Bertrand com um sorriso. "Vai ficar tudo bem, ele me prometeu."

"Você confia muito nele."

As duas mulheres sempre se referiam a Bertrand pelo pronome "ele". Era melhor não mencionar o nome do soldado para não causar suspeitas.

"E eu tenho escolha?"

"Eu gostaria de acreditar que ele é um francês de bom coração..."

"Ele está se arriscando por mim, pela minha filha."

"Por quê? Você já se perguntou por quê?"

"Ele vai receber sua recompensa."

"Suponho que vai ser um pouco mais do que ele está recebendo agora."

"Ah, Bérénice, sabe o que dói mais? O fato de que eu me sinto segura com ele. Sim, com ele. Meu corpo deixou de existir muito tempo atrás e por isso não estou preocupada com o que ele faz com essa massa sem vida, como ele satisfaz sua luxúria sem vergonha alguma... Mas sempre que ele me toma nos braços..."

Bérénice não quis ouvir mais nada. Levantou-se da pedra num salto, puxando Amanda com ela. Então colocou as mãos nos ombros da amiga.

"Lembre-se, menina boba, esse homem não está fazendo isso para ajudá-la. Ele está fazendo isso pelo que pode tirar de você."

Amanda abraçou Bérénice e as duas ficaram em silêncio por vários minutos.

"Eu vou salvar minha filha..."

24

A cabana das mulheres estava repleta de recém-chegadas. Dormiam duas ou até três na mesma cama. À noite, deixavam a porta aberta para entrar ar fresco, pois a respiração coletiva ficava estagnada nos cantos, sem permitir a escassa circulação de oxigênio. Amanda tinha começado sua contagem regressiva: faltavam exatamente sete dias para que seu plano de salvar a filha pudesse ser colocado em ação. Naquela semana decisiva, tinha que calcular cada segundo, cada minuto, com absoluta precisão.

Na noite de domingo, que marcava o início da semana em que ela salvaria a filha, tudo estava em silêncio. Mas, pouco antes do amanhecer, Bérénice sacudiu Amanda do seu sono e a puxou pelo braço. Sem energia para resistir, ela deixou que a outra a levasse aos tropeções para fora da cabana, em direção ao banheiro externo. Uma luz fraca no ponto mais distante das paredes sólidas era tudo que tinham para guiá-las.

O banheiro era uma espécie de fortaleza, nem mesmo a cozinha ou os quartos dos guardas eram tão bem construídos. Talvez porque aquela fosse a melhor maneira de impedir o mau cheiro de se espalhar e evitar a propagação de doenças. No centro, uma parede de cimento com buracos e assentos de madeira imperava no lugar onde os abandonados podiam fazer suas necessidades.

Para Amanda, os odores tinham desaparecido, enquanto para Bérénice, apesar de estar havia muito mais tempo no acampamento, o fedor ainda a fazia se contrair de asco. O banheiro era a única parte do acampamento no qual os guardas não ousavam entrar, convencidos de que bastaria que respirassem aquele ar infectado para pegarem doenças.

Bérénice lançou seu olhar de águia sobre o cômodo para se certificar de que estavam sozinhas. Num canto, viu uma mulher caída em meio à penumbra.

"Ela não vai sobreviver nem mais um dia aqui", disse.

Amanda esperou em silêncio para ouvir o segredo que Bérénice queria lhe contar. Olhando para o corpo caído da mulher no canto, soube instintivamente que, se fosse mantida atrás das cercas por mais um mês, acabaria como ela.

"Neste final de semana, metade dos guardas estará de licença para visitar os familiares. Ouvi dizer que eles receberam duas semanas de licença." Bérénice queria que Amanda prestasse toda a atenção, em vez de continuar encarando a mulher moribunda. "Você é a única que pode nos ajudar."

Amanda não conseguia entender como faria aquilo. Ela trabalhava na cozinha e algumas noites se encontrava com Bertrand no galpão de armazenamento. Nunca a levara ao abrigo dos guardas ou à torre de vigia.

"Bertrand deve saber quem está saindo de licença e se estão esperando reforços."

"Mas as mulheres da faxina podem descobrir isso com muito mais facilidade do que eu. Como você acha que vou conseguir essa informação?"

"O mais importante é saber se vão vir reforços ou não. O que estou pedindo é muito simples."

"Você realmente acha que Bertrand vai me dizer? Que interesse eu poderia ter nisso?"

"Você encontrará uma maneira de convencê-lo."

"Bérénice, se Bertrand suspeitar..."

"Ele não vai suspeitar de nada se você não quiser. A vida da sua filha e a de muitos aqui dependem disso, como a dos homens que vão nos ajudar a nos afastar dos *boches*."

Amanda olhou para ela desconsolada. Os alemães estavam em todos os lugares, tinham eliminado as fronteiras, esmagando tudo no caminho. Elas nunca iriam conseguir se afastar deles. Era isso que ela queria dizer à amiga, mas no final não falou nada. Bérénice talvez compreendesse tudo isso, mas também ficou calada.

"Vou ver o que posso fazer, mas não posso prometer nada."

Quando voltaram para a cabana, Amanda achou que tinha que tentar ajudar a mulher abandonada no banheiro externo. Ela correria até lá e a salvaria da humilhação. Quando estava prestes a sair da cabana, Bérénice a deteve.

"Deixe-a pra lá. Se chegar muito perto, você vai ficar doente. Lembre-se de que a vida de muitas pessoas depende de você, não apenas a da sua filha. Você vai colocar em risco as chances de Lina?"

Restavam apenas seis dias para que a filha ficasse livre. Amanda contava os minutos enquanto rezava em silêncio, temendo que uma tempestade, uma revolta ou a chegada dos alemães estragassem seus planos. Todas as noites ela repassava na mente cada coisa que poderia dar errado e como evitar que aquilo acontecesse. A transferência para Drancy poderia ser repentinamente adiada, eles poderiam separar as mulheres dos filhos, poderiam transferir Bertrand, o marido de Bérénice poderia organizar uma rebelião ou poderia haver uma fuga em massa... Ela rezou para que nenhuma dessas possibilidades se materializasse. Nada podia ocorrer antes de sábado. Nada.

Na noite de segunda-feira, Lina estava esperando a mãe ansiosamente na cama, quando Amanda voltou exausta do seu encontro com Bertrand. Ela evitou o olhar da filha, como se a garota pudesse perceber sua vergonha.

"Gilberte tem certeza de que vão matar todos nós."

"Não ouça o que essa garota diz. Como ela pode saber?", disse Amanda, sentando-se ao lado de Lina, mas longe o suficiente para a filha não notar os traços da sua degradação, o cheiro de Bertrand agarrado à sua pele.

"A mãe dela também trabalha na cozinha."

Amanda reagiu como se sua filha a estivesse recriminando. *Você deveria saber, você trabalha na cozinha, mas, em vez de descobrir o que está acontecendo no acampamento ou no que vai acontecer conosco, você desperdiça seu tempo nos braços daquele guarda asqueroso.* Em sua mente, Amanda podia ouvir as vozes reprovadoras de Lina, Hilde e Claire.

"Lina, confie em mim. Eles não vão matar ninguém."

A filha esperava uma explicação, algo mais do que uma promessa vazia. Ela se recusava a acreditar que a única coisa que a mãe tinha feito desde que haviam deixado Berlim era chorar a ausência de Viera e escrever algumas letras em folhas de papel desbotadas.

"Gilberte disse..."

"Chega de falar de Gilberte!", explodiu Amanda, com uma fúria contida. Disse isso num tom alto o suficiente só para as duas ouvirem, mas Lina se sobressaltou, agora ainda mais preocupada com a reação da mãe. Era a primeira vez que a menina notava uma faísca de raiva naquela mulher subjugada, que sempre vivera sob as asas de um homem que ouvia as batidas fracas e irregulares do coração das outras pessoas.

"Eles vão nos fazer caminhar à noite até uma estação de trem. Depois vão nos colocar num caminhão de gado e vamos viajar por muitos dias até chegarmos a um campo de concentração. E lá eles vão nos separar. Não vai ser como aqui, *Mama*. Lá quem manda são os alemães e eles saberão exatamente quem somos. Gilberte descreveu todos os detalhes..."

Amanda fechou os olhos por um instante. Como poderia convencer a filha de que ela estaria segura, mas cresceria longe dela, como Viera. Não numa ilha, mas com pessoas amigas, pessoas que lhe dariam mais amor e proteção do que a mãe. Ela experimentou uma sensação de ardor no fundo da garganta, como se um emaranhado de espinhos estivesse descendo para o esôfago e começando a perfurar seu estômago. Seus olhos ficaram úmidos de lágrimas, seus lábios começaram a tremer.

"Todos os dias alguém foge. Eles pulam a cerca e os guardas franceses não se importam. Gilberte disse que..."

"Fugir não adiantaria nada, Lina", disse Amanda com firmeza. "Eles sempre vão nos perseguir. Precisamos fazer outra coisa."

"Outra coisa, *Mama*? O quê? Desaparecer?"

Desanimada, Lina se levantou e foi até a janela. As nuvens estavam ainda mais baixas do que o habitual; era impossível ver a lua ou as estrelas. Também não era possível fugir olhando o céu.

Ela voltou lentamente para a cama. Amanda estava esperando por ela e a abraçou com carinho. *Frau* Meyer as observava do beliche, com uma expressão vaga no rosto.

"*Mama*, sabe o que é pior?" Agora os olhos de Lina estavam transbordando de lágrimas.

"O que é, meu amor?" Amanda tentou reunir forças para confortar a filha. Uma criança tão pequena falando de toda aquela dor, de trens que iriam levá-las para nunca mais voltar, de separação e morte.

"Eu não me lembro mais de *Papa*."

Ela se inclinou com suavidade contra a mãe, como se pedisse permissão para abraçá-la novamente.

"Seu pai nunca nos abandonou", garantiu Amanda. Ela procurou a mala debaixo da cama e, com cuidado, tirou dali uma fotografia.

"Mas esqueci o rosto dele, os olhos dele... Não me lembro mais nem da voz dele".

"*Papa* está aqui", disse Amanda, segurando a foto da família. "E também está lá fora", Amanda sussurrou, apontando para a janela. Ela beijou a filha na testa. "Ele está cuidando de você de uma dessas estrelas..."

"Não vejo nenhuma estrela no céu, *Mama*", Lina a interrompeu, com a fotografia na mão. "Não vejo estrelas aqui."

25

Todos os dias, o trajeto da cabana até a cozinha era, para Amanda, uma batalha de morte. Ela tinha de vencer primeiro a doçura do abraço quente de Lina, os olhos atentos de Bérénice, a insônia de *Frau* Meyer, o olhar vazio dos guardas e o frio atípico para aquela época do ano, até enfim chegar à porta da cozinha, com seus ferrolhos enferrujados, que precisava forçar para abrir, enquanto as lascas de madeira penetravam debaixo das suas unhas. Depois disso, ela se sentava tremendo num canto, os olhos fixos na janela, além das cercas de arame, em direção ao vazio. Mais adiante, havia uma floresta sem fim, onde ela se imaginava vagando com Lina, enquanto estrelas cadentes brilhavam no céu. Era só quando alguém entrava na cozinha e começava a encher uma panela com água suja que Amanda era arrancada de seus devaneios.

Terça-feira de manhã, ela encontrou a mãe de Gilberte chorando no chão da cozinha, no meio do lixo. Um guarda entrou, batendo a porta atrás dele. Pegou-a pelos cabelos e a arrastou como um animal morto. A mulher o acompanhou sem uma palavra de queixa e foi andando atrás dele aos tropeços, o mais rápido que pôde. Endireitou o vestido úmido e desbotado e Amanda viu-a levar a mão trêmula à barriga.

Segura em seu canto, Amanda de repente percebeu que, na verdade, todas as mulheres que trabalhavam na cozinha tinham sido escolhidas por um ou às vezes dois guardas. Todas eram jovens, algumas ainda eram bonitas. Ela tinha que admitir que, para seu alívio, Bertrand nunca a tratara com crueldade. Ela preferia pensar nele como seu guardião, seu salvador. Tinha sorte, pensou, e deveria se sentir agradecida. Abriu um sorriso relutante, os cantos dos lábios pálidos se levantando levemente.

Qualquer notícia de fora que chegasse ao acampamento era incompleta e desatualizada. Era difícil compreendê-la, porque passava de boca em boca e acabava ficando distorcida, até se tornar quase mítica. Um boato dizia que os alemães estavam recuando; outro dizia que os franceses tinham se rendido; outro, mais fantasioso ainda, garantia que a Resistência havia tomado Paris. Esses rumores cresciam a cada dia e cada parte do acampamento podia ter uma versão diferente. Para uma cabana, os britânicos tinham atravessado o Canal da Mancha e chegado a Pas de Calais. Para outra, a França tinha se livrado de todos os judeus e os deportara para a Polônia. Agora os alemães, depois de cumprido seu plano de limpeza racial, estavam prestes a bater em retirada, três anos depois do início da guerra.

Bérénice percorria o acampamento com seu sorriso inescrutável, mantendo um olho em tudo. Amanda ficava intrigada com a maneira como ela conseguia contornar os guardas. Roubava comida da cozinha todos os dias e conseguia obrigar a menina que limpava os aposentos dos oficiais a contrabandear todos os jornais que pudesse, não importava de quando fossem. Os guardas muitas vezes a viam saindo da cozinha com os bolsos cheios de pão, mas viravam as costas para ela e olhavam para o outro lado. Eles não queriam se envolver ou mostrar qualquer fraqueza diante da esposa de um dos líderes dos prisioneiros, alguém que poderia acertar contas com eles quando a guerra acabasse ou mesmo em poucos dias. Alguns dos guardas já haviam sido ameaçados, por isso preferiam não correr nenhum risco.

Eles estavam convencidos de que não era prudente desafiar Bérénice e o marido. Não lhes davam nenhuma preferência óbvia, mas permitiam um discreto acesso a lugares proibidos aos outros. Havia uma rede da Resistência naquela região, talvez em toda a França, e os guardas tinham de conviver com o medo de que fossem denunciados ou de que suas famílias fossem atacadas. Em várias ocasiões, quando maltratavam um dos prisioneiros, ficavam horrorizados ao ouvir uma frase que fazia seu sangue gelar: "Olho por olho, dente por dente".

A liberdade com que Bérénice gostava de entrar e sair das cabanas irritava as outras mulheres. Ela era a única que podia se aproximar dos prisioneiros do sexo masculino, abastecê-los com comida e até lhes dar notícias que, naqueles dias, era o contrabando mais precioso de todos. Ela também era a pessoa que contava o que estava acontecendo na cabana dos homens e a das mulheres: uma morte, uma doença, um aniversário lembrado. Ela lhes proporcionava descrições tão precisas e elaboradas que Amanda chegava a suspeitar de que Bérénice inventava todas elas para ajudar as outras mulheres a sobreviver e poupá-las do desespero.

Amanda se considerava sortuda por ter a proteção e até mesmo a cumplicidade da mulher mais poderosa da cabana. E essa proximidade lhe permitiu perceber uma inquietação que ia muito além da rotina normal do acampamento. *Algo está no ar, posso sentir, algo de grande porte.* Com Bérénice, nada era deixado ao acaso; cada movimento era calculado, toda abordagem tinha um propósito. Ela não se arriscava nem dava nenhum passo em falso. Amanda confiava nela, mas não podia deixar de se preocupar. Apesar de ter quase certeza de que os planos de Bérénice não atrapalhariam os dela, o medo de que estivesse enganada a mantinha numa angústia constante.

Uma vez, no meio da noite, quando uma das mulheres começou a gritar, arrancando os trapos que usava e rolando nua no chão de terra batida, Bérénice, que tinha o sono leve, foi a primeira a reagir e a se levantar. Ela correu até a mulher e lhe bateu com força no rosto até que ela se acalmasse. As outras mulheres observaram enquanto Bérénice agia com frieza e determinação, ao passo que elas não tinham forças nem para se sentar nos beliches.

"Se não ficar quieta, vou te sufocar até a morte se preciso", Bérénice vociferou no ouvido da outra, com as mãos em volta do pescoço dela. "Não vou deixar que os guardas franceses venham nos castigar por culpa sua. Recolha esses trapos que estava vestindo, acalme-se e volte para a cama. Agora!"

A mulher fez o que a outra disse, embora ainda estivesse tremendo. Coberta de sujeira, olhos baixos e sentindo-se humilhada, ela voltou para a cama e se deitou, o rosto voltado para a parede. Bérénice espanou com a mão o próprio vestido e inspecionou a cabana com os olhos. As curiosas evitavam o olhar dela. Em poucos segundos, a calma foi restaurada.

Que mulher corajosa! Ah, se eu fosse tão forte quanto ela..., Amanda pensou. Pela primeira vez, ela viu as veias se destacando nas mãos da amiga. Para ela, Bérénice era, no fundo, uma pessoa bondosa, com uma alma ainda não corrompida, uma combatente cujo único objetivo era se defender e proteger aqueles que amava. As lendas mais improváveis surgiam em torno dela: que tinha matado um soldado alemão, que havia deixado a filha num orfanato espanhol, que tinha se vingado de mais de um colaborador do nazismo.

Algumas mulheres diziam que ela tinha uma pistola escondida e estava ansiosa para conseguir munição. A primeira bala que disparasse seria no guarda que se atrevesse a entrar na cabana das mulheres, como ela uma vez ameaçara.

Para eles aquele era território proibido, e ela deixava claro que se encarregaria de que continuasse assim. Em vez de medo, as mulheres sentiam respeito por ela. Para os guardas, ela era intocável.

Bérénice decidira não contar sobre o plano de Amanda para o marido. Tratava-se de uma operação silenciosa e bem concebida, e ela estava determinada a apoiar a amiga ao máximo. Essa era também a sua maneira de controlar as possíveis consequências. Tudo ficaria bem. Uma garotinha a mais ou a menos não alteraria a rotina do acampamento.

O que quer que Bérénice esteja planejando, Amanda orava, *por favor, meu Deus, que aconteça depois de sábado.*

26

Na terça-feira, um alvoroço do lado de fora da cabana as acordou. Eles correram para o pátio principal, onde um grupo de mulheres gritava, agarrada à cerca. Algumas delas choravam, outras amaldiçoavam os guardas franceses.

Lina apertou a mão da mãe. Talvez fosse o momento de fugirem juntas. Elas poderiam correr e se esconder na igreja mais próxima. Rezariam ao pé do altar, como o padre Marcel havia ensinado.

"Deus não vai nos abandonar", a menina murmurou e Amanda ouviu.

Sem dizer nada, elas foram se aproximando cautelosamente do canto onde a cabana das mulheres encontrava a dos homens. Não havia guardas por perto.

"Agora é a hora", Lina disse. "Não há guardas nem alemães. Estamos livres, *Mama*!"

Lina fechou os olhos com força e começou a rezar em silêncio. Deixou que a mãe a levasse pela mão, enquanto abria caminho entre a multidão frenética. *Eu te prometo, meu Deus, que toda noite rezarei dois pai-nossos e quatro ave-marias*, Lina prometia.

Amanda de repente desviou o olhar, depois abraçou a filha, tentando cobrir os olhos dela. O corpo ensanguentado de um dos prisioneiros estava estendido no meio do pátio.

"Não adianta fugir. Para quê? Para acabar despedaçado como ele?", dizia uma das mulheres ao lado do corpo.

O rosto do homem estava coberto de hematomas e sangue seco. O lábio superior tinha sido rasgado. Ele estava descalço e as solas dos pés estavam em carne viva. Dois homens se aproximaram, levantaram-no e o levaram para a cabana. Os braços pendiam soltos, a cabeça roçava o chão.

Libertando-se dos braços da mãe, Lina assistiu à cena sem piscar.

"Ele está morto!", disse ela.

"Não, Lina, está vivo e vai se recuperar. Aqui, todos nós temos que aprender a sobreviver."

Ao longe, ela viu a figura de Bérénice, que também estava procurando por ela, e acenou para que se aproximasse. Depois de mandar Lina retornar à cabana, ela seguiu a amiga em direção à cozinha.

Bérénice sussurrou para ela:

"Vão trocar os guardas. Ocorreram muitas fugas nos últimos dias e eles não querem mais problemas com os alemães. Perderam o controle do acampamento e querem nos castigar por isso. Você terá que se apressar."

"É tarde, eu deveria estar na cozinha", foi tudo o que Amanda respondeu. Ela estava grata pelo aviso de Bérénice, mas não havia como mudar seu plano. Só faltavam três dias para sábado e eles não trocariam de guardas até a semana seguinte. Nada aconteceria antes disso. Nada poderia acontecer. Ela olhou para a amiga com um ar apreensivo e apressou o passo.

"Amanda!", gritou Bérénice. Amanda parou e, por um instante, as duas mulheres se encararam. Só movendo os lábios, sem emitir nenhum som, Bérénice acrescentou: "Sinto muito", e voltou para o pátio.

Não há por que sentir muito. Não precisa ter pena de mim. Nada vai acontecer, Amanda queria dizer. Ela correu para a cozinha. Era Bérénice que não tinha saída, pensou. Todos eles seriam deportados, talvez até mesmo antes de os guardas serem trocados, se é que isso de fato aconteceria. Ela podia ouvir a voz triste de Bérénice, enquanto pronunciava aquelas palavras, e sentir a compaixão que sua única confidente sentia por ela, aquela mulher endurecida que ela considerava uma verdadeira amiga. Mas Amanda não poderia ser dissuadida por qualquer compaixão ou por sentir pena de si mesma, nem poderia acelerar seu plano.

"Vai dar tudo certo", disse a si mesma, com os olhos momentaneamente cegos pelos vapores da cozinha.

Começou a descascar batatas, mas estava tão concentrada em seus pensamentos que feriu a palma da mão esquerda com a faca enferrujada. Em vez de reagir à dor, ela parou para observar o sangue jorrando da mão. Sorriu: ainda estava viva. Guardou no bolso do avental a lâmina de metal rudimentar com cabo de madeira e caminhou calmamente até a pia. Vendo o sangue, uma das outras mulheres se aproximou, pegou a mão dela e segurou-a embaixo da torneira.

"Só falta você ficar doente", ela resmungou. "Duas já pegaram tétano na cozinha. O dia já começou mal, muito mal..."

Amanda olhou para a ferida aberta sob o fluxo de água fria e observou sua cor mudar do vermelho para o roxo. A faca havia cortado até o músculo, talvez até um nervo. Ela havia perdido toda a sensação na mão, e se alegrou. Era um sinal: ela tinha ficado imune à dor; ninguém poderia machucá-la, muito menos uma simples faca enferrujada. A sensação de ardor subiu para o braço e ela quase desmaiou.

"Acho melhor você enxaguar a mão com água quente se não quiser morrer de infecção."

Ela não conseguia entender por que as mulheres a estavam ajudando, levando-a de um lugar a outro como uma marionete. Ela se deixou levar, absorta, com a mente distante, mas ao mesmo tempo satisfeita por comprovar que seu corpo era apenas isso: simples matéria, independentemente de quem ela era na essência.

Aglomerando-se em torno dela, as outras mulheres esfregaram sal na ferida e começaram a enfaixar a mão com um pedaço de pano engordurado.

"Não se preocupe, você vai se recuperar", a enfermeira improvisada assegurou, vendo a expressão ausente de Amanda. Ela sorriu. Como explicar que estava preparada para qualquer golpe, que já não sentia mais dor, que nada poderia deixá-la mais feliz.

Sentindo a ferida pulsando no ritmo do seu coração, ela deixou a cozinha em busca de Bertrand. Localizando-o na porta de um dos postos de guarda, aproximou-se com cautela. Quando ele a viu, lançou-lhe um olhar ameaçador. Ignorando a advertência, Amanda se aproximou.

"Preciso ver você esta noite", ela disse com serenidade, a poucos passos dele.

Ela ousara invadir o território inimigo; havia perdido todo o medo. Sentia como se estivesse num nível mais alto, de onde podia controlar Bertrand, Bérénice, qualquer um que estivesse em seu caminho. Não tinha mais nada a perder.

Bertrand cruzou os braços, incrédulo. Seu olhar parecia dizer: "Como você se atreve?". Virando a cabeça para ela, ele começou a murmurar algo incompreensível. Amanda achou que ele deveria estar xingando-a e interpretou isso como um sinal de fraqueza. Ela percebeu que era capaz de irritá-lo, de se aproximar dele mesmo que ele a proibisse, até mesmo de lhe dar uma ordem. Se ela quisesse, poderia tirá-lo do seu posto, fazê-los dar a ele tarefas sem importância. E, no entanto, de repente lhe ocorreu: será que algum trabalho poderia ser pior do que o que ele estava condenado a realizar agora? *Quem quer vigiar inimigos alheios?*, Amanda tinha vontade de dizer a ele. Ela sentiu pena do homem que concordara em ajudá-la.

Amanda apoiou a mão ferida contra o peito para aliviar a dor latejante, então voltou para a cozinha, certa de que tinha o insaciável Bertrand sob seu controle.

⁂

Na quarta-feira à noite, enquanto se dirigia para o canto do galpão, ela foi surpreendida por uma chuva fria. Queria ter certeza de que

Bertrand ficaria no acampamento por mais alguns dias, pelo menos, e que não haveria nenhum contratempo que pudesse comprometer seu plano. Não esperava nenhuma garantia, só precisava ter certeza. Àquela altura, já não conseguiria pensar numa alternativa.

Buscou abrigo da chuva no canto que já lhes pertencia e fechou os olhos para esperar, tremendo de frio e lembrando cada um dos seus encontros, cada carícia, cada promessa. Foi despertada dos seus devaneios por uma mão quente limpando sua testa molhada.

"Se ficar aqui, vai pegar uma pneumonia. O que aconteceu com a sua mão?", perguntou Bérénice, sem esperar resposta. "Não acho que ele vai vir com toda essa chuva. É muito tarde. Lina está com febre, você precisa voltar para a cabana."

Amanda não reagiu imediatamente. Ela estava preocupada com a ausência de Bertrand, mas tinha certeza de que tinha sido devido à chuva. Ela sabia que, embora seu frasco de perfume de rosas já estivesse vazio e seu cabelo estivesse menos sedoso do que quando chegara ao acampamento, ela ainda era atraente aos olhos dele. Além disso, havia as joias que ela lhe prometera e que também significavam a salvação dele.

Ela seguiu Bérénice às pressas. Entrando na cabana, correu para Lina e colocou as mãos frias na nuca da menina, para fazer baixar a febre indesejada que enrubescia as bochechas encovadas da filha. Palpou-lhe a barriga, que estava funda e, como uma boa esposa de médico, escutou seu peito. Nenhuma inflamação, nenhuma constrição.

"Deve ser apenas um resfriado, a febre vai passar", disse ela a Bérénice, que ainda estava de pé ao lado, observando. Amanda tomou as mãos da amiga entre as suas. "Obrigada por me avisar."

"Vi que algo estava errado, então vim ver o que era. Ela parecia delirante, estava falando sobre alguém chamado *Maman* Claire", explicou Bérénice.

"Ela vai ficar bem, você vai ver. Vá descansar um pouco", disse Amanda, deitando-se ao lado de Lina.

27

Na manhã de quinta-feira, Amanda correu para a cozinha, com esperança de cruzar com Bertrand. Agora só faltavam dois dias para que tudo se concretizasse. *Frau* Meyer se ofereceu para cuidar de Lina, como tinha feito antes com Viera. Se a febre piorasse, ela avisaria Amanda. As duas sorriram com tristeza, lembrando-se da promessa anterior em Hamburgo. Amanda viu nessa coincidência um sinal desesperado de boa sorte.

Ela estava prestes a entrar na cozinha quando uma mão a deteve pelo punho. Bertrand correra o risco de tocá-la, mas aquela não era uma carícia.

"Não parava de chover", ele se desculpou. Sem olhar para ele, ela sorriu por dentro. "Vai ser sábado à noite, como combinamos. Certifique-se de que seus amigos tragam o que você me prometeu."

Ele disse a última frase já de costas para ela. Amanda ficou imóvel na porta da cozinha por alguns segundos. Ele não voltou a olhar para ela; só se afastou, como se estar ali não tivesse sido nada mais do que um desvio involuntário.

Quase 48 horas antes de Lina estar livre novamente, e desta vez para sempre, começavam as despedidas.

Nem ela nem Lina, e especialmente Lina, pertenciam àquele lugar. Elas tinham sido levadas para lá por engano, resultado de uma decisão da qual Amanda agora amargamente se arrependia. Julius tinha preparado tudo para salvar as filhas e ela o traíra. Com a melhor das intenções e com a certeza de que estava fazendo a coisa certa, mas ainda assim ela o havia traído. Era seu dever corrigir esse erro.

Ao anoitecer, procurou as duas páginas restantes do livro mutilado de botânica para escrever uma última carta a Viera. Sabia que a filha iria lê-la um dia. Talvez dali a um ano ou até mesmo uma década, isso não importava mais. A carta chegaria ao seu destino, juntamente com as outras, que havia deixado nas mãos de Claire. A filha saberia que sempre fora amada e que havia sido precisamente esse amor que levara a mãe a abandoná-la. E Viera viria à procura de Lina, porque, nessa última carta, ela pretendia incluir todas as informações necessárias para que ela reencontrasse a irmã.

Ela já havia escrito o cabeçalho numa das folhas de papel. Na casa de Claire, só tivera energia suficiente para começar a carta com a data, numa época que agora parecia muito distante. Ao lado do desenho da flor, ela podia reconhecer a própria caligrafia: "Verão de 1942". Decidira deixar de lado aquela folha, que seria do seu último adeus, e usou outra.

Aquele era o seu dia de sorte. Sorriu contente quando viu a *Impatiens balsamina*, o pequeno bálsamo do jardim, com pétalas pequenas, folhas lanceoladas e hastes flexíveis, mas resistentes. "Mantenha o solo úmido. Não precisa de muita água. Evite temperaturas muito baixas." Ela leu as instruções com cuidado, tentando memorizar cada frase. Tentou se lembrar de todas as flores das suas cartas anteriores.

"Onde diabos você meteu aquela faca?"

O grito a assustou tanto que a fez saltar da cama e deixar cair a folha de papel no chão. Desesperada, ela se pôs de joelhos para procurá-la, na escuridão. Lina acordou sobressaltada.

Com a folha novamente em seu poder, Amanda se levantou para confrontar a mulher da cozinha.

"Estamos procurando essa maldita faca em todos os lugares. Em todas as prateleiras, em todos os cantos, desde o começo da manhã. Acha que somos idiotas? Já estamos cansadas desse seu ar de dama da sociedade. Você se cortou de propósito só para ficar com a faca."

Silêncio. As ofensas não podiam tocá-la, os gritos não a perturbavam. A mulher baixou a voz, enfatizando cada palavra.

"Não me venha com história e me devolva essa faca. Agora mesmo." Ela agarrou a mão enfaixada de Amanda e a aproximou dos olhos para inspecioná-la. "De todo jeito, pelo que vejo, você vai acabar podre como aquelas outras duas."

"Ah, a faca que me cortou?", respondeu Amanda, no tom de alguém que havia se esquecido completamente do incidente. "Ela vai aparecer. Acho que, quando me cortei, o cabo se separou da lâmina. Quase desmaiei, alguém deve ter pego..."

"Não vamos todas sofrer por sua causa, ouviu bem? Dê um jeito para que o resto da faca apareça", rosnou a mulher, saindo da cabana.

Bérénice se aproximou de Amanda.

"A faca sumiu, fim da história", ela sussurrou no ouvido da amiga, antes de voltar para a cama. "Esconda-a bem. Um dia destes vamos precisar dela."

A tosse de Lina ecoou pela cabana mais uma vez. Amanda deixou a filha mais confortável e sentou-se ao lado dela.

"Lina não quis comer nada o dia todo", disse *Frau* Meyer. "Se fizer sol amanhã, seria bom ela sair um pouco."

No escuro, Amanda voltou a atenção para a sua carta. Ela não precisava de luz para iluminar o que já tinha pensado em escrever a Viera. Sua mão não tremia; não havia tempo para lágrimas ou nostalgia. Ela não podia se demorar em expressões de amor ou longas despedidas.

Essa carta não teria data nem começaria como as outras: "Minha pequena Viera..." Tudo o que ela queria era que as duas irmãs se encontrassem novamente. *Quando a guerra acabar, você deve vir para a França, para Haute-Vienne, e procurar a família Duval...*

"Você é uma mulher muito valente", disse *Frau* Meyer, que ainda estava de pé ao lado da cama.

Amanda riu para si mesma, com ironia, e deu um tapinha nas costas da mulher que protegera suas duas filhas.

"O que mais podemos fazer? Nosso destino não nos pertence mais."

"Mas você vai salvar Lina. Eu sei. Ela vai se recuperar dessa febre e sair para brincar."

"Não é da febre que tenho que salvá-la, *Frau* Meyer. A febre não é nada."

"Eu sei, Amanda querida, eu sei...", ela disse, acariciando com delicadeza a testa de Amanda e beijando-a na bochecha. "Seus olhos são lindos e ainda cheios de vida; mas ela é a esperança."

Elas estavam perto da janela e ambas ficaram em silêncio, contemplando a noite. Nesse breve instante, que para elas pareceu ser eterno, sentiram-se livres.

28

Na noite de sexta-feira, Amanda se apressou ao voltar para a cabana. Da mala maltratada, tirou as duas pequenas velas e as segurou junto ao peito. Fechou os olhos e começou a fazer uma oração silenciosa. *Frau* Meyer se juntou a ela. Era o Sabbat.

As duas foram até a janela e esperaram o sol se pôr. Antes que a noite caísse sobre o acampamento, colocaram as velas lado a lado, no beiral da janela, e se deram as mãos, compartilhando o momento. Às escondidas, acenderam as velas com um fósforo. O brilho âmbar bruxuleante das chamas devolveu um pouco de cor às suas faces e iluminou seus sorrisos tímidos. Pouco a pouco, um grupo de mulheres começou a se aproximar em silêncio. Lina se levantou da cama e foi até a mãe, quando as duas chamas espalharam um brilho dourado sobre o ambiente sombrio da cabana. Amanda distinguiu o cabelo ruivo de uma mulher perto dela, o azul profundo dos olhos de Lina, as sardas pontuando as bochechas enrugadas de *Frau* Meyer. Alguns minutos depois, elas levaram as mãos ao rosto e começaram a se mover em círculos, com as palmas sobre os olhos.

Protegendo a cabeça de Lina, Amanda começou uma oração em hebraico que apenas a filha podia entender com clareza, mas que todo o grupo seguia.

"Bendito sois vós, Senhor, nosso Deus, Rei Supremo, que distingue entre o sagrado e o mundano, entre a luz e a escuridão..."

A voz indignada de uma mulher interrompeu a oração. Amanda fez uma pausa e manteve os olhos fechados, ouvindo o alarido da mulher.

"É culpa de vocês que a França esteja sofrendo desse jeito. Abrimos as portas para vocês! E agora os alemães estão nos obrigando a pagar por isso!"

Bérénice procurou saber de onde as palavras estavam vindo. Ela se deteve quando descobriu quem estava falando e silenciou a mulher com um olhar. Então observou a dezena de mulheres com os olhos fixos nela e buscou o rosto da amiga, concentrada em sua oração à luz das velas. Amanda levantou os olhos e sorriu para ela, depois afastou-se das outras, ainda atenta ao seu ritual, o rosto iluminado pela luz trêmula e a intensidade de suas orações. Ela atravessou a sala rogando a Deus por ela e a amiga.

"Sinto muito... Eu não sabia que você era..." Mesmo a normalmente destemida Bérénice estava sem palavras.

"Não sou da Alsácia... Você não tem por que se desculpar. Pelo quê?", disse Amanda, segurando as mãos da amiga.

"Agora entendo o que você e sua filha devem estar sofrendo. Para onde podem fugir para não serem condenadas?"

"Estamos todos na mesma situação, Bérénice. Olha em que nos transformaram. Não acho que possa aguentar mais um dia que seja."

Aproximando os lábios do rosto da amiga, ela disse num comovente sussurro:

"Lina estará segura."

Naquela noite, Amanda achou difícil conciliar o sono. Ela ficou velando a filha febril, colocando as mãos frias na parte de trás da cabeça dela e cantando canções de ninar, como costumava fazer nos dias longínquos, quando ainda eram uma família. Mas não sentia nenhuma nostalgia. Viu-se sentada à mesa com Julius e as meninas, mas a imagem era tão distante agora que ela mal se reconhecia.

Quando abriu os olhos, já era o amanhecer do sétimo dia. Acordou assustada porque caíra num sono profundo. Virando-se para Lina, ela viu que a menina estava pálida, os braços magros pendurados para fora do beliche.

"Vamos, Lina, temos que acordar. Vamos tomar sol", disse ela, acariciando os cabelos da filha.

A menina estava encharcada de suor. Amanda tentou acomodá-la no meio da cama, levantando a cabeça dela e puxando o cabelo para cima. A filha não reagiu. O colchão estava molhado de urina.

"Lina!"

Frau Meyer se aproximou, pegou Lina nos braços e levou-a até a janela, para que pudesse respirar um pouco de ar fresco.

"Lina!" Desta vez, o grito de Amanda atingiu toda a cabana. As mulheres observavam de longe a cena, mas estavam relutantes em se aproximar. Amanda caiu de joelhos e começou a rezar. Balançou a cabeça, esperando uma reação de *Frau* Meyer, algumas palavras de alento, mas logo percebeu que o fervor da noite anterior tinha sido uma despedida. Ela não tinha mais orações, nem gestos de súplica, não havia mais sorrisos esperançosos. Lina havia sucumbido no sétimo dia.

Apenas mais algumas horas, minha menina, só me dê mais algumas horas, ela implorou, descansando a testa no colchão molhado.

"Prometo que vou tirar você daqui. Só mais algumas horas, pequena Lina."

Suspirando, Amanda permaneceu de joelhos por vários minutos, num silêncio onde só ela podia se refugiar. Quando fechou os olhos, começou a sentir seus batimentos cardíacos e viu claramente Julius estendendo a mão para ela. Ele estava vestindo uma camisa branca abotoada até o pescoço, com as mangas enroladas, e ela reconheceu o cinto de couro marrom que ele tinha herdado do pai. E o cheiro dele, o cheiro de Julius? Ela respirou fundo para senti-lo, mas seus sentidos falharam. As cores tinham desaparecido ao seu redor também; tudo voltara a ser de um cinza uniforme.

"É hora de contar os batimentos cardíacos. Vamos lá: um, dois..." Ela podia ouvir a voz de Julius como um eco distante. As palavras se repetiam, em cascata. "Julius! Julius!", ela gritava. A voz dela se confundia com a dele. Por alguns segundos, estavam unidos fora do tempo.

"Lina! Lina!"

As duas velas já tinham queimado no peitoril da janela. Contra a luz, ela viu a filha em pé, com uma xícara fumegante nas mãos.

Estava bebendo chá e sorrindo.

"Tome cuidado, beba devagar, bem devagar, seu estômago está vazio há muito tempo", disse *Frau* Meyer em voz alta, dando a Amanda tempo para se recuperar do choque. "Essa menininha é mais forte do que todas nós juntas."

Lina deixou a caneca no peitoril da janela e foi abraçar a mãe.

"Acho que molhei a cama, *Mama*", ela disse no ouvido de Amanda.

Você não vai mais dormir nessa cama, minha filha, pensou ela, mas não se atreveu a falar em voz alta.

"Você me assustou, Lina..." Ela apertou a filha com delicadeza, sentindo uma ansiedade silenciosa e imperceptível. "Este pesadelo está chegando ao fim."

O rosto de Lina se contraiu e seus olhos se encheram de lágrimas. Ela pressionou o corpo contra o da mãe, cheia de medo.

"Não me abandone, *Mama*. Não me abandone. Lembre o que aconteceu com Viera. Não temos nenhuma notícia dela..."

"Nunca vou abandonar você, Lina querida. E acredite ou não, Viera está melhor do que nós. Seu pai e eu conseguimos salvá-la. Agora eu tenho que salvar você."

"*Mama!*", gritou Lina, jogando-se no colo dela e abraçando-a o mais apertado que podia.

"Confie em mim", disse Amanda. "Por favor, confie em mim."

29

No sábado à noite, uma onda de frio e umidade atingiu o acampamento. Ao pôr do sol, Amanda observara as nuvens rodopiarem, esperando ansiosamente que as três estrelas aparecessem no céu, o sinal para seu encontro com Bertrand.

Como de costume, havia muito barulho na cabana dos homens. Eles folheavam freneticamente as páginas dos jornais, depois a jogavam no chão com desgosto e então alguém as pegava, lia e amaldiçoava os céus. Os guardas mantinham distância e ignoravam os insultos que alguns homens ousavam lhes gritar em espanhol. Mesmo que não entendessem o que os prisioneiros estavam dizendo, o significado era perfeitamente claro: um dia eles iriam pagar pelo que estavam fazendo.

"Não só os alemães estarão no banco dos réus!", gritava um dos homens. "Você vão pagar caro também!"

Amanda e Bérénice escutavam.

"Não há mais espaço em Drancy", disse Bérénice, balançando a cabeça.

Com um vestido limpo e o casaco abotoado até o pescoço, Lina estava sentada na porta da cabana, longe das outras crianças.

"Ela ainda não se sente bem", disse Amanda, olhando para a filha, preocupada com o incidente daquela manhã. "Quando a noite chega, a febre e a tosse voltam... E agora parece que vai chover. Era só o que faltava.

"Mas precisamos muito de água. Vamos ver se conseguimos lavar a amargura deste lugar", disse Bérénice, esfregando os braços com fúria.

Amanda foi se sentar com Lina, observando cada movimento, cada reação da menina. Ela tinha cronometrado todas as entradas e saídas da cozinha, a troca dos guardas no posto, quem ia mais ao banheiro. Aos sábados, os guardas eram menos cuidadosos e ignoravam o que estava acontecendo nas cabanas. Essa falta de atenção funcionou a favor dela.

Mas eles também se punham a beber garrafões inteiros de vinho à vista dos prisioneiros sedentos e não era incomum que essa exibição vergonhosa terminasse em violência. Às vezes, começavam a cantar e um ou outro sempre acabava cantando aos berros uma versão estridente de "La Marseillaise". Os homens da cabana respondiam com o mesmo hino, depois gritavam que os guardas deviam estar cantando uma canção em alemão.

Às seis da tarde, o galpão de armazenamento era geralmente trancado por Bertrand, que era o encarregado de abri-lo e fechá-lo todos os dias. Mas não aquela noite.

A garoa era persistente. Quando Amanda chegou lá, Bertrand estava encostado na parede oposta à entrada, na penumbra. No chão havia várias garrafas vazias, pedaços de madeira, restos molhados de carvão. Os dois tinham concordado que ele iria esperar por ela no canto mais próximo da cerca de arame que dava para a floresta.

Amanda havia deixado Lina na porta da cabana das mulheres, onde ela não tinha proteção contra a chuva e tiritava de frio. Quando chegou ao galpão, ela estava convencida de que a transação poderia ser feita sem demora. Não havia necessidade de diálogos, gestos sedutores ou carícias apressadas. As negociações estavam concluídas; tudo o que restava agora era a troca: a entrega e a recompensa. Quando ela chegou perto, viu Bertrand levando aos lábios uma garrafa de vinho meio vazia e notou que os olhos dele estavam vermelhos. Isso não a preocupou. Ele precisava dela, ela era o futuro dele.

"Bertrand", ela sussurrou, em tom de cumplicidade, como se dirigiria a um amante. "Seria melhor que não bebesse mais esta noite."

Ele sorriu e tomou outro longo gole, depois jogou a garrafa vazia tão longe quanto pôde. Atrapalhou-se para abrir os botões do uniforme e estendeu os braços para recebê-la.

Ela se aproximou dele com cautela, tentando adiar o abraço.

"Minha filha está do lado de fora da cabana, esperando na chuva." Ele se apressou quando se aproximou dela.

"Ela está bem onde está. Venha cá."

"O problema é que ela está com febre. Já faz vários dias. Seria melhor levá-la e entregá-la. Depois disso posso voltar para você", ela disse, recuando.

Ele soltou uma risada e olhou para Amanda com luxúria.

"Venha cá", insistiu ele, de braços abertos e um sorriso ébrio no rosto.

Quando ela não obedeceu, ele a puxou com força para ele. Amanda baixou a cabeça e repetiu o nome dele outra vez. Tentou se libertar, mas ele a agarrou com mais força ainda. Amanda empurrou-o, mas na luta, ele arrancou o vestido dela e desabotoou com violência o sutiã. Algo caiu no chão. Brilhando a seus pés estava o tesouro prometido: a pulseira de diamantes e o anel, com seu espectral brilho azul-turquesa.

Com uma mão ele a segurou, prendendo-lhe a garganta, e a lançou contra a parede do galpão. Ela estava encurralada, incapaz de se mexer ou respirar.

"Então, seus amigos é que iam trazer a pulseira... Você achou que eu deixaria você escapar com sua filha e o tesouro? Por quem me toma, madame da sociedade, viúva do cardiologista? Aqui nada fica em segredo."

As palavras dele adejavam em torno dela sem sentido, atingindo-a como rajadas de gelo. Ela não se atrevia a falar. Com uma das mãos de Bertrand em volta do pescoço e a outra entre as pernas dela, Amanda sentiu como se a cerca de arame farpado enferrujada que ela estava esperando cruzar estivesse, em vez disso, transpassando-a, afundando violentamente em sua carne. Quando ele começou a se mover ritmicamente dentro dela, ela soltou um gemido baixo de dor.

"Já está acostumada com isso", disse ele, ofegando e lambendo a orelha dela. "Não diga que se incomoda agora."

Lutando para recuperar o fôlego, Amanda fingiu uma breve sensação de prazer e o deixou fazer o que quisesse.

"Minha filha está esperando por mim", ela repetiu.

Bertrand parecia determinado a obter o máximo prazer possível. Não queria desperdiçar sua noite de sábado; iria dormir em paz, aliviado e satisfeito. De vez em quando fazia uma pausa, procurava os olhos dela e abria um sorriso alucinado.

Lentamente, Amanda levou a mão até o bolso do casaco, procurando pela lâmina enferrujada. Segurando-a com a maior cautela possível, ela fechou os olhos e, às cegas, como se estivesse tomada por um impulso incontrolável, apunhalou a jugular do homem abraçado a ela.

Ela o golpeou uma segunda vez e sentiu a lâmina cortar os músculos do pescoço dele. Ainda dentro dela, Bertrand parou de se mexer. Amanda cravou a faca de novo e de novo. Com toda a sua força, com toda a sua ira.

"E, no sétimo dia, Deus terminou seu trabalho e descansou", disse ela em hebraico, perto do pescoço de Bertrand, como se estivesse prestes a beijá-lo. E o beijou. Sentiu o sangue escorrendo pelos lábios dele e em sua mão, mas só reagiu quando o líquido quente e pegajoso lhe penetrou no casaco e ameaçou manchar seu vestido. Com cuidado, ela puxou a faca e a deixou cair. Pousou os dedos com frieza sobre a ferida, procurando qualquer sinal remanescente de vida, um último batimento cardíaco. Ainda havia pulsação, como se ele extraísse dela um alento de vida. Mas, quando ela retirou os dedos, Bertrand deu seu último suspiro.

Amanda não se mexeu. Sentia uma profunda calma inundá-la. Agora ela não tinha absolutamente nada a perder. Sua filha estaria livre. Ela iria ficar com a pulseira e o anel de diamante. A morte de

Bertrand não lhe trazia apenas um estranho sentimento de paz, mas também uma desconcertante sensação de orgulho. Lina estava salva.

O cadáver de Bertrand ainda estava em pé, preso entre ela e a parede; firme, com os olhos esbugalhados e os lábios contraídos.

Ela recuou e o corpo sem vida deslizou para o chão lamacento do galpão. A chuva tinha diminuído e a lua aparecia por trás das nuvens. Um brilho prateado iluminou o rosto do homem com o pescoço perfurado. Confusa, Amanda se sentou ao lado do corpo, assim como fazia no final da noite, quando oferecia o corpo a ele como parte da barganha. Não havia pressa; aquele era só mais um encontro noturno entre um oficial cheio de luxúria e uma prisioneira da cabana das mulheres. Ninguém daria falta dele até o amanhecer do dia seguinte.

Amanda ajeitou o vestido e o casaco, e caminhou devagar, de volta para a cabana das mulheres. Encontrou Lina dormindo na porta. Ela tremia; a febre voltara, a tosse silenciosa era mais como um gemido.

Amanda colocou a pulseira e o anel no bolso interno do casaco da filha. No outro, guardou a carta com instruções para Viera, sem nenhuma saudação ou despedida.

Ela ainda tinha aquela carta de verão com ela, a última carta, que nunca havia terminado. Ela olhou para a folha do livro mutilado, que ainda estava em branco. *Não, não há tempo para despedidas*, sabia.

Com tristeza, ela escreveu a primeira letra, depois uma sílaba inteira. Pelo menos tinha que completar uma palavra e ainda demorou vários minutos para fazer isso. No final da página vazia, escreveu: *Mama*. Esse era seu adeus, o que mais Viera poderia precisar? Ela tinha certeza de que todas as noites antes de dormir, a filha ouvia sua canção de ninar. Deliciou-se com a brancura da folha de papel desbotada e sua imagem descolorida de *Anagallis coerullea*. Feliz, terminou de escrever aquela palavra solitária, a única, a verdadeira, que poderia salvá-las e resgatar a todos do esquecimento. Uma única palavra seria suficiente.

Ela dobrou a folha e a colocou também no bolso do casaco da filha.

"Lina, está na hora de irmos."

Sacudiu a filha com delicadeza e tentou levantá-la, mas não encontrou forças. Lina acordou e, sem perguntar o que estavam fazendo ou para onde estavam indo, segurou a mão ensanguentada da mãe.

30

De mãos dadas com Lina, Amanda cruzou em silêncio a cerca de arame farpado. Ao longe, toda a floresta oscilava diante dos seus olhos, nublados por um sentimento de ódio completamente novo para ela. O ar fresco da noite começava a secar o sangue do homem morto, transformando-o em cristais em sua pele. Ela se virou para olhar para o acampamento escuro a distância. A filha estava deixando para trás um passado que nunca deveria ter existido. Ela esqueceria os insultos, a febre, a fuga, a apatia, a rejeição. Acordaria nos braços de

Claire e esqueceria o nome da mãe. Teria que esquecer: essa era a única maneira de se salvar.

Antes do nascer do sol, Amanda voltaria para a cabana sozinha. Lavaria o sangue com água bem quente na cozinha. Não deixaria nenhum rastro daquele homem infame que a traíra, que a transformara numa assassina. Pegaria outro vestido na mala e, quando estivesse limpa e sem culpa, diria adeus a Bérénice e *Frau* Meyer. Quando as abraçasse, diria: "Consegui. Minha filha está segura. É hora de esquecer".

Então ela voltaria para o galpão e fecharia os olhos de Bertrand. Depois procuraria um dos guardas e o levaria para a cena do crime. De madrugada, o acampamento acordaria em meio a um tumulto ensurdecedor. Os guardas franceses teriam outro motivo para ter medo. Ela confessaria sua culpa e seria condenada mais uma vez. Alguns dias depois, seria deportada num trem cheio de almas moribundas e acabaria, como ela mesma previra, num forno. Não tinha mais medo do fogo. Ou, talvez, quando voltasse para o acampamento, morreria com uma bala na cabeça. Simples assim, sem dor.

A floresta era uma enorme sombra que separava o acampamento da aldeia mais próxima. Amanda e a filha se embrenharam às cegas, até que distinguiram, à frente delas, duas silhuetas. Na escuridão, ouviram passos sobre as folhas caídas.

Com cautela, detiveram-se para esperar. Amanda sabia que não deveria se afastar demais do acampamento, pois em algumas horas precisaria estar lá.

Ela sentiu a mão pequena de Lina apertando a dela e se inclinou para que a menina pudesse ouvi-la:

"Olhe para as copas das árvores, lá no alto, e procure as estrelas. Tudo o que peço é que, aconteça o que acontecer, não olhe para trás. Estarei aqui ou em outro lugar, sempre velando por você e Viera."

Lina se agarrou a ela.

"Agora você precisa me prometer uma coisa. Você está prestes a começar uma nova vida e precisa me perdoar por tê-la feito sofrer tanto".

"*Mama*, não me abandone..."

"Como você pode achar que estou abandonando você, minha pequena Lina? Olhe quem está ali."

Nas profundezas da floresta, Lina só podia ver a mão estendida de um homem tão alto quanto uma montanha.

"Você está com a carta que precisa enviar a Viera, a última que escrevi. Quando chegar a hora, ela vai procurá-la e você vai recuperar seu nome. Nosso sobrenome."

Naquele momento, Lina viu o rosto de Claire sob a copa das árvores. O corpo da menina enrijeceu, como se perguntasse: *Por que você quer se separar de mim,* Mama? Ela começou a tremer incontrolavelmente. Ao lado de Claire, reconheceu padre Marcel.

Fechou os olhos com força e contou seus batimentos cardíacos acelerados:

"Um, dois, três, quatro, cinco, seis..." Abrindo os olhos novamente, gritou o mais alto que pôde: "*Mama, verlass mich nicht!*" e desmoronou no chão.

Padre Marcel a tomou nos braços e Claire sentiu sua temperatura. A febre estava alta. Quando Claire olhou para a frente outra vez, Amanda havia desaparecido. Claire se inclinou na direção do rosto da menina e o beijou.

"De agora em diante, você é Elise. Vamos para casa, minha doce Elise."

Primavera de 1942

Minha pequena Viera,

Lembro-me do rosto aterrorizado da minha mãe no dia em que ela disse adeus, porque sabia que estava prestes a morrer. Eu me lembro do olhar ansioso do meu pai quando ele me entregou ao seu pai, no altar. Eu me lembro daquelas noites de verão à beira do lago, quando brincávamos de ser felizes. Eu me lembro do caloroso abraço do seu pai nas noites de inverno, quando eu tremia, não de medo, mas porque os silêncios entre nós me assustavam. Eu me recordo da última carta dele, palavra por palavra. Lembro-me do cheiro dos livros antigos no Jardim das Letras, misturado com o fedor da fogueira no meio da praça e os cacos de vidro em todos os lugares. Lembro-me daquelas tardes longas e pacíficas, quando tomávamos chá com Hilde, sem saber qual seria o nosso destino. Lembro-me do dia em que você nasceu e quando, pela primeira vez, tive a terrível premonição de que não iria ver você crescer. Lembro-me do dia em que descobri que estava grávida da sua irmã e novamente comecei a tremer de medo. Lembro-me do olhar severo de Frau Meyer, *quando deixei você na passarela flutuante do navio.*

E ainda tenho dificuldade para me lembrar dos seus olhos e do seu sorriso. Não me recordo nem mesmo de tê-la carregado em meus braços, nem quando você deu seus primeiros passos ou disse sua primeira palavra.

Agora luto todas as noites com minha memória fraca. Não tenho forças contra o esquecimento.

Como eu poderia tê-la abandonado, minha pequena Viera? Como pude proteger a mim mesma me esquecendo de você? Isso não foi culpa dos nazistas, da guerra ou do ódio que agora guia a minha mão por esta folha desbotada, cheia de flores. Foi culpa do meu medo.

O medo me levou ao esquecimento.

Esta talvez seja a última carta que poderei escrever a você. Tudo que eu peço é que sua irmã e você sempre usem as correntes com seus nomes gravado nelas. Elas são o bem mais precioso que vocês têm. Assim nunca se esquecerão de quem são.

No dia em que este inferno acabar, vá procurar sua irmã. Proteja-se e recupere seu nome. Para se salvar, ela agora deve se esquecer de quem é. Mas você não precisa fazer isso.

Mama

CINCO

O Abandono
Haute-Vienne, 1942-1947

31

Durante seis dias e seis noites, o corpo debilitado da menina ficou embaixo dos lençóis úmidos, num quarto onde não se permitia a entrada nem da menor réstia de luz. Apenas o reflexo da lua entrava para devolver um pouco de vida ao rosto inerte.

A febre tinha diminuído um pouco, mas ela ainda respirava com dificuldade, como se já tivesse desistido de lutar. Olhos fechados, mal movia os lábios e seu corpo começava a tremer incontrolavelmente sempre que Claire esfregava nos lábios pedacinhos de gelo para tentar reidratá-la.

Ela se recusava a comer, beber água, sorrir ou chorar.

Reagia às carícias ou era isso que queria pensar Claire, que estava sempre sentada ao seu lado. Respondia com suspiros esporádicos às orações do padre Marcel, o que trazia um sorriso tímido para os rostos dos dois adultos, animados com a esperança de que ela sobreviveria. À noite, Danielle cantava musiquinhas, esperando um sinal que lhe permitiria saber que a alma de sua amiga não tinha se perdido na floresta escura.

Depois que a menina ficou inconsciente por uma semana, padre Marcel concluiu que tinham de levá-la ao hospital em Limoges. Eles não podiam deixá-la mais um dia sem comer ou beber água. Ele pegou a menina no colo antes que Claire tivesse tempo de se opor. Os braços dela penderam como galhos quebrados, a cabeça inclinou-se sem vida contra o peito do padre.

"Ela tem apenas 7 anos e somos tudo que lhe resta", protestou Claire. Naquele momento, padre Marcel sentiu a menina se aconchegando contra o peito dele.

Claire ainda estava ajoelhada ao pé da cama, rezando por um milagre. O padre pegou um pouco de gelo e pingou algumas gotas de água no rosto pálido e nos lábios rachados da menina.

"Claire", ele disse gentilmente, "ela vai ficar bem."

Quando Claire viu a garota abrir os olhos e oferecer ao padre um sorriso, ela se aproximou e tocou o braço dele. Naquele momento os dois estavam novamente juntos ou até mais juntos do que na semana em que ele tinha velado por ela. A doença mais uma vez os aproximara.

A garota começou a se mexer. Tomando-a nos braços, Claire segurou a mão do padre Marcel e caiu no choro. O padre desejou que o abraço pudesse também incluí-lo e imediatamente pediu perdão a

Deus pelo pensamento. Ele não queria que nada estragasse aquele momento de alegria. A garota estava salva e Claire estava ao lado dele. Concentrando sua mente na pequenina, ele orou com todas as suas forças por ela, por Claire e por ele.

O dia amanheceu com os dois à beira do leito da menina debilitada, que logo começou a devorar com avidez toda comida que eles lhe ofereciam. Pela primeira vez desde que a haviam resgatado na floresta, eles se atreveram a abrir as janelas, esperando que o anjo misericordioso que a havia devolvido a eles permanecesse ali pelo tempo que a escondessem na fazenda.

"Minha menina, minha menina", sussurrava Claire. "A partir de hoje, serei sua mãe", repetia ela como se fosse uma canção de ninar. "Minha pequena Elise..."

De pé na porta, Danielle examinou a cena com certo desconforto. Ela não se lembrava de nenhuma ocasião em que tivesse ficado doente ou que a mãe houvesse se dedicado a ela assim, dia e noite, como estava fazendo agora com Elise. Sozinha, a menina vagou pela casa, suspirando.

De dia, Elise aprendeu a viver escondida e passava o tempo lendo o emaranhado de histórias de uma Bíblia maltratada em francês, que ela mal podia entender. Aprendeu sobre o fruto proibido e serpentes, beijos e traições, anjos, virgens, apóstolos e santos, coroas e cruzes. Ela podia recitar versos inteiros de memória, embora significassem pouco para ela. O ritmo e a linguagem antiquada a fascinavam.

Para Elise, o passado se limitava ao instante em que despertara nos braços do padre Marcel; o restante eram sombras. Tudo que havia acontecido antes disso era apenas uma lembrança distante em sua memória, a batida de um coração, o sabor difuso do medo.

Ela aceitava a ordem de se esconder do sol como se estivesse doente e os raios solares pudessem queimar sua pele e destruí-la. Aprendeu que, durante o dia, era obrigada a permanecer no sótão, como um morcego relegado à parte mais escura da sua nova casa.

Depois de escurecer, brincava fora de casa com Danielle, que a protegia com devoção maternal enquanto Claire as vigiava de longe.

Nos primeiros outono e inverno, Elise se sentiu segura, porque a família costumava se reunir em torno do calor da lareira. Mas, no verão seguinte, ela foi vítima de premonições sombrias. Quase um ano se passara desde que tinha sido abandonada na floresta, e ela ainda tinha que acalmar seus medos, repetindo seu nome várias vezes: *Elise, Elise, Elise... Meu nome é Elise.*

Apreciava os momentos que podia passar com Danielle. Tornou-se a sentinela do sótão, onde tentava se entreter contando a si mesma histórias de terras distantes, aonde ninguém jamais a levaria. Ela tinha pesadelos em que ia viver num continente esquecido, onde os raios de sol enfraqueciam até desaparecer completamente antes de entrarem em contato com a superfície, os dias eram longos e escuros e os invernos, gelados.

Achava difícil ficar confinada naquela masmorra sem janelas e sonhava em ter um amigo que pudesse proteger, fosse um soldado ferido, um cachorro abandonado, uma bola puída, um inseto ou até mesmo um verme; algo a que ela pudesse dar um nome e com quem pudesse conversar, para que as palavras não ricocheteassem nas paredes ásperas.

O que começou como uma espécie de brincadeira agora se tornara uma tortura. Confinada, completamente sozinha, ela passava horas rezando em silêncio enquanto Danielle assistia, com Claire, a missa do padre Marcel. Com a chegada do verão, começou a se aborrecer com o calor escaldante. Tinha acabado de fazer 8 anos e sentia que o tempo estava passando. Ela estava crescendo e o sótão sombrio lhe parecia, cada vez mais, uma prisão apertada.

Uma noite, acordou apavorada e banhada em suor. Tivera uma premonição que a levara a tampar os ouvidos e cantar furiosamente, numa tentativa de apagar a imagem que a perseguia, mesmo agora que estava acordada. Um dia eles iriam esquecê-la no sótão e um furacão de fogo destruiria casas, fazendas e até a igreja do padre Marcel.

A vida à noite fazia as cores desaparecerem e tingia o mundo ao redor com um uniforme brilho prateado. Ela esperava ansiosamente que as folhas caíssem, as rosas murchassem e os campos de lavanda dessem lugar aos ventos secos e gelados do inverno.

Uma manhã, descobriu perto dela uma larva imóvel, congelada, ao lado do que parecia ser uma bolinha de esterco sólido. Ela se perguntou se isso seria um truque da sua imaginação solitária, mas, quando se inclinou para examinar o ser pequenino e transparente, viu que dentro dela havia uma sombra se contorcendo. Estava vivo.

"Quem é você?", perguntou baixinho, preocupada que o menor suspiro pudesse destruir a criatura que estava nascendo diante dos seus olhos.

Suas orações tinham sido ouvidas, ela não estava mais sozinha. Passou a buscar um pedaço de pão, um grão de açúcar, uma gota d'água para alimentar o verme minúsculo e começou a fantasiar sobre o que a larva solitária poderia se tornar. Ela esperava que fosse um inseto sem asas, que não pudesse voar para longe; algo que, como ela, permanecesse no chão.

Dentro de alguns dias, uma carapaça escura tornou-se visível. Dois olhos enormes começaram a aparecer na cabeça e quatro pernas, com pequenos espinhos. Sentando-se, ela estudou a criatura de perto.

"Um besouro! Nasceu um besouro!", disse, surpresa com a sua criação. "Jepri, é como vou chamar você, e será meu amigo."

Ela recordou as palavras que o pai repetia para ela em alemão, resgatadas de um passado que pretendia esquecer. *Uma criança pode esmagar um besouro, mas nem um professor pode criar um.*

Com a chegada de Jepri, os dias ficaram curtos e as noites, longas. Elise se deitava ao lado dele, no chão, e o observava tão perto que o inseto parecia um gigante vindo para resgatá-la. Ela o observava enquanto ele comia e fugia para a escuridão; estudou sua rotina e tentava todos os dias modificá-la, testando até que ponto um inseto podia ser adestrado e tornar-se um animal de estimação de verdade.

Ela sabia que a vida da criatura seria curta, mas que, como todos os besouros, ressuscitaria, recriando a si mesmo. Ela não queria vê-lo morrer e preferia que seu amigo a conduzisse junto com ele para a terra das sombras.

"Você vai viver no meu coração, Jepri, meu amor", disse ela uma noite, colocando o besouro no peito e esperando a mordida mortal.

Mas besouros não mordem, lembrou a si mesma.

Quando acordou, encontrou o cadáver sem vida do amigo ao lado dela. Jepri, o besouro, se recusara a seguir seus instintos e se deixara morrer em vez de atacá-la. Ele a salvara.

Cheia de emoção, ela esperava que Jepri renascesse. Agora que seu único amigo estava morto, decidiu que deveria sepultar ao lado dele todas as imagens vagas de um passado que vira apenas em sonhos. Um pai sem rosto, uma irmã que desaparecia no convés de um navio, uma mãe que a abandonara numa floresta. A morte de Jepri significava o fim de sua infância. De agora em diante, ela não seria mais ninguém além de Elise.

32

Na manhã de 10 de junho de 1944, o sol escaldante banhava os celeiros nos arredores. Certa de que um pouco de luz iria ajudá-la a prantear seu amigo e decidida a não se importar se fosse vista, Elise espiou da janela da sala e viu os vizinhos correndo com medo, a distância.

A ver isso, Danielle a puxou para longe da janela e depois correu para fora, determinada a descobrir por que os vizinhos estavam com tanto medo. Sem se aproximar demais, ela percebeu que um número alarmante de alemães tinha se espalhado pela aldeia. Ficou sabendo que um destacamento de soldados tinha se postado em todas as entradas, fechado a ponte e até bloqueado a ferrovia. Os uniformes deles eram inconfundíveis. Danielle chegou perto o suficiente para reconhecer as temidas iniciais SS e correu de volta para casa, ofegante.

"A SS?", perguntou-se Claire. "Não sei o que podem estar procurando aqui. Por que não ficaram em Limoges?"

Ela tirou o avental e ficou vários minutos fitando a água, enquanto lavava as mãos. Elas moravam numa aldeia insignificante, cujos habitantes tinham se resignado à ocupação alemã com uma apatia estoica. Além dos cartões de racionamento, a guerra não havia mudado sua rotina diária; a Resistência era uma fantasia, um mito que os homens preferiam ignorar enquanto bebiam café na rue Emile Desourteaux. Claire não encontrava explicação para aquela presença militar desproporcional. Histórias de homens corajosos que explodiam uma linha férrea ou sequestravam oficiais alemães aconteciam em outros lugares, como Saint-Junien ou Saint-Léonard-de-Noblat, a uns sessenta quilômetros de Limoges. Nada acontecia na aldeia delas; todos viviam em paz, mesmo que isso fosse apenas uma ilusão. Nenhum de seus habitantes queria ou estava disposto a desafiar as forças de ocupação.

Talvez a única falta grave que tinham cometido tivesse sido receber refugiados de Moselle ou Charly, expulsos de suas casas pelas SS. Havia também alguns judeus alemães que Cuba tinha se recusado a receber, vários anos antes, embora tivessem sido deportados logo depois numa operação maciça. *Quem eles estariam procurando agora? Uma garotinha indefesa escondida num sótão?*, Claire se perguntava, angustiada.

Estão vindo atrás de mim! Estão vindo atrás de mim! Elise dizia a si mesma com medo. *Mas o espírito de Jepri me salvará. Ele é imortal.*

Claire foi até a estrada e deteve um dos vizinhos.

"Estou muito preocupada", a mulher se queixou. "Algo vai acontecer. Nós todos temos que ir para a praça principal, é uma ordem dos alemães."

Claire correu de volta para casa. Sem explicar nada, começou a arrumar uma mala, com calculada precisão.

"Vamos comer alguma coisa e depois ir para a aldeia", disse ela às meninas, com toda a calma. "Não se preocupem, nada vai acontecer."

Danielle sentou-se à mesa, com Elise ao lado dela. Evitando seus olhares curiosos, Claire foi para o quarto delas. Elise se levantou e a seguiu furtivamente. Viu Claire arrumando as cartas num bauzinho de madeira, onde depois acomodou também uma pequena caixa púrpura. Fechou a mala e foi até a janela. Ela precisava de ar fresco.

"Aconteça o que acontecer, vocês duas têm de ficar sempre juntas, entenderam?" Em momentos difíceis como aquele, a voz de *Maman* Claire sempre era doce como uma carícia. Em silêncio, as duas garotas assentiram.

Claire abraçou-as e recostou a cabeça na de Elise. Contemplou uma última vez as poucas fotos de família na sala: uma de seu marido nas colônias; Danielle bebê em seus braços; ela mesma, vestindo uma capa de chuva grossa, sorrindo, com a Torre Eiffel ao fundo (a única lembrança de sua viagem a Paris antes de se casar). Com um suspiro, ela se afastou das garotas. Escovou o cabelo na frente do espelho e sorriu. Estavam prontas para ir.

"Combi! Temos que levar a Combi conosco!", gritou Elise, correndo para pegar a velha bola de futebol murcha debaixo da cama.

"Não precisa, Elise", Danielle tentou convencê-la. "Logo vamos estar de volta."

Mas Elise agarrou-se à bola, que seria sua única bagagem pessoal.

Quando saíram de casa, Claire parou na porta, olhando para os campos de lavanda que em breve estariam florescendo.

Deixaram o sítio e se juntaram aos pequenos grupos de vizinhos, que se apressavam para cumprir as ordens dos ocupantes.

Elise estava com medo de que, embora parecesse filha de Claire, alguém a reconhecesse (como as garotas da sua antiga escola). Segurando a mão de Danielle, ela inspirava grandes lufadas do ar da manhã. *Sou apenas mais uma na multidão, ninguém vai me notar.* Quando chegaram à primeira rua da aldeia, ela enterrou o rosto na saia de Claire. *Maman* Claire parou e acariciou a testa da menina.

"Vai ficar tudo bem, pequenina", ela disse novamente. "O importante é que você não saia do lado de Danielle por nada neste mundo. Ela é sua irmã. Siga sempre sua irmã, entendeu?"

As instruções de Claire ecoavam na mente de Elise. Longe de tranquilizá-la, elas pareciam o aviso de uma mudança que não conseguia entender. Nesse instante, Danielle sentiu que a mãe estava mais preocupada com Elise do que com ela. Ela tinha apenas 12 anos de idade, mas agora tinha que ser responsável por outra criança.

Sou apenas três anos mais velha que Elise, Maman. *Sou sua verdadeira filha*, ela queria dizer, mas não conseguiu.

Enquanto atravessavam a aldeia, sorriam para todos que encontravam. Passaram pela estação de trem, onde um trem partira mais cedo naquela manhã para Limoges. Era apenas um sábado normal como qualquer outro. As portas e as janelas das casas vazias estavam abertas, para que a brisa de verão pudesse entrar. Elas chegaram à rua principal, onde, sentados num café na esquina, alguns homens ainda discutiam ferozmente.

"Estes não são soldados alemães comuns, são da segunda divisão da SS Reich", dizia um deles, limpando a boca no antebraço, orgulhoso do seu conhecimento preciso. "São os mais temidos."

As três caminharam até a praça principal, onde encontraram os soldados alemães formando um círculo, como uma barricada. As portas da igreja estavam abertas e as mulheres e crianças entraram ali para se abrigar do calor.

"Onde está o padre Marcel?", perguntou Claire, esperando que alguém pudesse lhe responder. "Vocês viram o padre Marcel...?"

Os homens foram reunidos e levados para uma fazenda ao sul da aldeia. Ninguém se despediu, por que deveria? Era simplesmente uma operação de rotina, uma daquelas convocações absurdas com que haviam se acostumado na guerra.

Os soldados falavam francês entre eles e Danielle e Elise observavam seus uniformes, tentando diferenciá-los. Elise reconheceu uma insígnia em forma de armadilha de lobo no peito de um soldado. Ele sorria para ela o tempo todo. Uma mulher da região interrompeu-os para explicar a um oficial que ela tinha deixado um bolo no forno. Mas ela não conseguiu ouvir a resposta, antes se ser arrastada pela multidão que os soldados forçavam a entrar na igreja.

Maman *Claire é a única que trouxe uma mala*, pensava Elisa, quando uma enorme explosão atirou-a sobre os paralelepípedos. Claire jogou-se em cima dela. Danielle, que tinha sido arremessada a uma certa distância, mal conseguia distingui-las em meio a todo o tumulto, fumaça e chamas que saíam da igreja. Tudo que via eram corpos empilhados sobre corpos, sapatos espalhados por toda parte.

A primeira explosão ensurdeceu Elise. A seguinte, ela sentiu açoitar as solas dos seus pés. Naquele momento, percebeu que o medo estava enraizado no seu corpo, que poderia rasgar sua pele, arrancar seu cabelo, perfurar seus dentes. Sentindo o corpo de *Maman* Claire protegendo-a sobre as pedras, ela fechou os olhos. Ao longe, ouvia uma canção de ninar. Em alemão? Notas intermitentes, uma frase perdida. *Maman?* Os gritos de uma criança romperam o silêncio, até que de repente foram interrompidos por um disparo.

Detritos ainda estavam caindo sobre ela, ou melhor, sobre *Maman* Claire, cujo corpo a cobria, quente, molhado, pesado. A poeira cinza se diluiu em lágrimas que não secariam. A poeira se solidificou em pedra.

"*Maman*...", sussurrou Elise, quase num suspiro, mas, quando não obteve resposta, ela gritou: "*Maman* Claire!"

O gemido de uma sirene perfurou seus ouvidos. Ela lembrou que estava na praça da aldeia, em frente à casa do prefeito, perto da esquina do café de madame Beauchêne, do lado de fora da igreja em chamas do padre Marcel. Os sinos badalavam loucamente, até que foram abafados pelos rugidos dos alto-falantes. Ela não podia ver a confeitaria nem o cemitério, apenas as paredes do Hotel Beaubreuil, que lentamente emergiam das nuvens de fumaça.

Tentou abrir a boca, mas seus lábios ressecados estavam colados pelo pó.

"*Maman!*", murmurou novamente com medo, mas não conseguiu dizer mais nada.

A explosão seguinte pareceu acontecer dentro da sua cabeça. A onda de choque libertou-a; ela não conseguia mais sentir o peso do corpo em cima dela. Havia perdido *Maman* Claire; havia perdido seu escudo protetor.

33

Elise abriu os olhos devagar. Ali estava *Maman* Claire, de bruços na poeira, com um sapato faltando e as meias de seda rasgadas. *Onde será que está o outro sapato?* Sem se mexer, a menina olhou ao redor para tentar encontrá-lo, mas não conseguiu se mover, apenas virar a cabeça.

O pequeno anjo barrigudo de pedra ainda estava de pé na velha fonte. A água brotava da boca do anjo e escorria para a base da fonte, com um brilho laranja e azul que brilhava através da fumaça.

Quando Elise reuniu coragem para se mover, sentiu uma pontada de dor no ombro direito. A praça havia desaparecido, tudo o que restava era poeira e o anjo nu flutuando acima das águas negras.

A visão daquele inferno a deixou sem fôlego. Ela tentou respirar, mas sentiu que estava prestes a sufocar. Gritou e, no mesmo instante, conseguiu inspirar mais uma vez. Ela estava viva; havia sobrevivido novamente.

"Elise, levante-se!" Era a voz de Danielle, chamando-a de algum lugar que ela não podia ver. Ela espiou através das nuvens de fumaça, sobre os corpos mortos. Sem dizer nada, Danielle conseguiu se aproximar e pegar a mão dela. "Espere."

A mala estava lá, ao lado do corpo de Claire, sob uma espessa camada de poeira e pedras. Danielle foi até ela, recuperou-a e voltou até onde estava Elise.

"Vamos!", foi tudo o que ela disse.

"*Maman* Claire", sussurrou Elise.

"*Maman* está morta", disse Danielle secamente.

Elas não tinham tempo. Os soldados voltariam, procurando sobreviventes. Estavam apenas esperando que as chamas se apagassem. As duas meninas corriam perigo agora; estavam entre os poucos sobreviventes numa aldeia enterrada sob uma nuvem espessa e escura.

Elas pararam por um instante, tentando se orientar em meio aquele caos, para encontrar uma direção na qual fugir. Além da fumaça que saía da igreja, podiam ver o cemitério. Poderiam atravessá-lo ou correr ao longo da margem do rio, na direção oposta, para a abadia, embora fosse muito arriscado. *Levará várias horas para chegarmos lá*, pensou Danielle, em dúvida. Ela não entendia de quem estavam fugindo, quem era exatamente o inimigo.

Elas perderam toda a noção do tempo. Não sabiam quando a luz do dia acabaria, se a noite estava prestes a cair. Agarrando-se às mãos uma da outra, tremiam de medo e angústia.

"Vamos nos esconder aqui", disse Danielle. "Temos que esperar que fique escuro."

"Nos esconder?" Elise não conseguia entendê-la. Não havia árvores, nem uma esquina ou casas que pudessem abrigá-las. Mas Danielle se deixou cair ao lado da mala e fechou os olhos.

Os pés de Elise estavam queimando; seus olhos estavam cheios de areia, sua garganta estava ressecada. Ela não ousava dizer a Danielle que estava com sede, que tinha que encontrar água antes de partirem para a abadia, pois sabia que era perigoso demais sair do esconderijo. E quem poderia dizer se os alemães também não tinham feito o mesmo, fechado as mulheres e crianças dentro da abadia para explodi-la. Mas Danielle estava dormindo ou fingindo estar. Ela não tinha respostas para as perguntas de Elise.

Pela primeira vez, Elise derramou lágrimas silenciosas, tentando não acordar Danielle. Virou de costas e soluçou, pensando em como *Maman* Claire a salvara. Elas tinham que chegar à abadia para buscar ajuda, pelo menos para fazer com que todos aqueles corpos dilacerados recebessem um enterro decente.

Ou talvez fosse melhor não pensar, fechar os olhos, tentar dormir e esquecer. Isso é o que ela estava tentando fazer quando sentiu os primeiros pingos de chuva. Olhando para cima, viu que as nuvens estavam baixas e pesadas. Uma chuva fina começou a assentar a poeira. O ar estava carregado de cheiros sinistros.

O rugido de um comboio de caminhões com a suástica na lateral e carregados de soldados acordou Danielle. Eles não estavam indo em direção à abadia, mas no sentido oposto. As duas garotas se entreolharam esperançosas, antes de o terror atingi-las. Talvez os alemães estivessem voltando de lá depois de aniquilar a todos, inclusive o padre Marcel, a única pessoa que poderia salvá-las.

Elise levantou-se e deu alguns passos para longe de Danielle. Por poucos segundos, a lanterna vermelha do último caminhão alemão iluminou seu rosto. Um soldado a viu, colocou rapidamente o capacete e ficou olhando para ela. Elise não estava com medo. Sustentou o olhar do jovem quando o caminhão acelerou na estrada, sumindo em meio à chuva e à poeira.

Os soldados estão fugindo, envergonhados do crime que cometeram, Elise ousou pensar.

Ela tinha certeza de que não voltariam só por causa dela. O soldado alemão devia ter pensado que ela era um fantasma. Ou talvez ele não a tivesse visto porque ela não existia mais. Havia morrido várias horas antes, como todos os seus vizinhos da aldeia. Na igreja, na praça, nos celeiros.

Ela também havia morrido dois anos antes, naquela noite na floresta, antes de acordar queimando de febre nos braços de *Maman* Claire. Agora ela estava vivendo outra de suas mortes. Só Deus sabia de quantas outras mortes teria que fugir.

Até os piores assassinos podem ter um pouco de piedade, ela pensou. Ao não denunciá-la, Elise viu no jovem soldado algo parecido com compaixão. Mesmo assim, teria preferido que a levassem para a aldeia mais próxima. Lá alguém lhe daria água, talvez até mesmo um pedaço de pão. O soldado não a salvara, ela concluiu, ele a abandonara à própria sorte. Para morrer.

"Temos que ficar longe da estrada principal", Danielle avisou, levantando-se e começando a se afastar sem olhar para Elise, que a seguia em silêncio.

"Acho que não vou conseguir continuar andando se não tomar água..."

A chuva logo parou, mal umedecendo seus lábios. Danielle continuou andando sem responder; elas não podiam ir até o rio, pois seria muito perigoso. Não era o momento de procurarem água. E muito menos comida.

"Quando chegarmos à abadia, vamos falar o mínimo possível", disse Danielle. "Vamos ficar juntas o tempo todo. Não sabemos se os alemães vão estar lá também; temos que descobrir antes de chegarmos. Aguente mais um pouco, estamos quase lá. Você consegue?"

Elise não disse nada, mas seguiu atrás de Danielle, tentando não se apoiar no calcanhar direito. Era difícil não caminhar pela estrada. No verão, o chão sob as árvores da floresta exalava um vapor quente que as desorientava. Quando chegaram a uma clareira rodeada de arbustos, decidiram parar para descansar. Abraçadas, compartilharam um sono cheio de sobressaltos.

Era quase meio-dia quando partiram novamente. Quanto mais perto chegavam da abadia, mais devagar Danielle andava, arrastando a mala com uma mão e, com a outra, apoiando Elise, que mancava. A imagem da mãe caída entre os escombros na praça a atormentava. Era apenas sua solene promessa que a fazia seguir em frente.

"Cuide de Elise como se ela fosse sua irmã", a mãe pedira a ela, enquanto colocava na mala uma Bíblia, uma muda de roupa para cada uma e três casacos grossos. *Por que ela está fazendo isso*, Danielle tinha pensado, *se estamos no auge do verão...*

Era um fardo pesado e irritante, mas ela tinha que carregá-lo. Tentava entender por que a mãe tinha ido para a aldeia com uma mala se ninguém tinha nada nas mãos, o que havia acontecido na realidade, por que haviam sobrevivido. O que sua mãe sabia, o que ela previra? A mala era um lembrete, um registro de memórias dispersas. *A mala é* Maman, ela disse a si mesma, enquanto caminhava.

Embora continuassem seguindo em frente, ambas estavam convencidas de que haviam morrido na praça, junto com *Maman* Claire. O caminho para a abadia era uma ilusão. Elas ainda estavam lá, ao lado do corpo de Claire, esperando para serem enterradas numa vala comum.

Quando finalmente avistaram os muros da abadia ao longe, uma pontada de medo retornou, pungente. Não havia alemães à vista. Quando as duas meninas se aproximaram com cautela, o enorme edifício se erguia, silencioso, sob o brilho do pôr do sol. Danielle apertou a mão de Elise; elas se olharam por alguns segundos e então se prepararam para atravessar a porta de carvalho reforçada com ferro enferrujado. Talvez estivessem seguras, por enquanto.

34

 $\mathcal{A}$ nave principal da abadia estava cheia de crianças correndo, caindo, chorando, rindo. Havia um cheiro de esterco, manteiga, suor e queijo rançoso, canos quebrados, água estagnada. A luz fraca fazia seus rostos cansados, as faces pálidas e encovadas, parecerem visões de um ocre patético.

Padre Marcel estava num canto, ladeado por pilares de pedra carcomidos, o rosto molhado para aliviar o calor sufocante. As meninas não o reconheceram, apesar de o terem visto pela última vez apenas duas semanas antes, num dos seus jantares de sexta-feira à noite. Ele não se barbeava havia dias e seu cabelo preto e oleoso estava grudado no crânio. A batina estava suja de lama, com manchas esbranquiçadas no peito e sob os braços.

Sentado à sua direita, estava o padre Auguste, que segurava o pesado registro batismal da abadia, anotando os nomes das crianças que estavam chegando. Com suas mãos artríticas, anotava os detalhes dos recém-chegados em folhas de papel soltas; quem os trouxera para a abadia, de que aldeia tinham vindo, que escola frequentavam, a profissão dos pais, se tinham irmãos e irmãs. Ele também pedia o nome e a data de nascimento deles e os adicionava a cada nota. Uma garotinha estava de pé na frente dele, respondendo em murmúrios baixos que o exasperavam. Com um gesto, ele mandou que ela se sentasse com os outros.

Ele estava prestes a fechar o livro de batismo quando o padre Marcelo o deteve.

"Acabei de saber que mais duas meninas chegaram. Espero que sejam as últimas de hoje."

O padre tomou em seus braços um garotinho de 2 anos que não parava de chorar. Tomando um lenço do bolso de sua batina, ele limpou o nariz da criança, que escorria. O pequeno aninhou-se em seu peito, abraçou-o e aos poucos começou a se acalmar. Parecia que esse era o primeiro contato físico que ele tinha em muito tempo.

"Lá vêm as meninas", disse o padre Auguste ao vê-las entrar na nave. Padre Marcel sentou o menino num banco para receber as recém-chegadas. Quando viu quem eram, ele correu e as abraçou. Todos os três permaneceram em silêncio por alguns instantes. Não havia necessidade de perguntas; não havia nada que explicar. Elas estavam seguras. Padre Marcel fechou os olhos e deu graças: suas orações tinham sido atendidas.

"Danielle e Elise Duval", gritou ele ao padre Auguste. "São irmãs, eu batizei as duas."

Danielle apertou com força a mão de Elise, que soltou um profundo suspiro. Padre Marcel acariciou a cabeça das duas e as conduziu à cozinha.

"Confiem em mim, tudo ficará bem", disse ele. "Agora vocês precisam comer alguma coisa." Ao notar que as meninas ainda pareciam perdidas e atemorizadas, ele prosseguiu, olhando-as dentro dos olhos: "O tempo dos segredos acabou. Agora podemos tentar encontrar o irmão de Claire nos Estados Unidos. O tio de vocês". Ele se virou para Danielle: "Ele vai tomar conta de vocês duas. Esta maldita guerra terminará em breve".

Tranquilizadas pelas palavras do padre, as garotas correram para pegar um copo de água enquanto o padre Marcel voltava para concluir seu trabalho de documentação com o padre Auguste. Era importante que as crianças constassem nos registros: era um tipo de garantia de legalidade para os alemães e seria útil após a guerra, quando seus familiares viessem procurá-las. Padre Marcel queria que tudo relacionado a Elise e Danielle estivesse em ordem, especialmente agora, que elas pareciam ser duas das únicas sobreviventes da sua aldeia. Ele até cogitou se não seria melhor mudar o nome do local de nascimento. Sua única missão agora era proteger aqueles órfãos. Para isso, era capaz de fazer qualquer coisa, até mentir. Deus iria perdoá-lo.

Seus olhos estavam injetados de sangue pela falta de sono e a angústia e frustração que sentia por não poder fazer nada além de limpar narizes, rezar diante do altar e baixar a cabeça para os alemães.

Intuía que o crime cometido contra seus paroquianos era um ato desesperado de rendição. Os alemães estavam perdendo a guerra, o fim era iminente. Padre Marcel via o fato de ele ter sobrevivido como um castigo; ele deveria estar lá com todos os outros, na praça da aldeia. Tinha certeza de que sua presença teria impedido a bestialidade dos soldados com sede de vingança. *O que eles esperavam encontrar? Armas? Havia apenas aldeões indefesos e dóceis e, ainda assim, tinham despejado sua fúria sobre eles. Vão pagar em breve,* dizia a si mesmo. Em momentos como aquele, a Bíblia não era sua melhor aliada. Ele não podia deixar de sentir ódio e pedia a Deus para permitir que amaldiçoasse aquela guerra para que suas feridas se curassem. Ele estava convencido de que eram todos culpados por terem aceitado a ocupação alemã como se ela não passasse de uma imposição incômoda.

Sentia-se tentado a voltar à sua igreja e, em meio às ruínas, renunciar a Deus, o Criador, que fechara os olhos quando confrontado com os crimes que suas criaturas estavam cometendo.

Ajoelhado no altar aquela noite, ele rezou com todas as suas forças para os órfãos que eram de sua responsabilidade. Ao fazer isso, viu uma imagem borrada do rosto de Claire à luz de um entardecer de verão, alguns anos antes. Sabendo que poderia ser sua salvação, ele tentou se concentrar na imagem, mas não conseguiu distinguir a intensidade dos olhos azuis dela, nem a cadência da sua voz ou as pálidas sardas da sua pele. Tudo o que ele podia ver eram suas mãos delicadas entre as dele, pedindo ajuda porque, como ela explicava, se estava colocando sua família em risco era porque sentia que era seu dever cristão. Agora era seu dever proteger as meninas.

Naquela noite, depois de várias horas sem dormir, ao recordar a voz doce e melodiosa de Claire, o padre Marcel finalmente adormeceu.

À primeira luz do dia, dirigiu-se ao dormitório. A nave que antes abrigava peregrinos agora proporcionava refúgio a mais de vinte crianças. Ele verificou que Danielle e Elise estavam lá e as encontrou deitadas nos braços uma da outra, talvez compartilhando o pesadelo de ainda estarem vivas. Ele nem queria imaginar o que deviam ter passado.

Claire não podia mais protegê-las, mas ele faria isso.

35

Elise foi a primeira a acordar, regressando de um sono profundo e tranquilo. Passara a noite toda abraçada a Danielle, que ainda estava adormecida, apesar dos soluços de um garotinho que, ao ver os olhos de Elise abertos, começou a gritar. Talvez ele achasse que ela deveria pegá-lo no colo, dar algo para ele comer ou levá-lo ao banheiro, sem compreender que ela era apenas mais uma criança abandonada.

Ela tinha dormido tão bem, agora Elise refletia, porque sentia-se protegida por aquela fortaleza e pelos fortes braços do padre Marcel, que, como um cavaleiro antigo, defendia o território da abadia. Ninguém, nem mesmo os alemães malvados, poderiam atacá-la ali. Ninguém ousaria transpor a muralha centenária em torno deles. Padre Marcel era o herói da sua história de aventuras.

O garotinho saiu da cama e veio cambaleando até ela, como se tivesse aprendido a andar só poucos dias antes. Sentado ao lado dela, começou a tocar seu cabelo, que estava emaranhado com a poeira e o suor. Ele apontou para os olhos de Elise.

"Azul", ele balbuciou, como se estivesse brincando de identificar cores num lugar em que predominavam as sombras, com paredes de pedra enegrecidas e vigas escuras por causa da umidade.

Embora ela fosse apenas uma menina, talvez o fizesse se lembrar da mãe. Elise sentiu que a pele dela exalava um cheiro desagradável, talvez porque só tivesse lavado o rosto e as mãos. O resto do seu corpo ainda estava coberto de poeira, suor e sangue de outras pessoas. Ela não tinha ideia do que fazer com o menino, então eles ficaram ali sentados, esperando Danielle acordar e lhes dizer que deveriam ir para o pátio, a cozinha ou a missa, se houvesse uma.

"O que ela está fazendo aqui?", vociferou da porta um adolescente da aldeia, que tinha reconhecido Elise e apontava para ela com indignação.

Elise olhou para ele, baixou os olhos e viu o garotinho, ainda sentado ao lado dela, pegar a sua mão.

"O mesmo que você", limitou-se a dizer o padre Marcel, que apareceu na porta. "Vamos para a capela", ordenou ao adolescente.

O jovem saiu sem reclamar, mas, antes de sair, lançou um olhar cheio de ódio para Elise. Ela já estava acostumada a ser rejeitada ou tratada como inimiga, e ser vista como alguém diferente. No final, ela era sempre a forasteira, aquela que não pertencia a lugar nenhum, a que tinha vindo tomar o lugar de outra pessoa e que deveria viver na escuridão. A velha história estava simplesmente se repetindo na abadia.

Ela levou o menino de volta para a cama e tentou fazê-lo se deitar, cobrindo-o o melhor que pôde, mas ele apenas riu, como se quisesse brincar. Ela podia ver nos olhos dele uma súplica para não deixá-lo sozinho, para não esquecê-lo.

"Acho melhor sairmos daqui", disse a ele, que sorriu. "Precisamos aproveitar o sol de verão e tomar um pouco de ar fresco."

O garoto estendeu os braços para ela. Elise levantou-o da cama e juntos atravessaram um corredor sombrio, iluminado na outra extremidade por vitrais que davam para um jardim nos fundos da abadia, uma espécie de horta abandonada. Pela primeira vez em dois anos, ela sentiu-se livre. Não precisava viver na escuridão, escondendo-se de olhares inquisitivos. Ela tinha um novo amigo. E dormira bem.

"Qual é o seu nome?", perguntou a ele. A única resposta do garotinho foi uma risada. "Eu sou Elise."

Ao se aproximarem do pátio interno da abadia, encontraram uma passagem estreita que levava à cozinha. A porta estava entreaberta e o som de vozes se confundia com as notícias transmitidas por um aparelho de rádio. Elise não conseguiu entender o que estava sendo transmitido porque o som não era claro. Quando viu o padre Marcel sentado em frente ao rádio, tentando sintonizar uma estação, o menino soltou a mão dela e correu para a cozinha. Elise correu atrás dele, mas parou no limiar.

"Mais de seiscentos mortos", dizia uma voz áspera e rouca. "Aqueles bastardos dizimaram toda a aldeia. Não deixaram pedra sobre pedra. E enquanto isso, estamos aqui, sem fazer nada além de ouvir as notícias e esperar que venham nos expulsar para o pátio com uma arma na mão."

Elise não conseguiu identificar a voz áspera e fez sinal para que o menino ficasse quieto. Agora, no rádio, alguém começava um discurso, mas era ainda mais difícil ouvir. Tudo o que ela conseguia distinguir eram vozes ininteligíveis gritando, seguidas de aplausos e vivas.

"Os Aliados já estão em solo francês", disse outra voz. "O bombardeio começou. Em breve ficaremos livres dos *boches*."

"Não podemos continuar recebendo crianças. É muito perigoso", disse o padre Marcel, levantando-se e desligando o rádio. "Se alguma delas adoecer ou morrer, vamos ter problemas."

Quando ele viu Elise e o garotinho na porta, sorriu e os convidou a entrar, abrindo os braços para receber o menino, que correu até ele.

Dois homens estavam com o padre Marcel, cujo rosto estava agora lavado e recém-barbeado. Ele estava usando uma batina limpa, um pouco menos desgastada do que a do dia anterior. Na mão direita, tinha vários panfletos, que ele imediatamente tentou esconder nos bolsos. Um deles caiu no chão e, quando Elise se inclinou para pegá-lo, conseguiu sentir o cheiro de tinta fresca. Um dos outros homens, um sujeito baixo e atarracado, impediu-a de pegar o papel e o colocou no bolso da jaqueta. Elise notou uma ferida recente e profunda no antebraço esquerdo dele.

O homem mais velho, que usava uma camisa branca limpa, mas amassada, foi até a janela e acendeu um cigarro, olhando para Elise com cautela. As sombras sob seus olhos, tão escuras quanto a barba no queixo, contrastavam com a brancura do cabelo e da camisa. Elise olhou ao redor da cozinha com espanto; não parecia se encaixar com o resto da abadia. Não havia imagens religiosas, nem bancos, nem bíblias. Num canto, ela viu um coelho branco numa gaiola de metal, uma cartola preta e uma varinha com a ponta dourada. Havia também um mapa enrolado numa mesa de madeira alta e estreita. Sobre ela havia um aquário vazio. Elise foi até o coelho, que não se mexeu. Se não fosse pelos seus súbitos estremecimentos, ela teria achado que o animal era empalhado. Ela observou os homens, perguntando-se a qual deles pertenceria o coelho e o resto da parafernália de mágico.

O menino não prestou atenção ao coelho, talvez porque nem sequer o vira. Sua atenção estava voltada para o padre Marcel, que o pegou no colo, fez cócegas nele e começou a chamá-lo pelo nome.

"Vocês sabiam que Jacques é invisível?", o padre disse. Depois colocou o menino de volta no chão e começou a fingir que não conseguia encontrá-lo. Ele andou ao redor do cômodo, tropeçando, fingindo não notar o menino, que se mantinha imóvel, tentando não desatar a rir.

Elise sorriu quando ouviu o nome do garotinho inquieto. Jacques correu até o coelho e sacudiu a gaiola, mas o animal não reagiu. Provavelmente estava esperando uma ordem ou um apito tocar. Não havia grama ou cenoura ali e não adiantava o menino agitar a gaiola ou soprar no nariz do bichinho; o coelho simplesmente se recusava a reagir, percebendo que não eram uma plateia de verdade.

Havia restos de pão e queijo na mesa. Padre Marcel acenou para Jacques e Elise, convidando-os a se aproximar da mesa, e o garotinho devorou as migalhas e os pedaços que restavam do queijo, com exceção de um pedacinho que levou para o coelho. O animal o cheirou sem nenhum interesse. Assistindo à cena, Elise riu alto e de repente percebeu que essa era a primeira vez em muito tempo que ela fazia isso.

36

Do lado de fora, Danielle enfrentava dois garotos que jogavam bola na frente dela.

"Nem pensem em se meter com a minha irmã outra vez", ela rosnou, enfatizando a palavra "irmã", enquanto lançava para eles um olhar ameaçador.

"Ela não tem o direito de estar aqui. É uma *boche*!", retrucou o menino mais alto, de bermuda, que deixava à mostra seus joelhos arranhados. "Ela é culpada de tudo que está acontecendo conosco."

"Como disse o padre Marcel, ela é minha irmã. Tem o mesmo direito que eu de estar aqui", disse Danielle, endireitando-se como se estivesse prestes a se lançar sobre ele. "Se você está com medo, saia daqui. Este pátio é para todos."

"Eles deveriam ter matado vocês duas", disse o menino, cuspindo no chão.

Enojada, Danielle o encarou, disposta a enfrentá-lo. Dando um passo à frente, ficou cara a cara com o garoto e pôs as mãos na cintura, desafiando-o a reagir.

"Se atreva!", ela disse sem piscar. O menino ficou em silêncio e imóvel, surpreendido com a atitude dela. "Você é um covarde. Por que não sai e luta contra os alemães? É com eles que você precisa mostrar valentia, não conosco. A guerra está do lado de fora destes muros, não aqui dentro."

Ao ver o padre Marcel se aproximando com Elise e Jacques, os dois garotos foram para o outro lado do pátio, deixando Danielle em paz. Ela ficou ali, testa franzida, braços cruzados, mordendo o lábio inferior, como sempre fazia quando se sentia desafiada.

"São tempos difíceis", disse padre Marcel, tentando aliviar a tensão. "Estamos em guerra e antes não nos dávamos conta disso. Agora isso está diante dos nossos olhos, podemos sentir..."

"Não nos querem aqui", Danielle interrompeu. "Não nos querem em lugar nenhum."

"A guerra traz à tona o pior de nós", continuou padre Marcel, com calma. "Isso é só uma maneira de sobreviver. Precisamos ter paciência, entender as outras pessoas. Ninguém quer morrer e o medo pode nos levar a fazer coisas horríveis."

Padre Marcel entendeu que seria demais sugerir a Danielle que ela se ajoelhasse no altar e rezasse por aqueles meninos agressivos. Rezar não era uma prioridade para nenhuma daquelas crianças que acordava a cada dia com uma única ideia: sobreviver.

"Eu tenho algo para você", disse ele, segurando um livrinho sem capa. "Quando foi a última vez que você leu alguma coisa?"

Os olhos de Danielle se iluminaram e o padre Marcel achou que tinha detectado um sorriso no rosto dela. Pelo que ela se lembrava, a última coisa que tinha lido eram as páginas soltas do livro de botânica de *Madame* Sternberg, mas disso era melhor nem falar. Pegando o livrinho das mãos do padre, ela agradeceu sem falar nada, com medo de que sua raiva ainda ficasse muito evidente se ela dissesse alguma coisa.

Com o cigarro na boca e quase sem fôlego, o homem de olheiras escuras abriu caminho entre as crianças e se aproximou do padre. Sussurrou algo no ouvido dele e ambos se retiraram.

Danielle não prestou muita atenção naquilo, mas Elise olhou para ela com um olhar conspirador e disse, cheia de suspeita:

"Padre Marcel é da Resistência."

Danielle ficou em silêncio por alguns instantes, depois desatou a rir. A ideia de Elise parecia ridícula, produto de fantasias infantis. Ela lembrou que durante os jantares de sexta-feira o padre costumava elogiar aqueles que arriscaram a vida para enfrentar os alemães, mas não podia acreditar que ele fosse um deles. Ultimamente, dizia-se que qualquer homem que deixasse a aldeia ia se juntar ao grupo rebelde.

"Eles estão tramando alguma coisa, tenho certeza!", disse Elise, à espera de que Danielle dissesse algo. "E um deles vai se vestir de mágico para enganar os alemães. Tenho provas", acrescentou ela. "Eles estavam escondendo uns folhetos."

"Se fazem parte da Resistência, é melhor que ninguém saiba. O que você está dizendo é muito perigoso." Danielle sabia que ela não deveria dizer mais nada para não incentivar a imaginação indomável de Elise, mas ao mesmo tempo tinha que admitir que a irmã havia plantado uma dúvida em sua própria mente.

Jacques estava brincando feliz com outras crianças da sua idade no meio do pátio, jogando pedrinhas na fonte seca. Pegando Danielle pela mão, Elise a levou para a suposta sala dos conspiradores. Elas pararam em frente à porta fechada. Elise olhou em volta para se certificar de que não tinham sido seguidas, enquanto Danielle arriscava girar a maçaneta. A porta se abriu um pouco, o suficiente para ela ver que a sala estava vazia. Decidiu entrar.

"Viu? Não há ninguém aqui. Nada de conspiradores, alemães ou mágicos", disse, zombando de Elise. Ela falou devagar, como se também quisesse se convencer de que estavam realmente protegidas dentro da abadia. Embora estivesse preocupada com a possibilidade de estarem na companhia de conspiradores, ela também sentiu um arrepio de satisfação pelo fato de alguém perto dela estar disposto a dar uma lição naquelas terríveis forças de ocupação.

Elise vasculhou todos os cantos da sala para encontrar alguma prova que impedisse Danielle de pensar que ela era uma menina malcriada e de imaginação fértil. Ela tinha certeza do que tinha visto e ouvido. Parou na janela, olhando para o claustro dos monges a distância e, ao lado dele, o cemitério abandonado onde jaziam os restos mortais de frades e abades desde tempos imemoriais.

O coelho e a gaiola tinham desaparecido, assim como a cartola e a varinha mágica. Tudo o que restava era o cheiro de tabaco e cinzas de cigarro no chão.

37

Enquanto Danielle se refugiava em qualquer canto para ler um livro, Elise percorria a abadia com Jacques, que se tornara seu companheiro constante. Dedicava-se a ele com devoção, colocando-o na cama, acordando-o pela manhã, dando-lhe de comer e levando-o para tomar sol. Ela conversava com o menino como se fosse mãe dele e ele se divertia com ela.

Elise se deitava ao lado dele todas as noites e inventava histórias sobre dragões aterrorizantes e batalhas épicas. Observar os pesadelos de Jacques ajudava-a a afastar os dela. Desde que tinha começado a se ocupar dele, não era mais atormentada por alucinações noturnas, nem era acordada pelo medo do que o dia seguinte pudesse lhe reservar. Para ela, o futuro se limitava às brincadeiras que faria com Jacques quando eles se levantassem.

Quando ele adormecia e ela ia para a cama que dividia com Danielle, sua mente se enredava em confusas especulações até que o sono a vencia. Ela estava convencida de que ninguém viria atrás delas depois da guerra. Não haveria tios ou pais ausentes, nem primos perdidos em terras longínquas.

De manhã, sua alegria regressava, ao ver Jacques risonho e contente. O garotinho devorava fatias de manteiga como se fosse queijo e tomava a sopa como se fosse água. Seu grande medo era que um dia um parente viesse e o levasse para longe dela, para uma cidade na Alsácia, onde se dizia que ninguém parecia francês, porque a fronteira com a Alemanha era tão próxima que as calçadas, casas e até mesmo os rios se confundiam e passavam de um país para o outro sem aviso.

Os dias de verão estavam ficando mais longos e Elise decidiu passar a maior parte deles na cozinha da abadia, onde a luz do dia entrava pelas janelas altas. Todas as manhãs, ela se sentava ali na penumbra, com Jacques, aguardando Marie-Louise, a cozinheira, que chegava antes do nascer do sol.

Como Elise não dormia muito e Jacques menos ainda, eles iam, pé ante pé, até a cozinha para cumprimentar a nova amiga. Elise não gostava muito de descascar batatas ou cebolas, muito menos de ficar perto da água fervente ou das chamas rebeldes do fogão, que sopravam por toda parte. Ela não era amante do fogo, mas suas visitas à cozinha permitiam que descobrisse tudo que estava acontecendo na abadia: quem estava doente, se alguma criança nova tinha chegado, se os alemães estavam se retirando ou os Aliados estavam conquistando aldeias próximas, se o bispo era ou não um colaboracionista e, mais importante de tudo, se havia comida suficiente para que sobrevivessem por mais uma semana.

Marie-Louise se sentia confortável com ela, porque Elise falava muito pouco, ao passo que ela falava muito. Se tivesse algo para comer, Jacques ficava quieto, embora isso pudesse ser perigoso porque ele engolia avidamente qualquer coisa que encontrava no chão da cozinha.

"Durante uma guerra, as pessoas sempre perdem a capacidade de ouvir", a cozinheira dizia, enquanto descascava batatas e as jogava num gigantesco caldeirão enegrecido e amassado.

Mesmo que falasse bastante, ela gostava de longos silêncios e Elise aprendera a não interrompê-los. Ficava sentada ao lado dela, sem dizer nada, até que as palavras começassem mais uma vez a se derramar da boca daquela mulher boa e sábia.

"Todo mundo tem sua opinião. Todos acham que estão certos, mas aonde isso vai nos levar? A lugar nenhum. Ninguém faz nada!", ela dizia, levantando o braço ocasionalmente e tentando coçar o nariz. "Eu ao menos cozinho batatas e encho a barriga de muitas pessoas."

Mesmo que não parecesse, Marie-Louise era uma mulher da cidade. No entanto, dos seus anos dourados, só restavam seu pescoço elegante e o cabelo sedoso. Seus seios eram tão grandes e pesados que ela costumava se inclinar para trás na tentativa de manter o equilíbrio. Dizia às crianças que seus olhos eram verdes, mas que todo o sofrimento da guerra tinha feito com que ficassem de um triste tom cinza amarelado. Sua pele ainda era branca e firme, embora às vezes ficasse vermelha ao redor do nariz.

Ouvir histórias de outras pessoas ajudava Elise a esquecer seu próprio sofrimento ou, pelo menos, a relegá-lo a algum lugar onde não pudesse machucá-la. Uma manhã, Marie-Louise começou a lhe contar sobre seu passado. Ela já tinha sido proprietária de um pequeno café em Le Marais, perto de Place des Vosges, que herdara de um tio russo, por parte da família do marido. Até a chegada dos alemães, seus clientes eram os "infiéis", como era conhecida a maioria das pessoas que moravam no bairro.

"Eu era muito jovem. Tinha acabado de chegar a Paris e logo conheci meu marido no café que ele acabara de herdar. O cabelo dele era preto como azeviche. Como poderia imaginar que ficaria branco como a neve? Quando descobri que ele era um infiel..." Marie-Louise viu que Elise não tinha entendido e, então, explicou: "Quero dizer, judeu", acrescentou ela em voz baixa e viu Elise engolindo em seco. "Decidimos que não queríamos trazer uma criança ao mundo para que sofresse."

Depois de uma pausa, ela acrescentou:
"Uma crise sempre traz à tona o pior dos parisienses."

A isso se seguiu outro longo silêncio. Elise esperou com calma que a cozinheira continuasse sua crítica contra os habitantes da capital.

O marido tinha sido preso num dia de verão. O café foi destruído e Marie-Louise decidiu voltar à sua aldeia, para morar na casa que a mãe antes alugava para uma família de Paris que havia deixado a cidade no dia da ocupação.

"Quando levaram meu marido, todos bateram a porta na minha cara. Ninguém estendeu uma mão amiga. Muitos de nossos antigos clientes, a quem às vezes nem cobrávamos, viraram as costas para mim. Lixo! É isso que eles são: lixo."

Marie-Louise nunca mais viu o marido. Ele foi levado, junto com todos os outros judeus do bairro, para o Vélodrome d'Hiver e de lá para ninguém sabe onde.

"Nunca vou me esquecer daquela noite de 16 de julho de 1942", disse ela. "Fiquei sozinha. E adivinha o que as pessoas que estavam alugando a casa havia tanto tempo fizeram? Venderam todos os móveis. Sim, toda a mobília da minha mãe. Por quê? Porque tinham fome, me disseram."

Agora ela tinha que dormir num colchão no chão, mas deixava muito claro que tinha tudo de que precisava.

"Vocês são minha família agora. Você, padre Marcel e padre Auguste. O lixo que fique na lata de lixo!" Ela repetia frases como esta todos os dias, geralmente acrescentando algumas novas críticas. "Nós, franceses, perdemos nossa dignidade. Eles queimam uma aldeia, matam brutalmente seiscentas pessoas e o que nós fazemos? Fugimos!"

Quando acabou de dizer isso, Marie-Louise notou que Elise estava com os olhos cheios de lágrimas e o corpo todo encolhido.

"Ah, me perdoe, minha filha, me perdoe!", disse, com a voz embargada. Depois foi até Elise. "Eu nem posso imaginar o que você e sua irmã já devem ter passado. Mas agora estou aqui. Para o que vocês precisarem."

A cozinheira a envolveu nos braços e Elise enterrou a cabeça nas pregas do seu avental sujo. Ela cheirava a cebolas e suor, mas isso não a impedia de sentir uma imensa ternura por aquela mulher que a tinha acolhido e que agora Elise via como parte da sua nova família. Ela aninhou-se entre seus enormes seios como um filhotinho de cachorro protegido pela mãe, e esqueceu o medo, os alemães e o menino mais velho que desde sua chegada não tinha feito outra coisa além de atacá-la.

Padre Marcel as interrompeu, trazendo um pedaço de manteiga embrulhada em papel pardo.

"Aqui está, quase dois quilos", disse ele, colocando o pedaço de manteiga na mesa. "Não acho que vamos conseguir mais por um bom tempo. Meu contato desapareceu."

"O altar logo vai estar vazio", disse a cozinheira. "Um rubi em troca de um pedaço de manteiga! Meu Deus, a que ponto chegamos?"

Elise imaginou os santos e as virgens despidos, o cálice sem rubis, as galhetas ou castiçais de prata desaparecidos. A missa logo se reduziria ao sinal da cruz.

"Para esta tarde, me prometeram um pouco de carne", acrescentou o padre.

"Então, esta noite, vamos ter um bom jantar; mas e amanhã?", Marie-Louise perguntou em voz alta. Ela lamentava que o padre Marcel tivesse de sacrificar os utensílios do altar, os únicos tesouros que a abadia ainda possuía, para conseguir comida.

"Prefiro trocar essas coisas por comida do que deixar os alemães virem e saquearem tudo", disse ele, sem arrependimentos.

"Tudo que você precisa são óculos escuros e um guarda-chuva para parecer um jovem da cidade, um daqueles que protestavam contra a ocupação. Se não fosse pela batina, você seria a imagem de um *zazou*, um provocador, perambulando pela Place du Trocadéro", disse a cozinheira, gesticulando para ele. "Você logo vai vê-lo de joelhos, orando pelo nosso país", ela sussurrou no ouvido de Elise para que o padre não ouvisse, embora ele estivesse lançando olhares para ela e sorrindo. "Ele acha que tem que pagar por todos os pecados que cometeu. Por quê? A guerra levou um homem decente e bondoso como ele a roubar da sua própria igreja. Porque, de onde quer que se olhe, o que ele está fazendo é roubar."

Elise estava cada vez mais convencida de que Marie-Louise era uma santa mulher, que um dia seria beatificada, como as figuras vestidas de branco que aparecem, com os olhos voltados para o céu, estampadas nos cartões de *Maman* Claire, guardados na cômoda do quarto dela. A cozinheira era tão compassiva com o padre Marcel! Elise achava muito bom sentir-se protegida pelos dois. E saber que eles também estavam protegendo Danielle e o pequeno Jacques.

"Desde que a guerra começou, as hortas estão secas", reclamou Marie-Louise. "Nada é fértil na abadia."

Certa manhã, Elise ficou surpresa ao ver que Jacques não tinha corrido para a cama dela ao acordar. Assustada, perguntou a Danielle se ela tinha visto o menino, mas a irmã ainda estava dormindo e simplesmente murmurou uma resposta ininteligível. Elise correu para a cozinha, onde encontrou Marie-Louise já ocupada com suas tarefas matinais. Bastou ver Elise para a cozinheira perceber que a menina estava desesperada; não precisou nem perguntar por quê. Parou ao lado da mesa da cozinha e a olhou com ternura, sentindo-se muito triste por ela. A garotinha não merecia tantas perdas.

"Você sabe que todos nós só estamos de passagem aqui, não é? Esta não é a nossa casa, certo?" Ela pesava cada palavra com cautela, mas Elise não conseguia entender aonde a cozinheira queria chegar. "Há muitas bocas para alimentar aqui e eu não tenho ideia de quantos castiçais são necessários para contrabandear tanta comida. Em poucos meses, não sei como vamos sobreviver. Por quanto tempo vamos conseguir abrigar tantas crianças pequenas na abadia?"

Quando viu que as explicações dela ainda não pareciam surtir nenhum efeito sobre Elise, decidiu dar as notícias sem fazer mais rodeios.

"Ao amanhecer, o padre Marcel levou Jacques embora", ela disse, virando as costas. Não queria ver o rosto decepcionado de Elise nem sabia como consolá-la se ela explodisse em lágrimas. Ela mesma havia acordado naquela manhã sem ânimo para nada.

Marie-Louise ficou calada e Elise não quis quebrar a regra tácita entre elas sobre os silêncios. Ela sabia que Marie-Louise contava suas histórias em seu próprio ritmo e ela precisava muito saber o que tinha acontecido a Jacques. Até o momento, ninguém demonstrara o menor interesse por ele e por isso ela sentia que, de certo modo, o menino pertencia a ela. Elise tinha cuidado dele, dado de comer e estava lhe ensinando coisas: o que mais poderiam exigir dela? Ela sabia que ele era muito pequeno, que as crianças aceitas na abadia tinham que aprender a cuidar de si mesmas, mas ela estava lá para ajudar e até agora ninguém havia reclamado.

"O padre Marcel encontrou um primo dele. Um homem de Bordeaux. Dá pra imaginar? Jacques vai para Bordeaux!", disse a cozinheira, rindo para disfarçar a tensão. "Eles saíram de carro para a estação de trem. Alguém já está à espera dele lá."

Elise se encolheu quando ouviu a palavra "alguém". Então não era o primo de Jacques! Eles tinham enviado um desconhecido para pegar o menino. O primo também era outro desconhecido.

"Ele terá uma vida melhor, Elise. Você pode ter certeza disso. Acho que você deveria ficar feliz por ele", acrescentou Marie-Louise.

Elise ficou surpresa ao ver que não lhe vinha lágrimas aos olhos, que ela não tinha a menor intenção de chorar. Era mais como um sentimento de vazio: a partida de Jacques havia deixado um buraco e, no entanto, ela se sentia mais leve. Não teria mais que se preocupar tanto com ele, mantê-lo entretido, cuidar dele. Era melhor assim; se quando a guerra acabasse, ela e Danielle conseguissem chegar a Paris, não teriam como dar conta de mais uma boca para alimentar. Marie-Louise estava certa com relação a isso. Pensando sobre todas as vantagens de não ter Jacques constantemente ao seu lado, ela se sentiu aliviada. Outro que tinha ido para a terra das sombras.

"Pelo menos eles não o levaram para a Alsácia, e a partir de amanhã vou poder dormir", disse Elise, tentando parecer irônica. Mas assim que disse isso, começou a chorar. Ah, ela deveria ter ficado quieta, não queria que ninguém sentisse pena dela.

Marie-Louise olhou para o teto, sacudiu a cabeça e sorriu.

"Este fim de semana você vai dormir na minha casa. Padre Marcel já sabe. Preciso da sua ajuda no domingo de manhã."

As palavras da cozinheira foram como um passe de mágica. Elise rapidamente se acalmou, o rosto dela se iluminou e ela correu para contar a Danielle, que, como sempre, estava entretida com seus livros esfarrapados. Marie-Louise pôde voltar às suas tarefas; ela não tinha tempo para consolar uma garotinha que perdera o amigo.

38

No meio da estrada, a poucos metros das primeiras casas, Elise viu que Marie-Louise estava sem fôlego e suava profusamente. Não parecia que o calor iria se dissipar com o pôr do sol; os paralelepípedos ferviam e ondas quentes e desagradáveis de calor irradiavam das paredes de pedra. As ruas, janelas, lojas e cafés estavam desertos. Era como se a maioria dos aldeões tivesse fugido para o sul e os poucos que haviam permanecido tivessem se abrigado dentro de casa. Uma aldeia que se esvaziara mesmo antes do toque de recolher.

Quando chegaram ao sobrado de Marie-Louise, Elise observou que todas as casas da rua eram diferentes, dispostas numa fileira desarrumada, como se uma casa precisasse da outra para se manter em pé. À luz de um poste de rua, Marie-Louise encaixava a chave na fechadura da porta da frente, quando seus olhos foram ofuscados pelos faróis de um carro que se aproximava lentamente.

Ela e Elise pararam para examinar o veículo preto empoeirado, que estacionou duas casas adiante. Quando a porta do carro se abriu, Elise viu de relance a perna de uma mulher vestida com meia de seda e sapato de salto alto. As luzes imediatamente se acenderam na casa em frente e outra mulher apareceu.

"É a esposa do padeiro", disse Marie-Louise. "Ela não perde nada quando se trata do que acontece na vizinhança."

O motor do carro ainda estava funcionando. Era óbvio que o motorista não tinha intenção de passar a noite naquela aldeia remota.

A jovem de meias de seda demorou para se despedir. Quando finalmente saiu do veículo, sorriu para a vizinha de frente, cuja única resposta foi cuspir na calçada. A moça baixou os olhos, envergonhada, e remexeu na bolsa à procura das chaves da casa. O carro já havia se afastado e ela se sentia desprotegida. Marie-Louise cruzou os braços e olhou feio para a esposa do padeiro, depois sorriu para a jovem.

"Essa vadia imunda da Viviane...", a esposa do padeiro reclamou, alto o suficiente para Marie-Louise ouvir. "A vagabunda da aldeia. Quem pode usar meias de seda sem buracos nos dias de hoje? Só ela. E ainda tem a coragem de ficar na janela comendo uma barra de chocolate. Quem pode pagar por um chocolate nos dias de hoje? Só ela mesmo."

Elise olhou para as costuras perfeitas das meias de seda sob a luz mortiça do poste. Então a jovem entrou na casa, batendo a porta atrás de si. Parecendo exausta, a cozinheira aspirou o ar quente até encher os pulmões.

"Amanhã é dia do cartão de racionamento. Vamos ver o que podemos conseguir."

Dentro da casa, Elise seguiu Marie-Louise até uma escadaria dilapidada, com paredes descascadas. O mofo da umidade aparecia através do tom rosa pálido original, enquanto em alguns cantos a pedra nua e a viga de madeira aparentemente indestrutível eram visíveis.

"Desde que minha mãe morreu, não conseguimos alugar o armazém do andar de baixo. E ninguém quer comprar tecidos ou estofados", explicou Marie-Louise enquanto subiam as escadas.

Elise estava ansiosa para saber mais sobre a jovem do carro e para conhecer a casa da mulher que cozinhava para eles todos os dias, mas Marie-Louise não acendeu nenhuma lâmpada, apenas um par de velas como as da abadia.

"Toda sexta-feira à noite, acendo uma vela em memória do meu marido. Isso é tudo que posso fazer por ele", disse ela. "Amanhã de manhã você vai ver como a casa fica toda iluminada com a luz do sol."

Elise se afastou das velas, apreensiva, e seguiu as chamas tremeluzentes nas mãos da cozinheira, enquanto caminhavam pelos cômodos do andar de cima. Ela notou que havia muito poucos móveis, juntamente com algumas fotografias e adornos.

"É verdade que Viviane deixa a nós, mulheres francesas, com uma reputação muito ruim. Eu me pergunto o que a trouxe de volta para a aldeia." Marie-Louise não era muito de conversar, era mais uma especialista em solilóquios. "Mas essa mulher em quem querem cuspir, quem sou eu para julgar?"

Ela colocou uma das velas na mesinha de cabeceira e acomodou Elise entre os travesseiros de plumas. Aconchegada nos lençóis brancos, recém-lavados, a garotinha achou que estava no paraíso.

"No final das contas, sinto pena de Viviane. Ela também é uma vítima", Marie-Louise continuou com voz cansada. "Quando voltei para a aldeia e ela ouviu que meu marido era um 'infiel' e tinha sido preso, foi a única pessoa que sentiu pena de mim. Todos os outros vizinhos torceram o nariz."

Marie-Louise não esperava nenhuma resposta, mas tudo que Elise queria fazer era fechar os olhos, mergulhar nas suas fantasias sobre Paris e esquecer a jovem indigna.

"Somos todos vítimas desta guerra", continuou a cozinheira. "O tempo está contra nós. Um dia, Viviane e a esposa do padeiro vão acordar e uma não terá mais o carro para levá-la para casa em segurança. Terá que pegar o trem e de nossas janelas a veremos chegar arrastando os pés, sem meias de seda para vestir ou um mísero chocolate para comer. E a outra terá perdido aquele infame filho *milicien* dela, que faz serviço sujo para os alemães e a deixa toda orgulhosa e se sentindo superior a todos nós. Mas aí será tarde demais para pedir perdão", disse ela, apagando a vela entre os dedos. "Não haverá perdão, não para aquelas duas, ou para qualquer um de nós."

Ela parou na porta, olhando para a já adormecida Elise. *E você, de onde foi que veio?*, perguntou a si mesma.

Marie-Louise foi encher a banheira com água quente fumegante e derramou, de um frasco cor de malva, o que restava dos seus sais. Um vapor perfumado pairou sobre a superfície da água. Marie-Louise entrou na banheira, com cuidado para não espirrar água no piso imaculado de ladrilhos pretos e brancos.

39

Como de costume, Elise foi a primeira a acordar. Ela entrou na sala de estar e abriu todas as persianas. A luz do dia inundou a sala. Viu-se cercada de livros. Uma pesada poltrona estofada de verde e um abajur simples eram os únicos móveis que tinham sobrevivido à ganância dos inquilinos.

Havia pilhas de livros de diferentes tamanhos, espessuras e cores. Alguns tinham capas de couro ou papel, vermelhas ou douradas; outros estavam em pedaços. Quando viu aquela enorme quantidade de livros, Elise estremeceu e se aproximou deles com cautela. Fascinada, leu os nomes dos autores: Racine, Balzac, Flaubert, Dumas. Ela descobria uma nova faceta de Marie-Louise. Além da triste história de sua vida em Paris, Elise não sabia, na realidade, quem era aquela cozinheira que sempre tinha resposta para tudo.

"Meus livros são a única coisa que eu trouxe comigo de Paris", Elise ouviu atrás dela. "Mas, atualmente, não faz sentido ler nada. Isso é coisa do passado. Além disso, não tenho tempo. Meu marido e eu costumávamos passar horas a fio na livraria da rue de l'Odéon..."

Elise foi com ela para a cozinha. No corredor, descobriu uma coleção de fotografias de família. Um bebê coberto de rendas e fitas, um homem de chapéu-coco, uma mulher de preto atrás de um balcão com pilhas de tecido, que devia ser a mãe de Marie-Louise. Para Elise, parecia que o olhar severo daquela senhora as seguia e julgava. Marie-Louise contou que o retrato tinha estado com ela a vida toda, sempre lançando seus fios invisíveis. A mãe achava que a filha tinha escolhido um marido inadequado e nunca parava de repetir que o casamento terminaria em tragédia.

O cheiro de chocolate quente levou Elise de volta aos dias felizes com *Maman* Claire e ela sorriu com o conforto que a memória lhe trouxe. Outras delícias aguardavam-na: uma omelete, queijo e uma fatia de pão com manteiga. O que mais poderia pedir? Ela era amiga da cozinheira e estava no céu.

"Um dia vou morar em Paris também", disse ela, satisfeita. "E vou à livraria da rue de l'Odéon também. Quando não houver soldados em Paris", continuou, saboreando o chocolate.

Marie-Louise ficou observando a criança sonhadora, incapaz de evitar o pensamento de que não haveria futuro para ela em Paris ou em qualquer outro lugar da França, mas não disse nada; teria sido injusto lhe tirar as ilusões. Padre Marcel passava todas as noites escrevendo cartas para encontrar parentes próximos ou distantes das crianças. Ele também tinha esperanças de que desconhecidos ficassem com pena dos órfãos e adotassem alguns dos mais velhos, que poderiam ajudar nos campos ou no trabalho doméstico. Alguns dias antes, ele tinha escrito para a arquidiocese de Nova York na tentativa de encontrar o tio de Danielle e Elise, Roger Duval, que havia deixado a França alguns anos antes, mas Marie-Louise não queria preocupar a garota com essa notícia ainda. Quem podia garantir que algum padre entediado de Nova York se daria o trabalho de rastrear um francês que possivelmente não queria ser encontrado? E mesmo se fizesse isso, ele tinha todo o direito do mundo de argumentar que não podia assumir a responsabilidade de criar duas meninas. Mas o padre Marcel, que se lembrava dele como um jovem na aldeia, assegurou-lhe que Roger Duval era um homem de alma boa, crente convicto, que responderia assim que soubesse que a irmã deixara duas filhas.

Mas Paris? Não, ela não conseguia ver Elise em Paris, isso era certo.

"Paris não é mais o que costumava ser e nunca mais será", declarou ela, mastigando um pedaço de pão. "O dia em que a suástica sobrevoou a Place de la Concorde e os franceses escolheram o autoconservacionismo, o espírito da cidade desapareceu e sua magia foi para a sarjeta", disse, com uma das suas gargalhadas mordazes. "Eles acharam que, deixando a bandeira nazista desfraldada ou o coro alemão cantar nos degraus da L'Opéra, eles os deixariam em paz, com os nossos jornais sobre a mesa e uma *madèleine* mergulhada na xícara de café. Elise, Paris não passa de uma fantasia."

Marie-Louise pediu para Elise arrumar a cozinha enquanto ela cumpria uma missão para o padre Marcel. Enquanto a menina lavava a louça do café da manhã, deu asas à imaginação. Ela agora estava certa de que Marie-Louise, que todo mundo achava que não passava de uma simples cozinheira, era na realidade uma mulher sofisticada, uma intelectual rebelde, uma lutadora heroica da Resistência, liderada pelo padre e aqueles dois mágicos misteriosos.

Elise a viu sair com vários rolos enormes de tecido debaixo do braço e, da janela, pôde vê-la se dirigir à casa onde morava a garota das meias de seda. Em plena luz do dia! Mas Marie-Louise não tinha nada a temer. *Depois de ter perdido o marido e seu amado café, ela não perderia o sono se fosse rejeitada novamente na aldeia*, pensou Elise. Em sua imaginação, Viviane não era a mulher indigna que todo mundo pensava que ela era, mas uma mulher forçada a criar essa fachada para disfarçar o fato de que transmitia mensagens da Resistência parisiense ao grupo de homens escondidos atrás das paredes da degradada abadia. Também era possível que a missão de Viviane fosse envenenar seu amante, um temido oficial alemão, responsável pela morte de mais de um herói francês, que corajosamente enfrentara o inimigo...

Poucas horas depois, Marie-Louise voltou sem fôlego, carregando três malas pesadas. Deixando-as na mesa sem qualquer explicação, ela se retirou para tirar uma soneca.

No domingo de manhã, pouco antes do nascer do sol, Marie-Louise e Elise partiram para a abadia. Elise teve que carregar uma mala enorme, mas não se atreveu a reclamar. Antes de saírem de casa, a cozinheira pegou no bolso um pedaço de chocolate embrulhado em papel prateado, partiu-o ao meio e deu metade a ela.

"Todos temos direito a uma delícia como essa", foi tudo que ela disse sobre sua visita a Viviane. Elise alegremente devorou aquela hóstia marrom, que se dissolveu em sua boca como um suspiro.

"Você não sente falta de nada de Paris?", Elise insistiu.

"Claro que sim! Mas você sabe do que mais sinto falta? Dos álamos às margens do Sena."

40

Elise sentia-se revigorada. Voltou para a abadia ansiosa para contar a Danielle tudo sobre suas aventuras na aldeia. Ela estava convencida de que a inofensiva cozinheira era uma corajosa combatente da Resistência que, em vez de se esconder na floresta, transformara a abadia num centro de operações secretas de onde ela iria eliminar os alemães, não só da França, mas de todo o continente.

Antes de chegar ao dormitório, ela ouviu um alvoroço. Algumas crianças estavam gritando tão alto que até as paredes de pedra pareciam tremer. Ao longe, ela viu o padre Marcel correndo em direção a ela e com cautela se apressou para entrou no cômodo às escuras. Danielle estava montada sobre o menino que nunca parava de insultar Elise, estrangulando-o com ambas as mãos e xingando-o, raivosa, com palavras que os outros não podiam ouvir. O menino lutava para respirar e seus olhos estavam a ponto de saltar das órbitas, quando o padre Marcel tirou Danielle de cima dele. Num canto da cama que as duas meninas compartilhavam, estava a mala aberta de *Maman* Claire. As roupas estavam espalhadas pelo chão; a caixa de ébano, jogada embaixo da cama; a fotografia e as cartas, espalhadas por toda parte; e a corrente de ouro, do outro lado da cama. Elise começou a chorar enquanto pegava seus pertences, herança preciosa de *Maman* Claire. Um garoto alto e magro veio para defendê-la e lançou um olhar desafiador ao agressor, que ainda estava chorando de medo.

"Nem pense em se meter com elas novamente, está me ouvindo?", o menino ameaçou. "Ou você vai ter que se ver comigo."

"*Boche!*", o agressor sussurrou com raiva para Elise, bem baixinho para que ninguém mais pudesse ouvir. Arrastando os pés, ele foi para um canto do dormitório, onde ficou se contorcendo em silêncio por alguns segundos, antes de se deitar, encolhido, tentando evitar o olhar das outras crianças.

"Eu sou Henri", o novo defensor das meninas se apresentou. Com as costas da mão, ele enxugou as lágrimas de Elise e a ajudou a colocar os casacos, uma fotografia e as cartas de volta na mala. "Pode confiar, aquele valentão não vai incomodar você outra vez."

"É melhor guardarmos essa mala no meu quarto", disse o padre Marcel, que tinha observado a cena sem intervir. Ele colocou o braço sobre os ombros de Danielle, enquanto Elise fechava a mala. Então foi até o menino que ainda estava chorando virado para a parede e o levantou pela orelha. "Você vem comigo para a sacristia. Agora mesmo! Vamos andando!"

Quando Danielle pegou a mala, viu que a caixinha púrpura ainda estava debaixo da cama. Henri também viu e se ajoelhou para pegá-la e devolvê-la. Com as mãos ainda trêmulas, Danielle pegou a caixa e agradeceu com um olhar. Seu peito ainda estava ofegante de raiva. Ela poderia ter matado o desgraçado e acabado com ele de uma vez por todas. Ela deveria ter fugido com Elise para muito mais longe, para outra aldeia onde ninguém as conhecia ou as reconheceria. Não entendia por que elas ainda tinham que suportar aquele tipo de insulto. *O quarto de padre Marcel não vai bastar. Por que não trancar aquele garoto no claustro, onde apenas os monges estão autorizados a entrar? Os alemães nunca ousariam atravessar os portões de um lugar onde as pessoas se dedicam à oração*, ela pensou, desesperada para encontrar uma solução.

Ela saiu do dormitório com a mala na mão, acompanhada de Elise e do garoto esguio com o nome de um herói da Resistência. Para Elise, Henri era outro guerreiro que viera para defendê-las, um valente membro da Resistência, pronto para qualquer imprevisto. Aos seus olhos, ele era muito mais alto do que na realidade, tinha braços musculosos e vestia o uniforme desalinhado de um montanhês. Na verdade, Henri era simplesmente um jovem magro, que nem tinha 15 anos, cujo short cáqui revelava um par de meias cheias de buracos e a camisa de manga curta tinha três botões faltando e um bolso prestes a se desprender.

Na entrada do quarto de padre Marcel, Henri as deteve solenemente.

"Nós vamos vencer. Já estamos vencendo!", disse ele, depois fez uma pausa teatral. "Não vamos ficar aqui por muito mais tempo."

Danielle e Elise não disseram nada, mas se entreolharam. Ali não havia mais ninguém em quem pudessem confiar.

Daquele momento em diante, Henri tornou-se o aliado inseparável das meninas. Sua expressão delicada contrastava com uma cicatriz mal curada na testa, suas roupas tristes e esfarrapadas, seus sapatos cheios de buracos e uma ligeira coxeadura que ele tentava dissimular.

<hr />

Alguns dias depois, os três estavam sentados no pátio, sem nada para fazer.

"Precisamos ir para as montanhas da fronteira espanhola", disse Henri, rompendo o silêncio. Sua voz soava cada vez mais como a de um adulto. "Vamos ter que andar vários dias e noites, atravessando pontes e às vezes rios a nado, mas chegaremos lá. Não podemos ficar nem mais um dia aqui. Os alemães estão desesperados, porque sabem que estão prestes a perder a guerra, e a primeira coisa que farão quando acharem que estão derrotados é vir aqui, acabar conosco."

"Pode contar comigo", disse Danielle, num tom sério. Ela estava determinada a deixar para trás, de uma vez por todas, o papel de vítima que os nazistas lhe tinham imposto: uma órfã sem casa ou família para reclamá-la, à espera que um tio do outro lado do Atlântico aparecesse para salvá-la. Seria mais seguro se ela deixasse a mala com o padre Marcel. Ela voltaria para buscá-la quando fossem livres.

"Se formos bem longe em direção ao sul, não encontraremos nenhum *boche* imundo por quilômetros", Henri continuou, absolutamente determinado. "O perigo lá é a Milícia, aqueles malditos traidores franceses que colaboram com os alemães. Um *milicien* é mil vezes pior que um *boche*. Mas não se preocupem, os fazendeiros vão nos ajudar, vocês vão ver. Vamos encontrar abrigo de aldeia em aldeia até chegarmos ao nosso destino."

"Mas qual será o nosso destino?", Elise perguntou hesitante, sem querer tirar o ânimo da irmã ou atentar contra o espírito rebelde do seu novo amigo.

"Ser um daqueles que enfrentam os alemães dia e noite. Esse é o nosso destino", disse Henri de maneira grandiloquente, imaginando uma multidão ouvindo-o com fervor. "O bombardeio de Paris começará muito em breve. Os ingleses, americanos e russos estão determinados a varrer os nazistas da face da Terra. Nem um único deles será deixado vivo". O garoto ficou em silêncio por vários segundos, antes de acrescentar, sombrio: "E em breve talvez vejamos uma bomba cair aqui também. A abadia ficará em ruínas e todos nós seremos sepultados em esquecimento. Quem sabe?".

Os três ficaram quietos, olhando as paredes de pedras da abadia, que agora lhes pareciam tão frágeis quanto os abrigos de palha e lama que os trabalhadores sazonais construíam nas fazendas próximas. Mas, passados apenas alguns segundos, Elise se levantou num salto.

"Venham comigo!", ordenou, adotando seu ar mais conspiratório. Danielle e Henri hesitaram. "Venham, é importante!", insistiu, indo para a cozinha.

Curiosos, os outros dois se levantaram e obedeceram com relutância. Elise os levou à misteriosa sala onde uma vez tinha visto o coelho, a cartola e a varinha mágica. A sala – e isto é que era importante – onde ela havia descoberto os folhetos reveladores que o padre Marcel rapidamente tentara esconder.

"Outra vez aquela história do mágico?", perguntou Danielle, zombando dela.

Henri, por outro lado, estava atento e animado. Era a primeira vez que entrava num território que lhe dava a chance de fugir da vida monótona da abadia. Ele sabia que o padre Marcel já tinha localizado um irmão mais velho, filho do primeiro casamento do seu pai, que morava na Alsácia e era casado com uma francesa que se considerava alemã. Os dois homens deviam estar organizando sua partida, por isso ele queria colocar seu plano em ação o mais rápido possível, para fugir dali, recorrendo a caminhos desconhecidos. Ele preferia morrer de fome e sede do que viver com um irmão que considerava um colaboracionista. Recusava-se a ser enviado para uma daquelas aldeias fronteiriças, onde falavam um francês com sotaque alemão que o deixava exasperado.

Ele entrou no cômodo e começou a examinar cada canto, como um perito forense à procura de pistas. Era o começo de um jogo fascinante. Embora estivesse cética, Danielle percebeu que não queria ficar para trás e se deixou levar pela curiosidade de Elise e pelo entusiasmo de Henri.

Depois de se certificar de que ninguém os havia seguido, Elise se apoiou com força na mesa de carvalho, no centro da sala. Henri e Danielle olharam um para o outro, tentando adivinhar o que ela faria. A mesa estava sobre um grande tapete escuro e desgastado que Elise tentou levantar, e Henri foi ajudá-la. Sob o tapete pesado havia um alçapão escondido. Elise olhou para os dois, triunfante.

"Vá trancar a porta", ela ordenou a Danielle, que correu para fazer o que a menina lhe pedia. Elise estava no controle agora e nada poderia deixá-la mais feliz do que ver o efeito que sua descoberta causara em Henri.

Os dois começaram a levantar o alçapão.

"Como você sabia que havia uma passagem secreta aqui?", Danielle perguntou, temerosa.

"Simples", disse Elise, fazendo uma pausa como se para salientar quanto a resposta à pergunta da irmã era óbvia. "Não há outra explicação para a mesa de carvalho ficar contra a parede quando o padre Marcel está tramando com seus amigos e depois voltar para o meio da sala, quando a sala está vazia de novo", disse ela, com um orgulho infantil pelo seu poder de dedução.

Por fim, conseguiram puxar o alçapão. Henri foi o primeiro a se aventurar pelo esconderijo, seguido por Elise. Danielle, que era muito mais cautelosa, foi por último. A única luz no buraco fedorento vinha das janelas da sala acima; graças a elas, eles podiam ver que os degraus terminavam num chão de terra batida. Henri cobriu o nariz; Elise ficou enjoada com o cheiro de excremento e urina. Quando os olhos de Elise se adaptaram à escuridão, a primeira coisa que ela viu foi a cartola. Ao lado, encostada na parede, estava a varinha mágica e, na sua gaiola, vivo, mas ainda imóvel, o coelho magro olhava para eles.

"Agora acredita em mim?", Elise perguntou a Danielle, sem se virar.

"*Combate!* São cópias do *Combate!*", exclamou Henri, colocando um dos panfletos no bolso. Ele continuou tateando o caminho à frente, tentando descobrir até onde ia o porão.

Nem Elise nem Danielle conseguiam entender o entusiasmo do menino pelos panfletos antigos, visto que era possível encontrar panfletos velhos em toda parte.

"É o panfleto da Resistência!", Henri disse com orgulho. "Se nos encontrarem com um desses, podem nos mandar para a cadeia!"

Lá em cima, o calor do verão deixava o jardim da abadia ressecado, mas no porão o ar era gelado. Andando bem juntos e de mãos dadas, eles deram mais alguns passos para tentar alcançar o fim do esconderijo secreto, quando de repente ouviram algo correndo.

"Deve haver centenas de ratos aqui embaixo. Esse buraco não leva a lugar nenhum. Só seria um esconderijo seguro se estivéssemos sendo bombardeados."

"Claro, é isso!", exclamou Danielle, ansiosa para voltar ao andar acima. "É o abrigo antiaéreo!"

Henri e Elise a fizeram se calar ao mesmo tempo. Achavam que tinham visto um reflexo no chão de terra, ao lado de um balde transbordando de excrementos. Ali havia um brilho esbranquiçado que não conseguiam identificar. Surgiu e desapareceu num piscar de olhos. De repente, um gemido baixo os deixou paralisados.

"*Wasser... Wasser...*", uma voz sussurrada parecia ecoar das fundações da abadia. "*Wasser...*" Eles ouviram novamente alguém pedindo água em alemão, mas em seguida o brilho desapareceu.

Os três ficaram ali, tremendo. Henri foi o primeiro a reagir e se aproximar do lugar de origem do som, medindo cada passo.

"É um *boche*, um *boche!*...", ele gaguejou, a voz falhando nas palavras finais.

"O que um alemão está fazendo no porão? Vamos sair daqui!", gritou Danielle, ainda incapaz de se mover. Ela olhou em volta desesperadamente, sem conseguir se orientar na escuridão.

"*Wasser!*", ouviram pela terceira vez.

Sem perceber, eles se aproximaram o suficiente para distinguir os olhos e a tonalidade cinza-esverdeada do rosto de um homem. Ele estava encostado na parede, no canto mais escuro do porão. Seus olhos tinham um ar enlouquecido, seus lábios estavam ensanguentados e sua pele estava descascando, com crostas secas sobre o crânio.

"Temos que pegar um pouco de água", disse Elise, aproximando-se do homem moribundo e tentando evitar que o cheiro nauseabundo a deixasse enjoada.

"Espere aí! Não está vendo?", Henri exclamou, com uma voz calma que as surpreendeu. "Olhe bem."

As duas meninas ficaram tão perto do homem que quase puderam sentir a respiração fraca vindo dos lábios ressecados. Examinaram o homem maltratado. Danielle apertou a mão de Elise e gemeu. Não era apenas um *boche*. Mesmo na escuridão, eles podiam identificar sua insígnia militar. Era um oficial alemão!

"Vamos sair daqui agora! A brincadeira acabou", disse Danielle, tentando arrastar Elise, que se mantinha imóvel. "Elise! Isso é uma ordem!"

Henri olhou para ela com a mesma calma de antes e cruzou os braços com ar de desafio.

"Do que você tem medo, Danielle? Não vê que este porco alemão está à beira da morte?"

O oficial continuou a implorar por água, a voz não mais que um murmúrio. Ele não conseguia mover a cabeça ou o corpo; parecia que já estava havia dias cercado de excremento, comida estragada e sangue seco. Talvez semanas. De uma ferida no ouvido, perto do crânio, algumas larvas brancas tinham surgido e estavam rastejando lentamente, amontoando-se às cegas.

O rosto de Danielle era uma imagem de terror. Todo o seu corpo tremia e ela não tinha ideia de que caminho seguir para fugir dali. Tinha certeza de que os alemães, ou ainda pior, os *miliciens* estariam esperando por eles do lado de fora. Já deviam ter prendido o padre Marcel e o padre Auguste e assassinado os dois homens que se passavam por mágicos. Quando os três saíssem do porão, todas as crianças estariam agrupadas na sacristia e os alemães lançariam uma granada ou uma bomba, ou poriam fogo na abadia, para reduzir todas elas a pó e cinzas. *Uma calamidade leva a outra*, ela pensou. Estava convencida de que aquele alemão estava condenando não apenas os três à morte, mas todos que procuraram refúgio na abadia, toda a aldeia e talvez até a França inteira.

"O alemão está morto", Danielle balbuciou, chorosa.

"Mortos não deliram e esse aí está implorando por água, não está vendo?", Henri argumentou, impaciente. "Vamos sair daqui."

Ele assumiu a liderança novamente e eles se retiraram às pressas, afastando-se do horror que tinham acabado de ver. Deixaram o oficial alemão ofegante, em meio ao que consideravam seus últimos suspiros. Começaram a subir, o medo dando lugar a um perturbador sentimento de culpa.

Como Danielle, Elise achava que deveriam ter dado água ao oficial, algo para ele comer e tentado aliviar a dor de suas feridas. Se ninguém fosse resgatá-lo de imediato, os vermes acabariam devorando-o. Eles tinham descido para um sepulcro, uma câmara de tortura abandonada, um inferno que estava diretamente abaixo da casa de Deus.

"Por que deveríamos ter pena de um assassino?", perguntou Henri, tentando tranquilizar a si mesmo e às meninas e aliviar o peso da culpa que os pressionava, mas ao mesmo tempo irritado consigo mesmo.

Quando estavam em segurança na sala novamente, colocaram o tapete e a mesa exatamente onde os haviam encontrado. Elise parou para se certificar de que a mesa estava alinhada com as janelas, assim como antes.

Voltando ao dormitório, contornaram a capela, de onde podiam ouvir o eco monótono das orações do rosário. Os três queriam desesperadamente acreditar que, quando acordassem na manhã seguinte, descobririam que tudo aquilo tinha sido um sonho, ou melhor, um terrível pesadelo. De repente, Henri se lembrou de que ainda estava carregando a prova do crime com ele: a cópia do *Combat* estava no bolso e ele não tinha ideia de como se livrar do panfleto. Mesmo que o rasgasse em pedaços ou encontrasse uma maneira de queimá-lo, um resquício dele sempre permaneceria; até as cinzas poderiam denunciá-lo.

Eles foram para a cama sem dizer boa-noite. Henri estava tão exausto que adormeceu no mesmo instante, convencido de que seria atormentado por uma série de pesadelos. Talvez fosse melhor esperar pela resposta do irmão, o colaboracionista. A culpa o consumia.

Todos os músculos do corpo de Danielle doíam. Ela se sentia tão cansada quanto no dia do massacre, em que andara o dia todo carregando a mala, desde a praça bombardeada. Sabia que nada de bom resultaria daquela aventura. Ela tinha testemunhado um crime e isso a fazia se sentir tão culpada quanto um criminoso ou até mais, pois não tinha dito nada sobre o homem moribundo no porão. Fechou os olhos assim que sentiu Elise deitar ao lado dela e se deixou levar por uma fantasia agradável que a salvou do pesadelo que acabara de viver.

Ela estava na proa de um transatlântico gigantesco, de onde podia ver os arranha-céus de Nova York. Estavam deixando para trás a cintilante Estátua da Liberdade. Mais abaixo, no cais, ela podia ver seu tio Roger acenando para ela. Danielle sorria de volta para ele. Ela foi a primeira a desembarcar e, quando o tio a viu, ele a abraçou, olhou para ela e a beijou na bochecha.

"Você se parece muito com a sua mãe!", ele disse, calorosamente. "Pode não ter os olhos azuis dela – que os herdou da avó –, mas tem o mesmo olhar e o mesmo sorriso."

Danielle ficou muito feliz e saiu com o tio num carro perfumado com essência do jasmim. Eles aceleraram por uma cidade cheia de veículos e mulheres elegantes de chapéu, passeando de braço dado com homens de terno. Não havia soldados ou outros sinais de presença militar, não se escutava nenhuma sirene, apenas a música alegre dos carros que passavam e as risadas das crianças brincando sem medo nas calçadas.

Eles chegaram a uma casa com um jardim cheio de violetas e alguém a levou para o quarto. Da janela, ela podia ver um parque cheio de árvores e tulipas. As imagens pacíficas de sua fantasia a acalmaram e ela conseguiu cair no sono. Na manhã seguinte, acordou assustada. No sonho, sua irmã não existia.

41

Em vez de amenizar o calor, a chuva parecia tê-lo intensificado. Elise procurou Danielle e a encontrou sozinha na capela, ajoelhada diante da Virgem Maria – em suas vestes azuis e brancas e olhar fixo no céu, como que ignorando as orações de todos. Elise se ajoelhou ao lado dela. Contemplou as mãos entrelaçadas, os olhos fechados, os lábios se movendo ao ritmo de suas orações. Ela estava em paz. Danielle sorriu, com medo de não conseguir manter a calma ou o silêncio depois de recusar água ou comida a um homem que também tinha o direito de encontrar sua redenção.

"Eles já nos mataram uma vez, Danielle", disse Elise com resignação, dando de ombros "Não podem nos matar duas vezes."

Danielle olhou para ela, tentando entender como Elise podia estar tão serena. Ela estava falando exatamente como *Maman* Claire teria feito. Ela também sorriu, como se isso fosse o suficiente para deter as lágrimas que já estavam prestes a rolar por suas bochechas.

"Preciso ficar aqui sozinha por mais um tempo, Elise. Vá brincar, mas fique longe do porão. E Henri tem que se livrar daquele panfleto."

"Você acha que Deus te escuta?", perguntou Elise.

"Deus talvez não, mas *Maman* escuta", ela respondeu, embora não achasse que essa garota sabida que ela chamava de irmã realmente entendesse.

Fechando os olhos novamente, ela baixou o queixo sobre as mãos e continuou com suas orações. Pensamentos giravam em torvelinho em sua cabeça e a presença de Elise só piorava as coisas.

De joelhos, Elise também levantou os olhos para a Virgem Maria. Rezou para que os alemães ficassem o mais longe possível da aldeia, que a guerra finalmente terminasse e que o oficial alemão moribundo sobrevivesse.

Ela se levantou, ainda rezando, e saiu da capela sem se virar de costas para a Virgem Maria, implorando misericórdia. Antes que cruzasse o limiar, ela parou.

"Você sabe o que fazer", disse ela, dirigindo-se à santa outra vez. "Só peço que dê forças a Danielle."

Ela contemplou a irmã, que ainda estava de joelhos, concentrada numa prece que, aos olhos de Elise, parecia inútil. Decidiu esperar por ela. Alguns minutos depois, as duas saíram da capela, olhos baixos, rumo à cozinha. Como antes, Danielle deixou a irmã liderar o caminho. Henri estava esperando por elas no umbral e, através da porta entreaberta, podiam ver Marie-Louise ocupada, preparando um chá de ervas para o padre Auguste. O chá era tão perfumado que sentiram como se estivessem em meio a campos cultivados de camomila.

Henri aproximou-se do padre Auguste e cumprimentou-o.

"Acho que o tempo está se esgotando para mim", disse o velho emagrecido. Com as mãos trêmulas, ele se acomodou numa das cadeiras de madeira. Henri o fitou com tristeza. "Neste domingo, o padre Marcel fará missa. Estou um pouco sem voz", disse o padre com um sorriso melancólico.

"Ajudem em alguma coisa, vocês dois", disse a cozinheira, transpirando, quando os viu de pé ali, sem fazer nada. Ela começou a arrastar um saco de batatas em direção à mesa e sorriu aliviada quando Henri a ajudou.

Sobre a mesa, havia uma perna de cordeiro crua, coberta de moscas, duas cebolas passadas e o que havia sobrado da manteiga, mole e derretendo no calor.

"Hoje vamos ter um banquete!", disse padre Auguste. A ênfase na última palavra, pronunciada num tom mais agudo, provocou-lhe um ataque de tosse. Ele levou um lenço branco à boca, que logo ficou manchado de rosa. Saiu da cozinha no seu passo trôpego, sem se despedir, segurando a caneca fumegante.

Ainda ocupada com suas tarefas, Marie-Louise observou as crianças pelo canto do olho, imaginando o que poderia oferecer.

Ela era uma mulher que vivia sozinha e ia à abadia todos os dias para dar algum sentido à sua vida. Nao esperava nada de ninguém; para ela, a guerra já estava perdida. Tinha aprendido a sobreviver e não temia que os alemães chegassem, invadissem a aldeia e incendiassem a casa dela e a abadia. A dor e a derrota da razão, como ela costumava chamar a ocupação nazista, haviam lhe tornado imune à tragédia. O que mais poderia sofrer?

Era por isso que ela se recusava a se envolver emocionalmente com as crianças, que tinham um futuro. Ela estava ciente de que, assim como tinham chegado, um dia iriam embora. Mas, pelo menos por enquanto, ela tinha com quem conversar. Como elas estavam por perto, as palavras dela não mais ecoavam nas paredes nuas da cozinha.

"Vocês três vão para a minha casa comigo. Preciso de vocês", ela disse, por fim. "Henri, você pode me ajudar muito. Preciso de um rapagão forte."

As crianças continuaram num silêncio embaraçoso, sem mostrar muito entusiasmo pela proposta. O peso do segredo que guardavam as deixavam tensas e preocupadas. Talvez precisassem de fato se afastar da abadia para arejar a cabeça.

"Os alemães logo sairão da França. A guerra chegará ao fim e o bombardeio de Paris cessará. Mas o dano já está feito e as feridas levarão tempo para cicatrizar, se é que um dia isso vai acontecer", disse Marie-Louise. "Não esperem nenhuma grande revelação. A vida nesta aldeia, e especialmente nesta abadia, continuará como antes."

Elise estava pronta para a próxima aventura. Henri continuou olhando furtivamente ao redor, como se quisesse ter certeza de que não estavam sendo seguidos. Os olhos de Danielle ainda pareciam perdidos no vazio.

"Quando voltarmos no domingo, eles já terão levado o alemão ou o que sobrou dele", Henri sussurrou para consolar Danielle.

Mas a observação de Henri não teve o efeito desejado. Danielle achava que alguém tinha que delatar (embora ela odiasse a palavra) que havia um oficial alemão moribundo num canto do porão. Ela tinha certeza de que ele morreria se fosse deixado lá mais um dia. Eles trocaram um olhar de cumplicidade enquanto se preparavam para sair com Marie-Louise. Foram para a aldeia atrás dela, imitando seus passos curtos e observando tudo ao seu redor ao longo do caminho.

A cozinheira liderou a pequena procissão até a aldeia sem prestar atenção aos vizinhos, que colocavam a cabeça para fora das janelas de interiores sombrios. Ela não se importava em ser vista e não queria travar nenhuma conversa educada. Elise a seguia com discrição, tomando cuidado para não acelerar o ritmo e se adiantar. Nenhum deles falou durante o trajeto. Marie-Louise percebia a agitação das crianças, notou a tensão entre elas, mas achou que era por causa de alguma briga boba.

Elise reconheceu a casa da moça de meias de seda e admirou a floreira na janela, cheia de florezinhas brancas que davam vida às fachadas sombrias da aldeia. Eles entraram na casa de Marie-Louise ainda calados. Henri sentia que, se ninguém dissesse algo em breve, ele iria explodir. Seus olhos atentos traíam sua ansiedade. Como de costume, Marie-Louise acendeu as velas; as meninas foram para o quarto delas e ela acomodou Henri num colchão, na sala dos livros, com um abajur ao lado.

Olhando para as vigas no teto, Henri refletiu sobre algo que o incomodava havia semanas: não podia esperar nem mais um dia para se juntar à Resistência. Aquela decisão tao drástica o fez mergulhar num sono profundo.

Enquanto isso, relaxando entre lençóis brancos imaculados e sentindo-se mais em paz consigo mesma, Danielle abraçou a irmã.

"Tenho certeza de que o padre Marcel não vai deixar esse oficial morrer", ela sussurrou para Elise, cujas pálpebras já estavam ficando pesadas. "Padre Marcel tem bom coração. Ele sabe que, mesmo sendo nazista, o alemão também é um ser humano. Você não acha?"

Mas Elise já estava dormindo e Danielle concluiu que a respiração serena de Elise era uma boa resposta.

Na manhã seguinte, o cheiro de chocolate quente com canela os despertou. As meninas foram em silêncio para a cozinha, onde Henri, envergonhado, tentava acalmar o ronco do estômago. Quando ouviu o barulho, Elise começou a rir e sua risada contagiou Danielle também.

Não era uma miragem e eles não estavam sonhando. Henri pulou de alegria quando viu o pequeno banquete esperando por eles: fatias de pão cobertas de creme e canela, queijo, manteiga e chocolate quente.

"Bom dia, meus queridos!", disse a cozinheira, cumprimentando-os com um sorriso. "Quem disse que temos que comer como mendigos só porque estamos em guerra?"

Com a fome saciada por algumas horas, pelo menos, eles se esqueceram do oficial alemão moribundo. Depois do café da manhã, desceram até a loja para ajudar Marie-Louise com os rolos de tecido. Atrás do balcão, coberto com pelo menos uma década de poeira, a cozinheira lhes mostrou um alçapão que levava ao porão. Todos os três imediatamente se sentiram culpados de novo.

Não vamos encontrar nenhum homem ferido lá embaixo, Danielle disse a si mesma enquanto Henri e Marie-Louise afastavam as grossas teias de aranha e aventuravam-se naquela caverna escura, que fedia a negligência.

Alguns minutos depois, as duas garotas viram a cozinheira voltando com um pesado rolo de tecido no ombro. Atrás dela, vinha a figura esquálida de Henri, arrastando outro rolo menor. Seu rosto estava vermelho e brilhante por causa do esforço. Os olhos de Elise se iluminaram quando ela viu o tecido brocado com filigranas prateadas e reflexos magenta. Ela nunca tinha visto nada tão bonito, digno de uma princesa de terras frias e distantes, protegida por um exército de soldados fiéis e corajosos que os alemães não ousariam enfrentar nem em sonhos.

Marie-Louise deu uma de suas gargalhadas estridentes quando viu a expressão maravilhada de Elise, antes que a menina retornasse lentamente à realidade daquele aposento desolado, que sem dúvida um dia fora uma loja movimentada.

Depois de hibernar sabe Deus quantos anos, mais de dez rolos de diferentes texturas e cores foram trazidos à luz. Sem fôlego e exausto, Henri desmoronou num canto, mas seus olhos ainda tinham um brilho insaciável.

Esses rolos se transformariam como mágica em pedaços de manteiga, pernas de cordeiro, pão, ovos e queijo, Elise pensou. Ela deu graças a Deus por ter tido a sorte de encontrar uma mulher tão nobre e generosa para protegê-la. Que necessidade havia de desapontá-la ou, pior ainda, de alarmá-la com seu emaranhado de histórias sobre heróis da

Resistência e oficiais alemães à beira da morte, padres conspiradores, mágicos e coelhos?

A cozinheira escolheu cuidadosamente um pequeno rolo de seda amarela e desceu a rua para encontrar Viviane. As crianças correram para vê-la da janela, deixando a imaginação correr solta.

A esposa do padeiro saiu da loja, pronta para fofocar sobre a vizinha que certa vez cometera o grande erro de se casar com um infiel. Marie-Louise, que naquele momento saía de mãos vazias da casa de Viviane, confrontou-a. Ela não disse uma palavra, apenas encarou-a por vários instantes intensos, até a esposa do padeiro voltar para casa de olhos baixos. Boquiabertos, eles assistiram a tudo da janela, orgulhosos de ver a mulher que lhes dera chocolate quente desafiar as fofocas da aldeia daquela maneira.

Marie-Louise não voltou para casa imediatamente. Primeiro ela tinha que ir em busca do que conseguira com o seu cartão de racionamento, que naquela semana era apenas tabaco e café. A distância, avistou o filho da esposa do padeiro. Ele estava vestindo uma jaqueta azul desbotada, com uma camisa marrom por baixo. Com a boina apoiada no joelho, parecia imerso na leitura de *Je Suis Partout*, um panfleto infame que delatava suas preferências. A mãe, uma mulher magricela e mal-humorada, achava cada vez mais difícil esconder o fato de que o filho era um colaboracionista, uma desgraça para todo o povo francês.

"Ele é da Milícia Francesa", Marie-Louise confirmou a Henri, quando finalmente voltou para casa sem fôlego. "Da maldita Milícia! Como essa megera se atreve a falar mal de Viviane? E acusá-la de 'colaboração horizontal'? Em tempos de guerra, é fácil se perder.

Alguns não vão conseguir emergir e terão que viver o resto da vida como uma chama fraca, sempre prestes a se extinguir", disse ela. Depois de ficar em silêncio por alguns instantes, acrescentou: "Porque o fim está próximo".

Ela lhes lançou um olhar solene e depois desabou na poltrona, perto de seus amados livros. Elise entrou na cozinha e voltou com um copo d'água, derramando um pouco enquanto atravessava a sala.

"Obrigada, meu amor", disse Marie-Louise, abanando-se com a mão "Estamos nos desintegrando. Vai ser difícil sobreviver quando tudo isso acabar. O que vai ser dos franceses?"

Ela podia ouvir uma conversa sussurrada entre Danielle e Henri. Olhou para eles, tentando entender o que estavam dizendo.

"O que esses dois estão tramando agora...?"

Elise notou que Henri fitava Danielle com olhos fixos, como se a escutasse com atenção. Ela ansiava que ele olhasse para ela do mesmo modo e não como se fosse uma garotinha.

Todos foram se sentar no chão, na frente de Marie-Louise, como se estivessem esperando outro de seus monólogos. Mas Henri não conseguiu se conter por mais tempo:

"Eles precisam de nós, Marie-Louise!" A maneira de pensar do garoto era adulta, mas sua voz infantil o traía.

As três esperaram que Henri se explicasse. Quando viu que não tinham entendido, ele se lançou novamente num dos seus discursos, como um combatente frustrado.

"Entre os nazistas e os comunistas, não sei onde vamos parar...", Marie-Louise o interrompeu.

"Mas, Marie-Louise, o que temos que fazer é tirar os *boches* do nosso país!", ele disse, a frustração pressionando sua voz.

As convicções de Henri aceleraram o coração de Elise, mas os olhos de Marie-Louise brilharam com ternura. Ouvindo-o, seu pessimismo, sua decepção com os franceses e o resto da humanidade evaporaram. *Havia esperança*, ela disse a si mesma, resolvendo de repente remover alguns livros da pilha mais próxima.

"Então você arriscaria a sua vida por todos aqueles franceses imprestáveis, não é?", ela disse, beliscando Henri na bochecha. Depois, mudando imediatamente de tom, disse às crianças para fechar as persianas. Quando fizeram isso, elas viram que, por trás dos livros que Marie-Louise ainda estava segurando, havia um velho rádio preto, com dois botões de cada lado e uma grade dourada no centro.

Marie-Louise contou que, depois de se casar com um infiel, a família a proibiu de ouvir rádio ou comprar jornais. Todas as notícias estavam proibidas para ela. Mas, àquela altura da guerra e com o marido desaparecido, o que importava? A poltrona ladeada pelo abajur não tinha sido colocada ali para facilitar suas leituras. Aquilo era um ardil, uma encenação doméstica. Naquele canto da sala, Marie-Louise se mantinha atualizada, por meio da BBC, sobre o que estava acontecendo em seu país.

Quando o rádio foi ligado, não houve necessidade de sintonizar uma estação. O general francês exilado em Londres falava com seus compatriotas, pedindo-lhes para irem às ruas.

"Viu? Chegou a nossa hora!", exclamou Henri, mas as três mandaram que ficasse quieto.

A julgar pelo que o general estava dizendo, a Alemanha já havia perdido a guerra. Os Aliados estavam avançando e o exército francês estava a ponto de tomar Paris e içar a bandeira francesa na Place de la Concorde. A guerra, que por um longo tempo parecia uma alucinação e que muitos parisienses a princípio haviam chamado de "a guerra de mentira", tornara-se real demais.

"Que exército francês?", a cozinheira perguntou com sarcasmo.

Elise ouvia atentamente, mas estava confusa com as mensagens rápidas que ela não conseguia entender muito bem: "A hora da esperança", "A Resistência", "espetáculo atroz", "famílias separadas", "numerosas flotilhas", "os campos este ano estão mais verdes do que nunca", "Seus filhos lhe desejam um feliz aniversário", "Nada está perdido para a França".

Quando ouviu a voz no rádio anunciar que os tanques alemães estavam saindo de Paris, os lábios e as bochechas de Elise ficaram pálidas. Um calafrio percorreu sua espinha. Ela enterrou o rosto nas mãos úmidas e explodiu em lágrimas.

"Mas os alemães ainda não se renderam. Não disseram que os alemães se renderam", disse Marie-Louise para si mesma.

"Vamos para Paris!", gritou Henri. Ele se levantou, agitando os braços acima da cabeça. "O que estamos fazendo aqui? Nossos irmãos precisam de nós! Vamos limpar as ruas das hordas nazistas!"

Henri tinha o espírito de um rebelde e uma aura de heroísmo; um soldado sem um exército, um salvador de almas perdidas. Ainda chorosa, Elise só esperava pela ordem de Marie-Louise, mas a cozinheira ainda não podia acreditar no que estava ouvindo no rádio. Seu pesadelo estava chegando ao fim.

Naquela noite, nenhum deles conseguiu dormir. Marie-Louise estava tentando manter a cabeça fria para analisar as possíveis implicações daquele desejado fim das hostilidades. Ela poderia voltar para seu apartamento em Le Marais, recuperar seu café, descobrir onde seu marido estava, se pela graça de Deus ele estivesse vivo e seguro num daqueles terríveis e distantes campos de concentração alemães, e depois viver os anos que lhe restavam entre a capital e a aldeia, tentando esquecer, livre de tristezas e remorsos. Mesmo assim, ela não estava totalmente convencida daquele panorama. Não conseguia entender por que Henri tinha cada vez mais certeza de que seu lugar era nas ruas de Paris, com seus irmãos da Resistência, sobre pontes e telhados, brandindo a bandeira francesa.

Danielle e Elise estavam abraçadas, sonhando juntas que caminhavam de mãos dadas ao entardecer nas margens do Sena e depois descansavam aos pés da Torre Eiffel, assim como *Maman* Claire na fotografia tirada antes do seu casamento. Juntas, sempre juntas, e com esse pensamento, elas adormeceram, consoladas por uma paz ilusória.

42

Ao amanhecer do dia seguinte, eles encontraram a esposa do padeiro e o filho a caminho da abadia, mas desta vez o rapaz não estava usando uniforme militar. Marie-Louise e as crianças aceleraram o passo. Corria pela aldeia a notícia de que seria o padre Marcel quem rezaria a missa naquele dia e ninguém queria perdê-la.

Antes do culto, o murmúrio da congregação ecoava pela igreja da abadia. Viviane estava sentada na primeira fila. A esposa do padeiro e o filho entraram e tentaram se esconder nos bancos de trás. As crianças e Marie-Louise estavam sentadas do lado da nave mais próximo da sacristia, de onde deveria surgir o padre.

Os gritos de um bebê perturbavam o silêncio. A mãe, com o filho nos braços, tratava de acalmá-lo sussurrando uma canção em seu ouvido, mas os gritos continuaram e ela por fim teve que sair, com toda a congregação nervosa olhando para ela. Do lado de fora da igreja, ela se sentou ao sol, ao lado de uma das janelas, com o bebê no colo, na esperança de ouvir o sermão dali.

Com grande dificuldade, o padre Auguste entrou na nave principal e foi se sentar no único lugar ainda livre, ao lado de Viviane. O padre Marcel apareceu e, com o passo demonstrando cansaço, andou em direção ao altar. Parando sob o austero crucifixo, ele fechou os olhos e pouco a pouco recuperou o fôlego. Não havia tempo para rituais, padres-nossos ou culpas perdoadas naquele dia.

"Vivemos numa época de profunda escuridão", ele começou, para depois fazer uma pausa. Elise sentiu que estava sendo observada, Danielle e os outros também. "Sair das trevas será uma tarefa difícil, mas precisamos encontrar forças, mesmo que seja tudo o que nos reste. Eu sei que teremos sucesso. Não vamos perecer, afogados na escuridão."

"Quem entre nós não foi, em algum momento, assaltado pelos pensamentos mais sombrios? Acreditem, nem eu mesmo estou livre disso. Confesso que já duvidei de Deus. Duvidei da sua misericórdia, da sua compaixão."

Um murmúrio percorreu o salão. Alguns assentiram, outros protestaram com raiva; outros ainda fizeram o sinal da cruz diante do que consideraram uma blasfêmia.

"Nenhum de vocês já estiveram na mesma situação? Acho que não tem ninguém corajoso o suficiente para me contar, aqui na casa de Deus, em nossa casa, que nunca duvidou da misericórdia divina. Quando eu me levanto pela manhã, depois de orar e às vezes até durante minhas orações, eu me pergunto: por quanto pecados mais teremos que pagar e por quanto tempo?"

A essa altura, o silêncio era esmagador. Uma mulher estava chorando. Um velho assentia, envergonhado.

"Deus nos abandonou. Ele colocou todos os seres humanos nesta terra como cordeiros mansos rumo ao matadouro e acabamos como animais selvagens, sedentos de sangue. Vamos de cidade em cidade, conquistando e matando, dominando todos aqueles que não são como nós, como se fôssemos o povo eleito. E achamos que temos o direito divino de decidir quem deve viver e quem deve morrer. É hora de nos posicionarmos. Não vamos deixar que nos derrubem, permitir que outros roubem nossas terras, queimem nossos templos. Não podemos mais esperar e ver nosso povo sendo varrido da face da Terra. É hora de dizer não, mesmo que isso signifique que temos que manchar nossas mãos com sangue."

Outra pausa. O peito de Henri estava inchado com um fervor patriótico, como se o padre estivesse falando diretamente com ele. As suas últimas palavras ecoaram num silêncio angustiado. Ele tinha o olhar perdido, fixo em algum ponto de um vitral da fachada da abadia. Padre Marcel não estava mais olhando para ninguém, como se sua alma estivesse em algum lugar distante. Tão distante que o corpo dele começou a tremer, vazio, naquele lugar sagrado.

"Rezo por todos vocês, rezo por mim mesmo. Peço a Deus que tenha piedade de todos nós." A voz profunda se transformou num murmúrio. "Duvidar é humano. E se numa manhã levantarmos sem fé, fechemos os olhos e não os abramos até que possamos ver com clareza. Melhor ficarmos dormindo se não podemos agir com lucidez. Com vocês aqui, na minha frente, reconhecendo todas as nossas tristezas e, compartilhando nossa dor comum, eu posso ver a luz. Eu vejo em vocês a luz do mundo! Não vamos perder a fé, meus amados filhos, não vamos perdê-la, porque em tempos tão difíceis o que poderia nos acontecer de pior? Eu posso ver Deus em cada um de vocês. Deus está dentro de todos nós."

Envolto no sentimento de solidão do sermão, o padre Marcel deixou escapar um suspiro profundo e se retirou do altar. Ele saiu, bateu a porta da sacristia e abandonou a congregação horrorizada, sem pronunciar a palavra que todos esperavam: "Amém".

43

Um rodamoinho de poeira se formou nas ruas da aldeia, por cima dos telhados e nas esquinas, varrendo tudo o que encontrou pela frente. Os aldeões começaram a fechar as janelas, tentando evitar que a poeira entrasse nas casas, enfraquecendo seus pulmões já debilitados. As pesadas portas de carvalho da abadia tinham sido fechadas, mas as rajadas sopravam no meio do pátio, em busca do que pudessem levar com elas. Não podiam levantar as rochas da cor de poeira ou arrancar a única árvore que resistia, estoica, sob o sol. Os ventos inclementes do norte tinham chegado à abadia quando menos se esperava. E com o vendaval vieram também os alemães.

Quando Elise ouviu a notícia de que os alemães se aproximavam, escoltados pelos *miliciens*, seu coração quase parou. Talvez ele tivesse ficado cansado de bater ou talvez o medo não fosse mais uma opção para ela. Ela tomou as mãos frias de Danielle nas dela e as duas ficaram em silêncio, observando as outras crianças correndo de um lado para o outro, como um rio revolto e sem direção que passava pelos corredores estreitos da abadia.

"Para o pátio! Todos para o pátio agora mesmo!", ela ouviu alguém gritar.

"Mas a guerra não deveria estar chegando ao fim? O que aconteceu com os Aliados, com o exército francês?", gemeu Elise. "Deveríamos ter fugido para o sul, bem para o sul, em vez de procurar abrigo na abadia. Mas eu estava com muita sede, lembra?" Elise virou-se para Danielle. "O que mais eles podem tirar de nós? Já perdemos *Maman* Claire e agora eles vão nos separar de Marie-Louise, Henri e o padre Marcel. E nunca vamos conhecer Paris."

"Temos que ir para o pátio com os outros. Eles vão nos mostrar um truque de mágica. Vamos correr", disse Henri. As meninas o seguiram, todos os passos em sincronia, como se pensassem em uníssono e nada pudesse forçá-los a se separar.

Quando todas as crianças estavam no pátio principal, o silêncio reinou. A respiração de Elise ficou mais curta. O homem magricela e o outro, com sombras escuras embaixo dos olhos, estavam com o rosto pintado de branco, com uma pasta craquelada. Os olhos estavam delineados de preto e a boca era uma linha vermelha que corria dos cantos dos lábios até a ponta do queixo, numa expressão de nojo ou desdém. Estavam fingindo que uma tela imaginária de vidro os separava da plateia, que seguia ansiosamente suas peripécias. Com as mãos abertas, eles fixavam os limites daquele espaço blindado, onde nada nem ninguém, pensou Elise, nem mesmo os alemães, podia penetrar. Mas os gestos dos dois mímicos apenas faziam as crianças se sentirem ainda mais tristes. *Eles não deveriam nos fazer rir?*, Elise se perguntava.

Ouviam-se o som de passos tão altos que pareciam sacudir as fundações de um edifício que resistira a muitas invasões. A plateia começou a buscar uma saída, mas os mímicos exigiam toda a atenção e estavam conseguindo.

Sentado numa poltrona surrada ao lado de Marie-Louise, padre Auguste era o único a rir das palhaçadas dos atores improvisados.

Ao cruzar o olhar com o das crianças, ele piscou para elas com entusiasmo infantil, depois se voltou para os mímicos, que agora se tornavam mágicos e estavam produzindo um fluxo interminável de lenços coloridos, saídos de uma enorme cartola preta. Quando um deles bateu no chapéu com a varinha dourada, um coelho branco apareceu, assustado. Esse era o único truque para o qual ele tinha sido treinado.

Pela primeira vez, todos aplaudiram. Mesmo assim, Elise, que estava sentada na frente com Danielle e Henri, surpreendeu um olhar de terror no rosto dos mímicos.

"Não se vire. Eles estão aqui", Henri sussurrou para ela. "Não podem fazer nada conosco. Devem estar perdidos. O melhor é ignorá-los."

As palavras de Henri soaram como um murmúrio distante para Elise. Mais uma vez, eles estavam caminhando rumo a um penhasco como dóceis ovelhas, uma atrás da outra. Mais uma vez, toda a aldeia estava reunida para aguardar o bombardeio. *Tenho que correr, tenho que enfrentá-los. Vamos todos nos unir e caminhar em direção à aldeia. Então veremos se eles têm coragem suficiente para nos dar um tiro pelas costas, sem estarmos trancados numa igreja ou num pátio fechado.* Seu rosto se contraía a cada um daqueles pensamentos e Danielle e Henri perceberam. Sentada ali perto, Marie-Louise temia que um dos três pudesse reagir com imprudência.

Acompanhado por dois *miliciens*, um oficial alemão se postou no centro do pátio, no mesmo local onde segundos antes os mímicos tinham se apresentado.

"Estamos à procura de armas", disse o oficial num francês perfeito e uma fria calma.

O mesmo de sempre, pensou Elise, com o rosto tenso.

"E de um dos nossos homens", acrescentou o oficial.

Henri teve um sobressalto. Danielle fechou os olhos. Elise engoliu em seco. A distância, Marie-Louise observava a reação das crianças.

"Alguém pode nos ajudar? Vocês viram algo suspeito nos últimos dias?"

Silêncio.

"Muito bem. Então falaremos com as crianças, uma a uma. Elas sempre contam a verdade." Sorrindo, o oficial alemão enfatizou cada palavra e olhou diretamente para Danielle. "Que tal começarmos por você?"

Por que nos sentamos na primeira fila? Por que não fugimos? Por que não nos escondemos no claustro? Seja forte, nada vai acontecer, confie em mim, pense em Maman. Elise queria transmitir tudo isso a Danielle apertando a mão dela. Mas Danielle não sentiu nada: ela estava sem peso, flutuando sobre o pátio, acima de todos.

Os dois *miliciens* levaram Danielle para a sacristia, onde o oficial alemão estava esperando por ela. Elise não reagiu ao vê-la desaparecer, mas naquele momento, ela detectou os primeiros vestígios do fedor da morte que sempre a perseguia.

Alguns minutos depois, a porta se abriu e Danielle correu para os braços de Elise. Agora era a vez de Henri. Ele apertou o passo, entrou na sacristia e bateu a porta no rosto dos *miliciens*.

Sozinho com o alemão! Ah, se eu fosse tão forte quanto ele..., Elise pensou, começando a contar os segundos, com os olhos fixos na sacristia. Marie-Louise foi até Danielle, imaginando como poderia protegê-las. Mas o que poderia fazer? Era apenas uma cozinheira, incapaz de salvar até o próprio marido.

"Seja forte", ela disse a Elise. "Hoje de manhã o padre Marcel me disse que o irmão de Henri virá buscá-lo amanhã."

"Onde está o padre Marcel?", perguntou Danielle. Marie-Louise baixou os olhos e permaneceu em silêncio.

Antes de Henri reaparecer, os *miliciens* já haviam levado Elise até a entrada da sacristia. Os dois se entreolharam quando passaram pela porta.

"Eles logo vão embora e nos deixarão em paz", disse Elise. Com a fúria reprimida, ela deixou que uma lágrima escorresse pela sua bochecha.

Pouco depois, Henri saiu da sacristia com os olhos vermelhos. Ele se apressou a se juntar a Danielle, que observou o rosto assustado do menino. O oficial alemão seguiu-o, marchando pelo pátio até parar na frente do padre Auguste e dos dois mímicos. Elise permaneceu imóvel na porta da sacristia, sozinha.

"Onde está escondido o oficial?", gritou o alemão ao velho homem, que permaneceu calado. Ordenou aos *miliciens* que iniciasse o registro. Virando-se para os dois mímicos, ele os empurrou com a ponta da arma, em direção à cozinha.

Danielle começou a tremer e murmurar frases inaudíveis. Pelo movimento dos lábios dela, Henri compreendeu que estava rezando um pai-nosso em voz baixa.

"Fique calma", ele disse no ouvido da amiga.

"A mala", Danielle disse com um fio de voz. "A mala está no quarto do padre Marcel."

Os homens que faziam a busca pela abadia entraram na sala ao lado da cozinha e ligaram o rádio. Aumentaram o volume e o som de um discurso em francês flutuou até o pátio, até ser interrompido bruscamente. Ouviram então uns acordes de piano, depois o som de uma trombeta acompanhando a voz de uma mulher.

"É uma transmissão dos Aliados", explicou Henri, tentando conter a emoção. "Deve ser uma música americana!"

As palavras chegaram até eles, fragmentadas pela estática, como um distante lamento. *"Vejo você em todos os lugares antigos e familiares..."*

O oficial alemão levou os dois mímicos para a sala. Ali fora, no pátio, tudo o que ouviam era a voz profunda de uma mulher cantando no rádio, até ser interrompida abruptamente pelo barulho de golpes, gritos e móveis sendo revirados, cadeiras tombando.

Elise fixou os olhos em Henri e Danielle.

Então o primeiro tiro soou e tudo permaneceu em completo silêncio. Após o segundo tiro, gritos de pânico eclodiram por todo o pátio. O terceiro produziu um vazio avassalador.

O oficial alemão abriu a porta e saiu para o pátio com um olhar ameaçador e os lábios contraídos. Lançando um olhar desdenhoso para todos eles, saiu da abadia a passos largos. Atrás dele, os *miliciens* se apressaram para a saída, carregando o corpo ensanguentado de outro oficial alemão.

Agora virão as explosões, as chamas. Vão nos queimar vivos e jogar todos nós numa vala comum. Elise estava convencida disso.

Correndo para a sala, Marie-Louise jogou o rádio no chão, mas o aparelho continuou tocando. "*Eu vou te encontrar no sol da manhã e, quando a noite vier, estarei olhando a lua, mas estarei vendo você...*" Fazendo um esforço supremo, o padre Auguste se arrastou para dentro, seguido por Elise. Danielle e Henri permaneceram no pátio, onde o tempo havia parado.

Segurando o alçapão aberto, Marie-Louise desceu as escadas. Do alto, Elise e o padre Auguste viram os dois mímicos, ambos baleados na testa. A camada de pasta branca em seus rostos, manchada de vermelho. Do outro lado do porão, estava o corpo do padre Marcel, um buraco de bala no olho e um rio de sangue escorrendo da cabeça dele. Os gritos angustiados de Marie-Louise abafaram a voz da mulher cantando no rádio.

"Quanto tempo falta para a música terminar?", murmurou Elise, com os lábios trêmulos.

Ninguém respondeu.

44

Os ventos varriam a aldeia, deixando apenas poeira e vestígios de sangue nas paredes do porão da abadia. Elise estava sozinha no dormitório. Seu rosto estava molhado, mas ela não tinha certeza se a umidade era das lágrimas ou do suor. Não sabia que horas tinha fechado os olhos ou como chegara à cama, se havia dormido com Danielle.

Ela saiu da cama e foi para a cozinha. Danielle e Marie-Louise já estavam lá. Quando a viram, as duas se calaram e ela percebeu que estavam tentando esconder alguma coisa. Mas ela não precisava mais de proteção. O que mais poderia lhe acontecer, se já havia perdido tanto? Paris, o tio em Nova York, nada disso significava coisa alguma para ela agora. Elas estavam condenadas a ficar naquela aldeia varrida pelo vento. Sua última e única esperança era Henri.

"Bom dia, Elise! Dormiu bem?", perguntou Marie-Louise. Quando Elise não respondeu, ela acrescentou: "Vai ficar tudo bem".

Elise estava cansada de ouvir aquela frase idiota e sem sentido. *Vai ficar tudo bem... Como alguém ainda pode me dizer que vai ficar tudo bem?*

"Henri se foi", Danielle deixou escapar. "O irmão veio buscá-lo, mas ele já tinha sumido. Ninguém o viu partir."

Elise sentiu um aperto no estômago.

"Ele não está escondido? Ou talvez tenha sido preso. Podem ter descoberto aquele panfleto escondido embaixo do colchão..."

"Henri fugiu, Elise", disse Danielle. "Foi por culpa dele que mataram o padre Marcel."

"Danielle, você não sabe o que está dizendo. Você não pode culpar Henri."

"Depois que ele saiu da conversa com o oficial alemão, eles foram direto para o porão. De que mais provas precisamos?", disse Danielle, cuspindo as palavras com desprezo.

"Não dá para ter certeza", intercedeu Marie-Louise. "Eu disse a ele que o irmão chegaria no dia seguinte. Talvez estivesse assustado, não queria ir morar com ele. Vocês duas sabiam disso."

"Não é culpa de Henri!", exclamou Elise, com a voz embargada. Ela correu para um canto da cozinha e ficou ali, chorando. "Não é culpa dele, não é!", gritou entre soluços.

"Bem, também não temos culpa!", explodiu Marie-Louise. "Ninguém tem culpa. É uma guerra", acrescentou, cansada de tentar consolar outras pessoas. "É bom você ainda poder chorar. Eu não tenho mais lágrimas."

O rádio tinha ficado na cozinha, embaixo da janela, à vista de todos. Não precisavam mais se esconder para ouvi-lo.

Naquela manhã, raios violeta cortavam o céu e partículas de poeira brilhavam no ar como estrelas extintas. Elise olhou para elas, uma por uma, os olhos cheios de lágrimas. Pensou em Henri e em todos os quilômetros que ele teria que andar sob o sol quente para chegar ao sul, onde os alemães não conseguiriam alcançá-lo. Uma vez imaginou-se adulta, quase tão alta quanto Henri. Ela até sonhou que Henri olhava para ela de maneira diferente e eles andavam de mãos dadas, sem alemães ou *miliciens* que pudessem deixá-los com medo. Tinha sido apenas um sonho.

No rádio, ela ouviu as quatro primeiras notas da Quinta Sinfonia de Beethoven. Fora Henri quem lhe dissera que representavam o V da vitória no código Morse. Henri sabia tudo. Mas agora, mais uma vez, ela havia perdido um amigo. Quantos mais a abandonariam? Não haveria mais bombardeios de perguntas a ele. Ninguém mais lhe contaria planos para derrotar os nazistas ou içar a bandeira francesa na Place de la Concorde.

"*Ici London! Les français parlent aux français...*" Elise ouviu no rádio. Não era uma mensagem codificada, mas alguém falando diretamente a eles. Todas as três aproximaram-se do orador e a irritante interferência alemã silenciou. "Hoje, dia 23 de agosto de 1944, as forças francesas do interior libertaram Paris. Uma unidade militar norte-americana ocupou Grenoble. Os Aliados avançam sobre as bases militares alemãs."

"A guerra acabou?", perguntou Elise.

As outras duas não sabiam o que dizer e Marie-Louise desligou o rádio.

"Vamos para casa, agora. Não digam nada. Pode ser alarme falso ou uma mensagem falsa para assustar os alemães", disse ela, tirando o avental.

Saíram da cozinha. A luta contra os alemães podia ter terminado, mas a abadia permanecia em silêncio. O padre Auguste se trancara em sua cela, um grupo de crianças brincava na poeira do pátio e o quarto ao lado da cozinha tinha sido trancado. Elise não teve coragem de perguntar o que havia acontecido com os corpos dos dois mímicos e do padre Marcel, se tinham ido parar em alguma sepultura abandonada no cemitério dos monges ou se haviam recebido um enterro cristão como mereciam.

Danielle correu para buscar a mala, depois se juntou a Elise e Marie-Louise.

"Vai estar mais segura em sua casa", disse ela a Marie-Louise, segurando com firmeza o seu tesouro.

As ruas da aldeia estavam desertas, mas, atrás das janelas e portas fechadas, era possível ouvir gritos, aplausos, palavras isoladas que não era possível decifrar.

Ao longe, viram um grupo de homens chutando um animal que estava no chão. No começo, Danielle achou que tinham caçado um veado.

Um boche. Pegaram o assassino do padre Marcel. Espero que ele sofra e tenha o que merece, Elise disse a si mesma, com raiva contida.

Elas encontraram um sapato de salto alto vermelho na poeira da estrada. Alguns passos adiante, viram cabelos compridos e castanhos espalhados pelo chão. Definitivamente, não poderiam ser de um soldado alemão. À medida que se aproximavam, começaram a ouvir gemidos e, finalmente, distinguiram o rosto machucado de uma mulher com a cabeça raspada. Um homem de peito nu lhe arrancou o vestido e ela desmaiou nua sobre os paralelepípedos. Ela sangrava entre as pernas e segurava a barriga como que para se proteger.

"Ela está grávida", confirmou Marie-Louise num sussurro. "Vocês são uns animais!", gritou e o grupo começou a se dispersar.

Era Viviane. Marie-Louise se aproximou dela, estendeu a mão e ajudou-a a se recompor. Viviane se recusou a pegá-la, acenando para ela ir embora, pois queria que a deixassem em paz.

"Que terminem, que terminem o que começaram..." A voz dela era grave e firme; os olhos brilhavam, hostis. "Não tenho mais nada a perder."

Marie-Louise lançou um olhar de desafio aos agressores, depois ajudou Viviane a se limpar da sujeira e dos vestígios de saliva. Ela se deixou arrastar até a entrada de sua casa. Elise correu para ajudá-la, enquanto Danielle abria a porta da frente.

Viviane tinha cortes no crânio. Algumas mechas de cabelo ainda pendiam da parte de trás da cabeça; havia um hematoma roxo ao redor do olho direito e ela havia perdido alguns dentes da frente. Seus seios estavam manchados de sangue e sujeira.

Marie-Louise se trancou no banheiro com ela. As meninas ouviram o som da água corrente, que abafavam os soluços de Viviane.

"Uma guerra terminou", disse Elise. "Agora outra começa. O que vai ser de nós? O que vai acontecer conosco?"

Elas entraram na sala e ligaram o rádio. Os alemães tinham começado a se retirar. O general estava a caminho de Paris. A suástica finalmente fora arrancada da Place de la Concorde.

Elas passaram a noite reunidas em volta da mesa escura da cozinha, bebendo em silêncio um chá de ervas. Viviane estava vestindo um roupão de banho branco. Com a cabeça raspada, inclinada sobre a bebida, ela parecia ainda mais jovem.

"Vamos a Paris", disse Elise, arriscando quebrar o silêncio. As outras simplesmente sorriram.

Elise não sabia o que significava viver em paz. Desde que nascera, havia inimigos à espreita. Desde que podia se lembrar, seu único pensamento tinha sido sobreviver. Como seria Paris sem suásticas? Paris era a fotografia de *Maman* Claire sorrindo em frente à torre Eiffel. Os alemães podiam estar batendo em retirada, os Aliados podiam estar avançando, o exército francês podia ter libertado Paris, mas nada disso traria *Maman* de volta.

"Vamos viver dias, semanas e talvez até meses e anos num verdadeiro caos", disse Marie-Louise. "A França é agora um país sem governo. Só Deus sabe quantos alemães ainda estão escondidos por aqui. E quantos outros, como o filho da esposa do padeiro, não sabem o que fazer com sua vergonha e seu medo. Pessoas desesperadas são capazes de qualquer coisa."

Danielle não conseguia tirar os olhos de Viviane. Sentia uma grande compaixão pela moça. Ela a via como uma vítima dos alemães, não como a colaboracionista que os aldeões odiavam.

Viviane tomava o chá aos goles, tentando evitar os cortes na boca. Os olhos ainda estavam cheios de lágrimas, mas ela não estava mais chorando. Quando percebeu que estava sendo observada, baixou ainda mais a cabeça.

"Amanhã é outro dia", murmurou e fechou os olhos.

Ela não se sentia mais envergonhada; não se importava mais com o que podiam fazer com ela, se a espancariam até a morte ou se a mandariam para a cadeia. Ela achava que já estava morta, até que sentiu os chutes intermitentes na barriga e que a princípio confundiu com o estremecimento que agitava todo o seu corpo. Estava carregando outra vida dentro de si: um filho da vergonha, como eles gritavam. Mas era filho dela. Outro chute do bebê fez com que ela esquecesse a dor e tentasse esboçar um sorriso, ou pelo menos era o que pensava, pois as outras não perceberam nada. Tudo o que viram foi seu rosto machucado contraído, ainda com crostas de sangue.

"Eu posso ter cometido um erro", ela continuou, numa cadência monótona. "Mas meu filho não é um erro. Estamos em guerra e o pai do meu filho está entre os inimigos, mas não estaremos em guerra para sempre. Não tenho intenção de fugir pelo resto da minha vida ou esconder meu filho. Que culpa ele tem?"

❦

No dia seguinte, evitaram ouvir o rádio. Não queriam correr o risco de se decepcionar. Talvez os alemães tivessem contra-atacado ou os soldados destinados a reforçar o fraco exército francês, por algum motivo, tivessem desaparecido nos arredores de Paris. Talvez, como muitas pessoas suspeitavam, o próprio exército fosse uma ilusão.

Elas olharam pela janela e perceberam que a brisa de verão estava começando a recuar também. Marie-Louise podia sentir que seria um inverno rigoroso.

Ao entardecer, retornaram à abadia, enquanto Viviane permanecia na casa da cozinheira. Ela precisava descansar e dormir o máximo que pudesse por vários dias. Elise a ouviu falando sozinha e andando pelo quarto, cabisbaixa e abatida pela culpa com que seu filho nasceria. Sempre que as dores nas pernas e nas costas aumentavam demais, ela se recostava no parapeito da janela fechada e, alguns segundos depois, levantava-se novamente e repetia a mesma rotina.

Na abadia, a ausência do padre Marcel podia ser sentida em toda parte: nos corredores, no altar, no pátio, nos rostos em luto e nos olhos tristes das crianças que ainda não haviam encontrado alguém para adotá-las. Marie-Louise mergulhou na cozinha escura, onde Elise observou, calada, seu rosto contraído de dor.

"Houve uma época em que peregrinos costumavam vir aqui", disse Marie-Louise, sem esperar que alguém a escutasse. "Agora ninguém vem aqui estudar. Onde está a grandeza dessas paredes, que no passado abrigaram tanta sabedoria milenar? Onde estão o esplendor das imagens, o aroma do incenso, os cânticos...?"

Ao ouvir isso, Elise deixou de ver a cozinheira como alguém capaz de enfrentar até o soldado alemão mais terrível, de salvar Viviane de ser apedrejada, de dar refúgio a duas meninas abandonadas. Agora ela não era mais do que uma anciã frágil, perdida no labirinto de suas memórias.

Enquanto isso, Danielle vagava sem rumo entre os pilares da igreja, evitando as crianças que encontrava. Para ela, também, o fim da guerra não significava nada. Estava tão perdida quanto Marie-Louise. Talvez fosse melhor viver a vida furtivamente, numa fuga constante que dava sentido ao despertar de cada manhã, em vez de dormir em paz depois de perder a mãe. O que ela faria, o que poderia fazer dali em diante? Chorar?

45

Pouco a pouco, os aromas voltaram à aldeia, como se todos tivessem decidido, ao mesmo tempo, acender os fornos e tirar das despensas as últimas provisões. A guerra havia terminado; não fazia sentido continuar armazenando alimentos. Chegara a hora de preparar um bom banquete. Da rua se escutavam as conversas à mesa de jantar, música e até discussões familiares que, apenas alguns dias antes, não quebrariam o silêncio.

A casa de Marie-Louise era a única na penumbra. Todas as janelas da aldeia estavam iluminadas, exceto as dela. Com as duas meninas, ela subiu os degraus da escada de madeira que conhecia de memória. Alguns rangiam, alguns estavam firmes, mas outros tinham rachaduras. Ela evitava os mais barulhentos para não acordar Viviane, que parecia ter finalmente conseguido adormecer, depois de noites de insônia.

Marie-Louise se deteve no alto da escada sem acender a luz. Ela se virou para Elise, que viu um olhar de terror atravessá-la. A cozinheira teve um pressentimento. Arrastou os pés cada vez mais devagar pelo corredor. Vendo que a única porta fechada era a do banheiro, ela se afastou horrorizada.

É preciso prever a tristeza, pensou Danielle. *Assim, quando ela nos surpreender, vamos estar preparados.*

À meia-luz, o rosto de Marie-Louise tornou-se uma máscara de tristeza. Queixo recuado, bochechas afundadas, a expressão abatida. Elise podia ver que os lábios dela tremiam. Marie-Louise parecia já ter visto o que estava prestes a enfrentar. Já antecipava a dor.

Ela acendeu o interruptor do banheiro, que ficava do lado de fora. A porta ainda estava fechada, mas um raio de luz brilhava através das rachaduras da moldura. A navalha de luz transformou as três em silhuetas. Marie-Louise encostou a cabeça na porta, reunindo forças e tentando em vão considerar todas as diferentes possibilidades, embora tivesse certeza de que nenhuma delas fazia sentido. Se ao menos ela tivesse ficado em casa, se tivesse dedicado mais tempo a ela, escutado a moça desabafar... Uma pequena parte de Marie-Louise achou que ainda havia alguma esperança, e então ela a chamou em voz baixa, ao mesmo tempo que batia na porta.

"Viviane...", repetiu várias vezes, desejando um milagre.

Girou lentamente a maçaneta, agora com a certeza de que a mulher que tinha protegido era outra memória distante. Com o rosto pálido, abriu a porta.

A janela do banheiro estava aberta. Além dela, o céu noturno era de um violeta profundo, cravejado de estrelas.

"Para onde foi a lua?", perguntou Elise, suspirando.

O ar frio que soprava da rua provocou um arrepio na espinha dela. Então o grito de Marie-Louise lhe causou um sobressalto. Quando a cozinheira caiu de joelhos nos ladrilhos rachados, Elise viu o que a havia horrorizado. O corpo nu de Viviane flutuava na banheira, coberto por um espesso véu de sangue vermelho-escuro. Do rosto pálido e inocente da moça, os ferimentos haviam quase desaparecido. Seus lábios estavam macios, seus olhos pareciam estar olhando as estrelas. Na boca, havia um sorriso fixo, sem futuro. Na base do pescoço, entre as clavículas, havia uma ferida aberta. Era como se a cabeça dela quisesse se desprender e seguir seu próprio destino. O braço esquerdo estava pendurado na lateral da banheira e, perto da mão manchada de sangue, brilhava uma navalha aberta, com uma imaculada alça de madrepérola.

Os gritos de Marie-Louise rasgaram o profundo silêncio. Ela tinha os olhos fixos na navalha, que já fora do marido. Havia muito tempo mantinha a lâmina na prateleira das toalhas, junto com um saquinho de lavanda. Mentalmente, podia ver Viviane entrando no banheiro e abrindo o armário. Ali, aninhada entre as toalhas perfumadas, estava a sua única salvação. Marie-Louise não podia deixar de pensar que fora ela quem deixara a morte ao alcance da pobre Viviane.

Quando Viviane pegou uma toalha, a navalha deve ter caído no chão. Ao abri-la, ela viu que ainda estava afiada o suficiente para ajudá-la em sua jornada. Nua, livre de todo peso e de qualquer contato com a hostilidade do mundo, livre de uma culpa que ela nunca havia entendido direito, prometeu a si mesma que seu filho nunca seria chamado de filho da vergonha. Abriu a janela e deixou o brilho distante das estrelas iluminá-la, estrelas que piedosamente escondiam os vestígios dos golpes e das feridas. Ela se acomodou o melhor que pôde na banheira fria de porcelana; estava em paz. O tempo de dar explicações havia passado. Ela não teria mais que se proteger de ninguém.

Pegou a navalha aberta e a lâmina de metal foi como uma carícia em sua garganta. Sem gritos, sem lágrimas, sem agonia. Com a mão direita, acariciou a barriga.

Naquela noite, enquanto ouvia os soluços horrorizados de Marie-Louise, Elise percebeu que a cozinheira nunca voltaria a trabalhar na abadia. Ela se viu morando com ela e Danielle e isso lhe trouxe um fugaz momento de conforto.

As meninas aceitaram que, a partir daquele instante, eram a família da cozinheira. Tudo seria diferente. Agora elas tinham um lar de verdade.

46

Em tempos de paz, as noites pareciam intermináveis. Elise vivia com receio do pôr do sol. Ela contava os segundos para a noite passar, desesperada para ver a última estrela desaparecer. Desde a morte de Viviane, tinha pavor de fechar os olhos, por medo de que visse imagens do futuro. Não se sentia pronta para ver o que estava por vir. O sono não era mais um refúgio. Elise passava o dia inteiro cabeceando e lutando contra o peso das pálpebras.

Danielle, por sua vez, começou a mostrar a Marie-Louise que estava pronta para ser uma jovem independente, que não seria um fardo para ela. Ela dava ordens para a sonhadora Elise. "Varra a cozinha." "As toalhas devem ser dobradas em quatro." "Não se esqueça de fechar as janelas para a rua." "Não desperdice a água da torneira..." Danielle dava essas instruções em voz alta, para tranquilizar Marie-Louise, e começou a assumir o controle da própria vida. E como irmã mais velha, também era responsável por Elise.

Passaram o inverno limpando toda a poeira da casa e lustrando o balcão de madeira da loja. Disseram a todos os moradores que o Atelier Plumes, como dizia a placa descorada do lado de fora, reabriria as portas e ofereceria seus serviços mais uma vez com a chegada da primavera. Marie-Louise resgatou do porão os rolos de tecido que ainda restavam e se encarregou de iniciar as meninas nos mistérios dos brocados, veludos, sedas e rendas. Alguns materiais eram ideais para decoração, outros para bloquear a luz, outros para cobrir estofados e outros, ainda, para ajudar a embelezar cantos inúteis e negligenciados.

"Os tecidos são nossos grandes aliados", ela lhes dizia. "Temos que definir com cuidado para o que servem, sermos leais a eles, sem nos exceder ou pedir mais do que podem oferecer."

Ainda sonolenta, Elise aprendeu a diferença entre cretone, chenille, damasco, linho e jacquard. Ela falava como uma especialista sobre o tafetá branqueado ou quais tecidos eram mais permeáveis, resistentes ou capazes de resistir às vicissitudes do tempo com dignidade. Danielle ia buscar os rolos e os estendia sobre o balcão, enquanto Elise garantia que suas clientes, a maioria mulheres que não podiam se permitir o luxo de estofar seus sofás, ficassem encantadas com a menina que falava do algodão cru como se fossem órfãos abandonados e do moiré como se fosse uma princesa exótica, mantida prisioneira numa torre. Marie-Louise a ouvia com admiração e, sempre que a conversa terminava, ela pegava uma amostra do material mais caro e a estendia sobre uma poltrona para que um raio de sol realizasse a magia de revelar sua textura, obra de um eminente artesão.

A essa altura, os alemães e a guerra eram uma nuvem distante. O rádio tinha sido enviado para uma prateleira vazia da cozinha, porque as notícias só traziam tristeza. Marie-Louise decidiu que, a partir daquele momento, não haveria nada além de música em sua casa e na loja. Ela resgatou no porão um gramofone velho e maltratado, limpou a agulha com cuidado, lubrificou o braço e colocou-o na sala dos fundos.

Os dias agora começavam e terminavam com tangos cantados por Tino Rossi, o cantor favorito do marido de Marie-Louise.

"À noite, quando fechávamos o café, Albert costumava dançar comigo, com o cabelo penteado para trás, como Tino Rossi", contava ela com um sorriso. "Mas meu Albert era mais bonito."

A música trazia à baila o nome que até então ela tinha evitado mencionar. Ao ritmo de "Je voudrais un joli bâteau", Marie-Louise estendia os braços para Danielle, a quem ela estava ensinando os passos complicados de uma dança que Elise achava que nunca seria capaz de aprender.

"Se eu tiver que aprender a dançar tango para me casar, acho que vou ficar solteira a vida toda", dizia Elise. A cada dia que passava, ela parecia mais uma anciã no corpo de uma menina.

Marie-Louise ainda tinha a esperança de que o marido voltasse um dia, quando menos esperassem. Toda vez que Elise ouvia o nome dele, ela abria os olhos enquanto tentava apagar a imagem que a assaltava: *Monsieur* Albert nunca mais voltaria; ele estava perdido no final de um túnel; haviam afogado sua alma e queimado seu corpo.

Oprimida por essa prova de que seus poderes haviam retornado, Elise maldizia a desgraça de poder prever o futuro às vezes. Ela não entendia por que era capaz de fazer previsões. Com a chegada do verão, começou a procurar outras interpretações para suas premonições, que deixassem a vida mais leve. O Atelier Plumes estava prosperando, elas tinham cada vez mais clientes. Agora não eram apenas velhinhas indecisas de sua própria aldeia, mas moradoras de aldeias vizinhas que tinham ouvido falar da sua seleção requintada de tecidos de outra época e de uma qualidade que não se encontrava nem nas melhores boutiques de Paris.

Agora que o infortúnio tinha sido varrido para longe e as janelas podiam ficar abertas sem a camada de poeira que as ocultara por tanto tempo, Marie-Louise sentia que era hora de Elise começar a desfrutar também de horas de sossego. Incomodava-a ver a jovem garota sem dormir bem, vagando com a cabeça nas nuvens, tentando interpretar sonhos sem sentido.

"Não podemos passar a vida toda sonhando acordadas. E se não podemos evitar os sonhos, precisamos lembrar que eles são apenas isso: sonhos e nada mais", insistiu Marie-Louise uma noite, enquanto acariciava os cabelos de Elise. "É o presente que importa, o prato de comida que temos que colocar na mesa para sobreviver. Se amanhã o destino nos levar a outro lugar, então que assim seja, minha menina. Nem você nem eu somos capazes de mudar o que está por vir. Então, é melhor você não esperar nada; deixe tudo chegar no seu próprio tempo."

"Quando vamos para Paris?", Elise perguntou, como se não tivesse ouvido uma única palavra.

"Meu Deus, lá vem você de novo com essa história de Paris! Não há nada lá para nós. Temos, isto sim, é que fazer sucesso com o Atelier

Plumes. Além disso, Albert sabe que é aqui que eu estarei esperando por ele. Esse foi o nosso acordo antes que o levassem embora."

Elise não se atreveu a dizer que o marido dela não voltaria, que ele tinha acabado num buraco escuro do qual nunca poderia sair, que no dia em que foi preso pela polícia francesa, ele foi condenado à morte. Marie-Louise já havia chorado por ele. Não fazia sentido fazê-la chorar outra vez. O marido dela estava morto. Elise já tinha visto.

Ela procurou o antigo disco da Columbia Records e Marie-Louise se deixou levar pela voz inebriante do seu ídolo corso: "*Le plus beau de tous les tangos du monde, C'est celui que j'ai dansé dans vos bras*". Ela segurou as mãos de Elise e elas começaram a dançar o tango como se fosse uma valsa vienense.

47

Um ano após a libertação, Marie-Louise decidiu que, com o sucesso do Atelier, ela precisava contratar alguém que pudesse ajudar a estender os rolos de tecido sobre o balcão, a encher as almofadas dos assentos e a encaixar as molas nas poltronas pesadas, com pernas esculpidas.

Danielle e Elise esperavam que isso significasse que haveria um jovem rapaz por perto, o que tornaria as aulas de tango muito mais divertidas. Elas estavam entusiasmadas com a ideia de ensiná-lo a estofar, de mostrar a ele esse mundo que agora as fascinava. Mas uma tarde, enquanto estavam ocupadas varrendo retalhos de tecido, fios e tachinhas, Marie-Louise, que estivera em Limoges para comprar tecidos, apareceu na porta carregando duas sacolas enormes e vários rolos de tecido, e acompanhada de um homem idoso, corcunda, que parecia quase incapaz de se sustentar sobre as próprias pernas.

"Ajudem o senhor Soto", disse Marie-Louise, despejando as compras no balcão.

"Ele fala francês?", Elise perguntou num sussurro.

"O senhor Soto fala francês, assim como nós. Deixem as perguntas impertinentes para mais tarde. Vocês terão muito tempo para descobrir o que quiserem, porque, além de ajudar no Atelier, ele também morará aqui por enquanto, na sala dos fundos."

O senhor Soto era um homem magricela, de pele coriácea e nem um grama de gordura em qualquer parte do corpo. Elise achava que não havia um único músculo ao redor dos seus ossos, dos quais pendiam roupas que um dia tinham sido do tamanho dele. As calças estavam presas à cintura com um pedaço de corda que as impedia de cair e as mangas da camisa estavam arregaçadas até o cotovelo. Ele também usava um colete preto, possivelmente para dar alguma estrutura à sua figura decrépita. Seu corpo era leve como uma pena.

Ele estava completamente careca, embora com o tempo as meninas percebessem que, na verdade, ele raspava a cabeça. Uma barba branca e esparsa cobria suas bochechas afundadas e, no fundo das cavidades oculares, brilhava um par de olhos cinzentos. Ele piscava o tempo todo, como se estivesse tentando enxergar melhor o que havia em torno dele. *O pobre senhor Soto não enxerga muito bem. Como é que vai nos ajudar?*, Danielle pensava.

Quando o viram pela primeira vez, ele estava tão sujo que era impossível dizer qual era a cor da sua pele, embora Elise tivesse ficado impressionada ao perceber que ele não exalava o cheiro habitual da morte que os trabalhadores itinerantes do pós-guerra pareciam levar consigo. O senhor Soto não tinha cheiro; como iria feder se parecia não comer ou transpirar há anos?

Naquela noite, elas tiveram que esperar um bom tempo para que todos pudessem jantar juntos, pois o homem passou horas no banho. A água no banheiro corria sem parar, mas Marie-Louise não parecia se importar.

"Ele é amigo do meu marido. Perdeu toda a família na guerra. Agora precisa de nós tanto quanto precisamos dele. Ele ficará aqui temporariamente, até que descubra se há algum parente vivo do lado da família do pai. Se o senhor Soto pode voltar, meu marido também pode."

"Ele está doente?", perguntou Elise, mas Marie-Louise a ignorou. Na verdade, não sabia a resposta, por isso só lhes contou o pouco que sabia sobre ele.

O senhor Soto, um espanhol que havia se refugiado na França, tinha ido parar num campo de concentração, juntamente com a esposa e a filha, todos considerados *étrangers indésirables*. Fora ali que ele conhecera o marido de Marie-Louise. Segundo ele, Albert foi imediatamente transferido para um campo em Drancy e de lá para outro na Polônia. Apesar de ele e o senhor Soto terem as mesmas ideias libertárias, aos olhos dos franceses e dos alemães, o marido dela era um judeu desprezível.

Elise ouviu atentamente a história de Marie-Louise, mas, em vez de se concentrar no passado, seus olhos estavam voltados para o futuro.

Ela podia prever que o senhor Soto não moraria com elas por muito tempo. Um dia ele as abandonaria. Fechando os olhos, ela podia vê-lo se afastando assim como chegara: de mãos vazias.

"A esposa e a filha morreram de tifo logo depois que chegaram ao campo", continuou Marie-Louise. "Quando foram libertados, Soto voltou para a única aldeia de que conseguia se lembrar, mas a casa dele não existia mais e os vizinhos não o reconheceram e bateram a porta na cara dele."

Era difícil aceitar que, no meio de uma guerra, alguém pudesse morrer de tifo. Era puro azar. Numa guerra, a pessoa morre num bombardeio, é atingida por uma bala perdida ou assassinada com um tiro na cabeça, como o padre Marcel. *Mas tifo... Essa é uma morte para tempos de paz*, Elise disse a si mesma.

Quando o senhor Soto finalmente saiu do banheiro e se aproximou da mesa de jantar, ele era outro homem. A testa tinha recuperado um brilho rosado que dava ao rosto maltratado uma aparência amigável. Ele estava usando uma camisa branca de mangas curtas e calças largas e bem passadas que já tinham sido de Albert. Ele parecia estar flutuando dentro das roupas.

Quando foi se sentar ao lado dela, Elise descobriu no braço esquerdo do homem uma enorme cicatriz. Quando a viu olhando, ele retirou o braço e o manteve debaixo da mesa durante todo o jantar.

Danielle gostaria de perguntar a ele como era a vida naquela prisão, como ele conseguira sobreviver, como atravessara países e cidades para chegar àquela aldeia escondida, onde agora ele se dedicaria a estofar móveis para clientes caprichosas, mas o olhar severo de Marie-Louise a impediu. Elas tiveram que deixar o senhor Soto em paz; ele já tinha sofrido o suficiente.

O cabelo dele voltará a crescer, desejou Elise, que observava cada movimento do homem, enquanto ele tomava a sopa cremosa de batata.

Depois de um bom banho, uma sopa substanciosa e várias horas de sono, o senhor Soto foi capaz não só de carregar os rolos de tecido, mas de mover com facilidade cadeiras, poltronas e até sofás.

―※―

Nas semanas seguintes, depois de tanto ouvir Tino Rossi, o senhor Soto aprendeu as letras das músicas e descobriram que aquele homem, com uma aparência tão miserável ao chegar, tinha uma poderosa voz de barítono. Um dia, ele começou a cantar músicas desconhecidas, num idioma que nenhuma delas sabia. "*Bésame, bésame mucho, como si fuera esta noche la última vez...*" No terceiro verso, tanto o ídolo quanto o senhor Soto voltaram a cantar em francês. As meninas e Marie--Louise aplaudiram.

Uma tarde, Elise ficou sozinha com ele. Ela tirou várias plumas grudadas no colete dele e disse, sem rodeios, que ele era um homem de sorte.

Soto respirou fundo antes de responder. Ela era apenas uma garotinha, então ele não achou que tinha o direito de decepcioná-la ou confundi-la com comentários filosóficos que não levariam a lugar nenhum. No final, ele não tinha certeza se Elise estava se referindo a ele ter sobrevivido ao campo de extermínio ou a ter conhecido uma pessoa tão bondosa quanto Marie-Louise. Ele esboçou um sorriso deformado pela dor.

"Você que é uma garota de sorte. Você tem uma família."

"Tem razão. Sim, me considero uma garota de muita sorte", disse Elise, com os olhos iluminando a ideia de que alguém que acabara de conhecê-la já a via como parte da família de Marie-Louise.

48

O senhor Soto logo se tornou um excelente tapeceiro. Tinha chegado o Natal e agora não havia mais nazistas controlando o mundo. Elise achava que eles deveriam comemorar com janelas abertas, muita música e uma boa sobremesa. Para ambas, ela e Danielle, a guerra estava se tornando uma lembrança distante.

Uma noite, Marie-Louise retornou de Limoges de muito bom humor. Ela não apenas comprara um novo disco de Tino Rossi, como também havia cortado o cabelo, encontrado um faisão esplêndido e levado para casa o bolo com que Elise sonhava: a *bûche de Noël*.

Antes de se sentarem para comer, aproximaram o gramofone da mesa. Marie-Louise foi buscar o novo disco e, cada um com um copo de vinho tinto na mão, aproveitaram o momento como nunca haviam feito antes. *"Petit Papa Noël, Quand tu descendras du ciel, Avec des jouets par milliers, N'oublie pas mon petit soulier..."*

A partir daquele momento, "Petit Papa Noël" se tornou a música favorita de Elise, que obrigava Marie-Louise a tocá-la até não aguentar mais. Embora Elise se sentisse afortunada, tinha um pressentimento que tentava evitar a todo custo. Não era tanto à noite que ela ficava obcecada por isso, porque, ao ir para a cama, ela se rendia ao cansaço, mas durante o dia ficava sonolenta, as pálpebras pesavam e ela começava a ver coisas. Na véspera de ano-novo, Elise se viu sozinha num navio, no meio do oceano; naquele momento, soube que seus dias de felicidade estavam prestes a terminar.

Na primavera de 1947, Soto as deixou. Ele tinha localizado um irmão numa cidadezinha do outro lado dos Pireneus. Não estava tão empolgado com a ideia de morar longe delas, mas o irmão precisava dele para ajudar a manter seu sítio. Para o Atelier, perder um funcionário não era problema, porque todos sabiam que outro apareceria em breve; as ruas estavam cheias de jovens procurando trabalho. O que as entristecia era que ninguém, por mais esforçado que fosse, teria uma voz de barítono como a do senhor Soto. Para Marie-Louise, era como perder o próprio Tino Rossi.

Na mesma noite em que o senhor Soto saiu de mãos vazias assim como chegara, mas com alguns quilos a mais e fios de cabelo mais longos na cabeça, elas receberam uma mensagem da abadia. Padre Auguste estava esperando por elas urgentemente. Ele recebera uma carta de Nova York, do tio das meninas.

A notícia assustou Danielle. Tremendo, ela foi buscar a mala e as três partiram para a abadia. Nenhuma delas falou nada. Segurando firme a mão de Danielle, Elise seguia Marie-Louise com cautela. Não queria prever o futuro. Não conseguiria.

Quando chegaram ao edifício antigo, o padre Auguste, apoiado na bengala, levou-as para a sacristia e se sentou atrás da pesada mesa de mogno, cheia de papéis. Ele pegou uma carta, desdobrou-a e parou para olhar para elas.

"O irmão de Claire, Roger Duval, entrou em contato conosco", disse ele com hesitação.

O rosto de Marie-Louise se iluminou. Ela esperava ver a mesma alegria nos olhos das meninas, mas elas continuaram impassíveis.

"Quando ele vem nos buscar? Temos que ir morar em Nova York? Não podemos ficar aqui?" Sem parar nem para respirar, Danielle formulava todas as perguntas possíveis. Elise permanecia imóvel, tentando manter os olhos bem abertos.

Pedindo ajuda a Marie-Louise com o olhar, o padre Auguste entregou-lhe a carta. Quando ela começou a ler, seu sorriso congelou.

O coração de Elise começou a bater forte como antes, a uma velocidade que fez seu rosto corar. No entanto, nesse instante, o medo se dissipou. Ela tinha visto o futuro.

"Seu tio Roger só pode levar uma de vocês", explicou o abade.

"Eu não vou para Nova York sem Elise. Prometi à minha mãe", Danielle declarou com voz firme. Depois pegou a mão da irmã e largou a mala no chão.

"Danielle..." A voz do padre Auguste falhou. "Seu tio só pode adotar uma de vocês e ele quer a irmã menor."

Elise começou a ouvir seus batimentos cardíacos. *É hora de contá-los pela primeira vez desde que fui abandonada na floresta*, disse a si mesma. *Sim, Elise, vamos lá: um, dois, três, quatro, cinco, seis... O que aconteceu com os silêncios? Conte novamente, não desista*, ela repetia.

Distraída, concentrando-se apenas na tentativa de encontrar as pausas entre as batidas do coração, ela não entendeu o restante do que o padre Auguste estava dizendo. Estava ocupada calculando a velocidade do sangue correndo pelas suas veias. Podia senti-lo subindo, descendo, voltando para a cabeça. Uma brisa fresca soprou através da única janela aberta na sacristia, trazendo consigo o cheiro da chuva.

"Portanto, Elise irá para Paris amanhã com Marie-Louise."

"Finalmente vamos a Paris?", perguntou Elise, olhando alegremente para a irmã.

"Posso me retirar agora?", foi a única resposta de Danielle, num tom de inquietante tranquilidade.

"Hoje à noite vocês duas vão dormir na abadia", disse o padre Auguste. Ele se levantou e saiu da sacristia.

Marie-Louise tentou entender por que *Monsieur* Duval havia escolhido apenas a irmã menor. Talvez ele a achasse mais indefesa, enquanto Danielle já tinha idade para se virar sozinha. Os Duval eram imigrantes e talvez não tivessem condições financeiras para cuidar das duas, ela pensou.

Ao cair da noite, Danielle já havia se deitado na cama que antes fora dela. Ocupou apenas uma parte, deixando mais espaço para Elise, assim como quando costumavam dormir juntas. Já tinha colocado a mala novamente debaixo da cama.

Danielle tinha a sensação de que estava vivendo a vida de outra pessoa, na casa de Marie-Louise, na abadia, naquela cama, que na verdade pertencia apenas à irmã. Ela era a outra, aquela que o tio estava rejeitando, quando tudo que fazia era obedecer às instruções dadas pela mãe, que agora era a mãe de Elise. Ela própria era um fantasma obscuro, sem nome, a quem ninguém queria. Talvez até a decisão final do tio – "só uma de vocês" – já estivesse, desde o início, na mente de *Maman* Claire.

Ela sentiu Elise se deitar na cama ao lado dela, mas evitou até o mais leve movimento e implorou que o sono a vencesse. Não conseguia encontrar orações ou pedidos que a ajudassem, porque ela acabara de perceber que a decisão provavelmente fora tomada pela própria mãe.

Quando Elise se deitou na cama, reconheceu a pequena caixa de joias púrpura que Danielle colocara sobre o travesseiro. *Ela me perdoou*, pensou, guardando a caixinha no bolso do casaco. *Para que iria querer uma pulseira e um anel de diamante agora?*, pensou, com um suspiro. Convencida de que *Maman* Claire nunca deixaria de velar por elas, Elise dormiu profundamente.

Enquanto isso, Danielle lutava contra pesadelos terríveis. Uma voz dizia que não estava em suas mãos absolver nem perdoar ninguém. Não havia culpados ou inocentes. Elise iria crescer como filha da sua mãe, irmã dela, e ela a protegeria até o dia da sua morte, onde quer que estivesse. Era "seu dever cristão", ela ouviu a doce voz de *Maman* Claire dizer.

Os anos iriam passar e Elise escreveria para ela, mas Danielle prometeu a si mesma que nunca abriria as cartas ou atenderia aos telefonemas. A irmã tinha se tornado seu castigo; desde que aparecera em sua vida, o mundo de Danielle desmoronara. A mãe havia morrido protegendo a outra. Não a ela.

Ela decidiu que sua única concessão seria guardar a caixa de cartas devolvidas e enviá-las novamente a Viera, em Cuba. Devia isso à mãe e à *Frau* Amanda.

Elise acordou à meia-noite, protegida pelos braços de Danielle. Tentou se virar com cuidado para não acordá-la e não desfazer o abraço. Quando estava de frente para a irmã, beijou seu rosto.

Na primeira luz do amanhecer, Danielle viu Elise sair do dormitório de mãos dadas com Marie-Louise. Antes de sair, Elise se virou e viu Danielle deitada imóvel, o rosto contorcido de dor e raiva. Ela a viu chorando e sabia que eram lágrimas de raiva. Elise fechou os olhos e percebeu que era a última vez que veria a irmã.

A caminho da estação, ainda estava escuro, mas, quando o trem chegou, Elise viu que Marie-Louise vestira um vestido de seda azul e um casaco marrom. Ela nunca a vira tão elegante.

Embarcaram no trem em silêncio e sentaram-se frente a frente, cada uma imersa no seu próprio mundo. Enquanto passavam pelos campos recém-cultivados, Elise se deixou levar por pensamentos banais. Devia tentar dormir, pois seria uma longa jornada.

Essa não era a primeira família que ela estava abandonando e não seria a última. Não a interessava mais ver o que poderia acontecer no futuro. Fosse o que fosse, ela estava preparada. O que mais tinha a perder?

Marie-Louise já estava cochilando. Vendo-se refletida na janela empoeirada do trem, Elise suspirou, enquanto o trem se distanciava dos campos de trigo.

49

Paris era chuva fria, poças d'água escuras, postes apagados, um rio lamacento. Corpos que corriam de um lado para o outro, sem ter onde se esconder. Perplexa, Marie-Louise parou para tentar se orientar. Sombras passavam por ela e ela se virava continuamente, como se um inimigo estivesse em seus calcanhares.

A cidade não passava de uma massa de prédios antigos e escuros, que pareciam abandonados. Elise queria capturar cada imagem, manter todas em sua memória: móveis descartados, lâmpadas desatarraxadas, bêbados caídos nas esquinas. Uma mulher de chapéu e salto

alto inclinando-se sobre uma pilha de escombros. Quando a viram, duas crianças correram para se juntar a ela. Na janela de um sótão, alguém tinha esquecido uma bandeira vermelha e branca com a suástica negra no centro. Ninguém se importava. Também não havia estrelas em Paris.

No táxi, Elise pôs a cabeça para fora da janela. A garoa de Paris molhou seu rosto. O bairro para o qual estavam indo era um labirinto de ruas estreitas, fachadas sombrias, janelas irregulares. Marie-Louise estava ocupada se preparando para regressar à rua onde costumava morar. Erguendo o queixo o mais alto que pôde e esticando o pescoço com orgulho, ela pegou a mão de Elise quando deixaram o táxi. Cansada da viagem, entraram num hotelzinho. Elise ficou observando enquanto Marie-Louise conversava com uma velha atrás do balcão. Logo depois, Marie-Louise voltou-se para ela, franzindo a testa, pegou a mão dela novamente e subiram para o quarto.

De pé na janela, Marie-Louise olhou para a fileira contínua de edifícios, com seus grandes portões, um bairro que um dia fora o dela. A visão era muito dolorosa e a nostalgia a fez recuar. O movimento agitou a luminosidade tênue do quarto.

Elas dormiram em camas separadas por uma mesinha de cabeceira. Elise desabou no colchão com os olhos tão abertos que brilhavam como uma luz na escuridão. Ela começava a ter uma visão mais precisa do futuro que se avizinhava. *Esse é o sacrifício dos culpados*, pensou. Porque ela havia sobrevivido, não pudera salvar *Maman* Claire, deixara Jacques e Henri irem embora, não tinha estendido a mão para Viviane, abandonara o padre Marcel. E, no dia seguinte, ela deixaria para trás as únicas pessoas com quem se importava neste mundo. Danielle e Marie-Louise.

Um brilho hostil as despertou. Era hora de enfrentar a verdade e a angústia de Elise, agora mesclada com um desagrado pela capital francesa, apenas aumentou. Não havia dias bons nem aparência amigável. Marie-Louise saiu na rua, outro fantasma da guerra que os moradores olhavam sem curiosidade. Ela não teve paciência para parar do lado de fora do prédio onde costumava morar ou na esquina onde um dia já fora seu café. Num só golpe, apagou o passado, esperando que assim doesse menos. Observá-la deu a Elise uma visão mais precisa do que estava por vir.

Mais afastadas do antigo bairro de Marie-Louise, sentaram-se nas mesinhas da rua de um restaurante vazio e pediram café e torta de creme.

"Não saia daí", ordenou Marie-Louise a Elise, antes de se afastar sem nenhuma explicação.

Elise ficou no restaurante, cercada por fantasmas que a ignoravam quando passavam. Era Paris, uma cidade da qual ela nunca mais se lembraria.

Quando voltou uma hora depois, Marie-Louise parecia ter envelhecido dez anos. Olhando-a nos olhos, Elise pôde ver que tinha chorado.

"Albert não vai mais voltar", disse Marie-Louise, afundando na cadeira com um cansaço infinito. "Ele está morto. Eles o mataram", ela explicou, levando a xícara de café frio aos lábios. "Você vai ficar bem. Vai escapar deste pesadelo de uma vez por todas", ela continuou. Seu rosto estava agora tão duro quanto sua voz. "Vá, Elise, saia deste esgoto o mais rápido possível. Paris, o que resta de Paris? Parisienses? Por sorte, você estará longe."

Elise queria dizer que já sabia que o marido dela tinha morrido num recinto escuro, sem janelas, onde lhe roubaram até o direito de respirar, mas compreendeu que teria sido inútil.

Aquele seria seu último dia com Marie-Louise. Ela queria se lançar sobre ela, abraçá-la, implorar para que não a abandonasse, mas não teve coragem. Essa imagem pertencia ao futuro. No presente, elas atravessavam a cidade para encontrar o edifício onde estavam reunidos os órfãos que alguém havia reclamado. Elise fingiu se resignar com o seu destino, aceitá-lo com tranquilidade, embora isso não fosse verdade.

Era melhor ficar quieta, seguir Marie-Louise sem pensar, mesmo quando o que ela realmente queria era gritar, cair de joelhos no meio da rua, parar o trânsito de Paris e implorar para que ela tivesse um pouco de piedade. Aquela era sua última chance de fugir para longe de tudo, do tio desconhecido, do destino que a aguardava.

Se Monsieur *Albert tivesse sobrevivido, talvez ele e Marie-Louise adotassem Danielle e eu. Poderíamos comemorar meu décimo segundo aniversário juntas. Ninguém jamais comemorou meu aniversário*, pensou Elise.

Ela se viu numa sala cheia de crianças barulhentas. Deixou que a levassem a um canto para tirar uma fotografia, depois foi bombardeada com perguntas que ela se negou a responder. Marie-Louise era sua voz, sua consciência, seu carrasco. Documentos, cartas, formulários com assinaturas e papéis timbrados, uma passagem de navio, um selo de Nova York. Seu corpo estava na sala, mas a alma de Elise tinha já se afastado e estava flutuando no ar.

Foi só quando Marie-Louise a abraçou que ela voltou àquela desesperada dimensão, cheia de vítimas prestes a embarcar para uma nova vida.

"Não me deixe, Marie-Louise! Eu não deveria estar aqui. Não sou como eles, eu tenho você", Elise implorou, num último esforço desesperado.

"Você tem um tio que quer você, minha menina. Não posso ir contra isso, mesmo que quisesse. Como você pode querer morar com uma viúva que está apenas esperando o momento de partir para se juntar ao homem que lhe tomaram?" Ela não queria que Elise a visse chorar novamente. A única pessoa que agora tinha todo o direito de derramar lágrimas, de dor ou de ódio, era Elise.

"*Maman*, não me deixe!", exclamou Elise, em transe. Comovida e assustada, Marie-Louise se afastou dela.

Foi então que Elise perdeu seu último pingo de inocência. A infância dela havia chegado ao fim. *Não sou eu quem deveria estar neste barco! Quem deveria estar aqui é Danielle!*, ela queria gritar, mas não conseguiu.

Viu Marie-Louise se afastando em meio à multidão que se aglomerava no cais. Ela havia sido abandonada mais uma vez. Não numa floresta, como em seus sonhos, mas à deriva, num transatlântico. Só lhe restava viver outra de suas mortes e começar outra de suas vidas, que ela já tinha vislumbrado em sonhos.

Elise fechou os olhos. Quando os abriu outra vez, viu a si mesma, sem nome, na proa de um navio. Em mar aberto.

Quando a guerra terminar, você deve viajar para a França, para Haute-Vienne. Ali você deve procurar a família Duval. Pergunte por Claire, Danielle ou o padre Marcel, na abadia. Diga a eles quem você é e eles vão entender.

Sua irmã já deverá ser adulta, ter se casado e tido filhos. Ela talvez nem se lembre de você.

Ela não será mais chamada de Lina, mas Elise. É possível que ela a rejeite a princípio. "Por que demorou tanto tempo para descobrir a verdade?", vai perguntar. Você deve insistir e mostrar a ela nossas cartas, todas elas, porque, a essa altura, você já as terá recebido.

Ela lhe dirá que tem outra família e acredita em outro Deus. Isso não importa. Deus é Deus e vocês têm o mesmo sangue.

Prometa que vai procurá-la.

Você deve dizer a ela que a amei durante toda a minha vida e que fiz todo o possível para salvá-la, mesmo que isso significasse que eu teria que esquecer quem eu era e fazê-la esquecer quem ela era e de onde veio.

Um dia vocês vão voltar para Berlim e mostrar aos seus filhos onde nossa casa costumava ficar, nosso Jardim das Letras. Então eu poderei descansar em paz. E o seu pai também, porque nós dois sempre zelaremos por vocês.

Prometa que, mesmo que seja apenas por um instante, vocês duas usarão as correntes de ouro que o Papa *comprou para vocês, com a estrela de Davi.*

Numa estrela está escrito o nome verdadeiro da sua irmã: Lina Sternberg.

SEIS

O Adeus
Nova York, abril, 2015

50

"Mãe?" Adèle foi até a cama.

Sim, ela era mãe, avó, uma anciã. Não estava no convés de um transatlântico ou no meio de uma floresta, implorando para não ser abandonada.

Os primeiros doze anos da minha vida significaram mais do que todo o resto. Minha vida desde então tem sido uma farsa. Você é a única coisa que resta, Adèle. A única coisa boa que fiz neste país. Ela não disse tudo isso em voz alta, ou disse? Estava quase certa de que ainda conseguia falar.

Você pode me ouvir, Adèle? Ela olhou ao redor do quarto de hospital. *Maman* Claire, padre Marcel e Danielle estavam todos lá. Esse era o encontro que ela sempre estivera esperando, o último, quando cada um deles apareceria diante dela e a julgaria. Ela estaria sonhando?

"Estamos no hospital, mãe", respondeu Adèle, adivinhando a pergunta no olhar da mãe.

Era a voz gentil de uma filha que não a condenaria. Mas Elise precisava do contrário: chegara o momento de confessar e ela não queria perdão nem esquecimento.

No final, somos sempre culpados, ela disse a si mesma. Afinal, guardamos na memória só o que convém, esse é um meio de sobrevivência. Em seu diálogo silencioso, Elise sacudiu a cabeça e começou a mover lentamente os lábios. A filha dela estava lá, pronta para abraçá-la. Para despedir-se dela.

"Tenho sobre mim tantas culpas...", disse ela. Sua voz era como um eco.

"Você era criança, mãe. Não deve se culpar", Adèle tentou consolá-la.

Elise sorriu. O ato de compaixão da filha a comoveu; era um alívio saber que a escutava.

"Você não precisa se preocupar, mãe. Em breve vamos para casa", Adèle continuou.

Mas Elise podia sentir que o tempo não estava a seu favor. E pensou: minha chegada a Nova York naquele navio, minha vida com um tio e uma tia que desconheciam o fato de que não tínhamos laços de sangue..., encontrar o amor da minha vida, o nascimento de Adèle e meu neto. Tudo isso pertencia a um destino que não era o dela. Uma vida que Danielle deveria ter vivido. Ela era a verdadeira sobrinha, a garota francesa, não eu, a impostora.

Adèle sorriu, mas imediatamente contraiu os lábios. Elise se lembrou de Amanda, sua verdadeira mãe, que costumava inclinar a cabeça e franzir os lábios sempre que não queria demonstrar que estava assustada. Aquela era a primeira vez que reconhecia na filha um gesto da sua mãe e isso lhe causou um estremecimento.

"Sabe, Adèle, vivi tantas vidas que não sei qual delas está chegando ao fim agora."

"Todas elas são suas, mãe. Você pode ter certeza. Agora precisa descansar, é necessário. Tenho certeza de que amanhã poderemos voltar para casa."

"Espere, Adèle", disse Elise, respirando lentamente e segurando a mão da filha. "Por favor, você precisa me escutar. Ainda tenho muitos segredos dentro de mim." Ela fez uma pausa dolorosa, depois começou a falar novamente. "Traí o homem que me salvou no meio daquela floresta. O homem que me levou a confiar em Deus e também a duvidar dele. Aquele que me confortou quando eu mais precisava e me deu esperança quando tudo parecia perdido."

"Você era criança. Tudo o que disse foi que havia um soldado morrendo no porão. Como podia prever o que os nazistas fariam? Nós já conversamos sobre isso, não lembra? Pouco antes de me casar, você me contou tudo o que aconteceu na França."

Ela olhou para Adèle, tentando se lembrar do rosto do marido. O homem com quem ela constituíra uma família de verdade quando se conheceram em Nova York, logo depois de se formar na faculdade.

"Seu pai foi muito paciente comigo", disse Elise, entre cada palavra um silêncio. "Eu não queria saber nada sobre o meu passado. De fato, eu não tinha passado; apaguei-o completamente."

Outra agulha perfurou a pele fina do seu braço. *O que eles poderão encontrar nesse sangue espesso? Em cada gota que extraírem verão que não existo mais, que sou um fantasma sem nome, uma sombra. E minha alma: onde deixei minha alma...?*

"Abandonei minha alma há cerca de setenta anos, do outro lado do Atlântico", Elise concluiu, sem olhar para a enfermeira que lutava para encontrar pelo menos uma veia.

Seus pensamentos davam voltas enquanto seu corpo deslizava pelo aparelho de ressonância magnética, onde descobririam quem ela realmente era. Todas as suas mentiras viriam à luz.

"Tente relaxar e não se mexa", a enfermeira disse, enquanto monitorava o aparelho.

Naquela tarde, quando Adèle entrou no quarto com um buquê de tulipas, Elise já tinha recolhido suas coisas e estava sentada perto da janela, pronta para sair do quarto onde tinham conectado seu corpo a todos aqueles cabos que pretendiam ler o que ninguém podia decifrar. Elise esfregou os hematomas no braço. Para ela, pareciam uma das espécies do livro de botânica, as malvas... Uma enfermeira segurando documentos e um paramédico estavam esperando na porta com uma cadeira de rodas.

Elise manteve os olhos fixos em Adèle. Ela precisava de todas as respostas.

"E *Mama*? O que aconteceu com *Mama*?"

"Depois da guerra, tia Danielle enviou as cartas a Viera, para Cuba, com um bilhete dizendo que elas pertenciam a ela e que Amanda e

Lina tinham sido levadas para Auschwitz. Nenhuma outra explicação." Adèle fazia uma pausa entre cada frase. "Viera sempre pensou que vocês duas tinham morrido lá juntas. Por isso nunca as procurou."

"Mais uma vez, Danielle me salvou." Os olhos de Elise estavam cheios de lágrimas. "Eu deveria ter ido para Cuba no *St. Louis*. Com Viera. Pense, tudo teria sido tão diferente!"

"Viera teve um filho, mãe: Louis. E Anna é filha dele."

"Nem precisa me dizer, eu compreendi assim que vi os olhos dela..."

Elise lutou para se sentar, assombrada por imagens que continuavam se dissipando.

"Você precisa parar de pensar tanto", disse Adèle. Ela estava de pé, como se estivesse guardando o quarto. "Você não está bem."

"E Viera?", Elise interrompeu com medo.

"Viera morreu muitos anos atrás. Seu filho, Louis, não está mais conosco também, mas, antes de morrer, ele teve Anna com Ida, a senhora que você conheceu e que nos trouxe as cartas."

"As páginas do livro de botânica..." Uma sede profunda inquietou Elise.

"Ida e Anna recuperaram as cartas em Cuba e em seguida entraram em contato com a cidade na França", explicou Adèle. "Foi assim que elas a encontraram. A abadia ainda tinha os registros da guerra, sabiam o dia em que você chegou e o dia em que você foi enviada ao seu tio Duval. Eles salvaram muitas crianças naquela abadia."

Adèle viu a mãe estremecer.

"Quando as cartas chegaram a Cuba, eu já era outra pessoa. Pelo menos Danielle conseguiu impedir que Viera morresse sem saber a verdade. Quando leu as cartas, constatou que nunca foi esquecida."

"Ida fez tudo o que pôde para encontrar você", concluiu Adèle. "Ela não desistiu até que descobrisse seu nome na abadia. Devemos muito a ela."

"E Danielle se sacrificou para me salvar, para atender ao último pedido de *Maman* Claire." A voz de Elise era um murmúrio baixo. "Minha irmã Danielle... É com ela a minha maior dívida."

❦

Uma semana depois, quando estava sendo levada para casa, Elise se deteve na calçada por onde caminhara nas últimas décadas e contemplou as árvores do parque. *Ainda estão verdes*, disse a si mesma. Depois subiu os degraus sem ajuda, atrás de Adèle, que já havia aberto a porta da frente para ela. Elise se apoiou no batente da porta. Sua casa parecia uma cela, enterrada num *bunker* de concreto e tijolos avermelhados. Em frente, um jardim irreal.

O corredor era uma ponte sem fim, que ela tinha que atravessar para enfrentar as cartas de novo. Uma fotografia de casamento estava pendurada na parede. Ela não se reconheceu de branco, com um véu que cobria metade do rosto. No final do corredor, havia outra fotografia, da tia e do tio com uma menininha. O rosto da menina não era o dela: era o de Danielle.

Na sala, as cartas a aguardavam. Cuidadosamente dobradas dentro da caixa de ébano, como se nunca tivessem se espalhado pelo chão, como se ninguém as tivesse lido, como se ainda esperassem ser enviadas para o outro lado do oceano.

A voz suave de Elise quebrou o silêncio. Ela leu todas as cartas, as seis, cinco endereçadas a Viera. Todas, exceto uma, a última, correspondiam às estações do ano. Aquela carta sem data era uma ordem, um decreto. E naquele momento ela percebeu que a carta era dirigida a ela. Por isso a mãe não a encabeçara com o habitual "Minha pequena Viera".

Adèle olhou para a mãe, intrigada. Elise estava lendo em alemão e repetia frases em voz alta, como se tentasse decifrá-las. As palavras estavam entrelaçadas com desenhos de plantas e flores.

"Essas cartas cruzaram o Atlântico várias vezes. E veja! Agora estão conosco."

Levando a mão ao peito, Elise não conseguiu detectar seus batimentos cardíacos, estavam muito fracos. Ela queria contá-los um por um, como o pai a havia ensinado.

"Não me lembro do rosto de *Papa*, só consigo me lembrar de um homem muito alto. *Mama* via o mundo através dos olhos dele. Ela nos dizia que ele era um anjo e, ainda assim, não seguiu suas instruções para eu e minha irmã viajarmos juntas no *Saint Louis*." Elise fez uma pausa, sorrindo tristemente. "Então, como você pode ver, nunca se deve contrariar um anjo…"

Ela sentiu uma vertigem tão forte que não conseguiu terminar a frase. O sol começou a se pôr e a luz na sala desapareceu. Com grande esforço, ela entrou na cozinha e voltou com duas velas. Colocou-as sobre a mesa da sala de jantar e acendeu-as.

"Se for a tua vontade, Senhor, nosso Deus, Rei Supremo, que santificou com seus mandamentos e ordenou que iluminássemos as Velas do Sabbat…", recitou ela em alemão. Depois olhou para o rosto da filha e acrescentou: "Esta luz bruxuleante das velas nos tirará da escuridão. Não necessitamos de nada mais por hoje."

Adèle a observou, sem entender. Elise se aproximou da filha e pressionou as mãos suavemente contra o rosto dela. Depois foi para o seu quarto e voltou segurando uma pequena caixa de joias púrpura. Ela parou em frente à porta de vidro que dava para a varanda, com vista para o parque. Afundou em sua poltrona favorita e viu que o sol sumia lentamente no horizonte. Enquanto acariciava o estofado de damasco, lembrou do Atelier Plumes e de sua amada Marie-Louise. Sentiu que ia desmaiar e a caixa de joias caiu aos seus pés.

"Mãe!", exclamou Adèle, correndo para ajudá-la. "Precisamos chamar o médico!"

"Estou bem, Adèle, estou bem. Preciso de tempo, um pouco mais de tempo, para ordenar meus pensamentos. E para isso preciso ficar sozinha. Não há médico que possa me ajudar agora. Pode me passar a caixa de joias, por favor?"

Dentro estavam o anel e a pulseira de diamantes. Aquilo que uma vez parecera tão grande e pesado, agora parecia minúsculo e frágil.

"Estas joias são suas, Adèle", ela murmurou, colocando-as na mão da filha.

Na caixa aberta, Elise repentinamente notou um pequeno compartimento. Quando tateou com o dedo indicador, sentiu uma ponta. Surpresa, retirou a mão e tentou pela segunda vez descobrir o que estava escondido naquele canto secreto. Apalpou com mais cautela e fechou os olhos.

Com cuidado, tirou uma corrente de ouro do esconderijo. Nela havia uma estrela de Davi. Percebeu, então, que o presente do pai sempre estivera ao seu alcance. Não precisou procurar os óculos para ler a inscrição gravada na minúscula estrela de seis pontas.

"Todos esses anos a verdade estava ao alcance da minha mão, mas preferi me manter cega." Ela suspirou. "*Papa*, agora eu sei que você sempre esteve comigo."

Ela tirou o crucifixo que estava em seu pescoço desde que atravessara o Atlântico e fez um gesto para Adèle substituí-lo pela corrente com a estrela de Davi. Então se despediu da filha com um longo abraço.

"Quero ficar sozinha", insistiu, com voz fraca.

Olhando para ela com ternura, Adèle saiu sem dizer nada.

Na poltrona, Elise deslizou de volta para as sombras. Parecia que o tempo estava se expandindo, que seu corpo já esmaecido estava lentamente murchando.

Em seu delírio, ela se viu lançada num barco cheio de crianças. Depois de mais de uma semana em alto-mar, uma ilha cheia de arranha-céus apareceu no horizonte. Elas tinham chegado ao seu destino. Ao destino de outras pessoas. Ao longe, a Estátua da Liberdade se erguia orgulhosa e solitária. Por fim, o navio chegou ao porto.

Ela corre para um funcionário da alfândega que está bloqueando seu caminho. Ele é uma muralha entre o hoje e o ontem. O tio que a esperava no cais aparece e pergunta quem ela é. *Meu nome é... Eu não sou quem eu sou.* Maman *Claire não é minha mãe. Minha mãe é...*

O funcionário a leva de volta para o navio. Ela está sozinha, ninguém mais está navegando naquele navio à deriva. O tio diz adeus, o adeus definitivo, o adeus que ela merece. Em seu retorno, Danielle está esperando por ela; elas se abraçam. Desta vez, Danielle não a olha ressentida; ela sorri e quer brincar com ela, mas não há tempo, o navio está prestes a zarpar. É a última chance dela. Vamos, Danielle! Este é o seu lugar. Seu tio está lá, esperando por você de braços abertos. É assim que deveria ter sido.

No mesmo porto, ela vê a mãe com uma mala. Viera está de pé ao lado dela. Elise corre na direção delas e as três vão embora juntas. Viera não é mais uma criança, ela é tão alta quanto a mãe. Elas atravessam uma ponte, depois um rio e param para descansar ao pé de uma montanha. Elas estão seguras, lá não há soldados, ninguém está usando braçadeiras com a suástica, ninguém as está perseguindo, rejeitando-as. A mãe sorri feliz. E *Papa*? *Papa* está esperando por nós.

A mãe tira da mala o livro de botânica do avô. Está intacto. Não há cartas, nunca houve. Sem orações ou pedidos ou velas acesas.

Elas escalam a montanha até as neves eternas. No cume, tudo é branco e o branco é impecável, puro e imaculado. No ponto mais próximo do céu, onde a neve e as nuvens se confundem, elas abrem uma porta e entram no Jardim das Letras, que ninguém mais pode ver.

<hr>

Elise pegou a sexta carta de sua mãe, sua despedida, e a levou ao peito. Fechou os olhos, acariciou a corrente de ouro, sentindo as seis pontas da estrelinha, presente do seu pai. Com as últimas forças que lhe restavam, contou em silêncio pela última vez: *um, dois, três, quatro, cinco, seis...*

No quarto escuro, escutou-se uma voz:

"Meu nome é Lina, Lina Sternberg."

Verão de 1942

Shalom.

Mama

Nota do Autor

Oradour-sur-Glane

Na manhã de sábado de 10 de junho de 1944, membros da Terceira Companhia do Primeiro Batalhão de Regimento Der Führer, uma temida divisão paramilitar da Waffen-SS do Terceiro Reich, cercou a pequena comunidade francesa de Oradour-sur-Glane, na aldeia de Haute-Vienne, na região de Limoges. Mandaram que os habitantes se agrupassem na praça principal e trancaram mulheres e crianças na igreja.

Os homens, em sua maioria, foram levados para celeiros e metralhados. As mulheres e crianças foram queimadas vivas na igreja. Ao todo, 642 pessoas foram massacradas, incluindo 207 crianças.

Entre os 1.500 habitantes da aldeia, havia alguns judeus e espanhóis refugiados do regime de Franco. Os nazistas, em cujas fileiras estavam recrutas da Alsácia, queimaram as casas e lojas, na tentativa de apagar todos os vestígios do crime. Algumas crianças que sobrevivem ao massacre procuraram refúgio numa abadia próxima e foram resgatadas pelos monges.

Alguns dias antes, um oficial da SS havia sido executado na região, por membros da Resistência.

Depois do fim da guerra, o governo de Charles de Gaulle decidiu preservar as ruínas de Oradour-sur-Glane como um monumento aos mártires, um memorial das atrocidades nazistas cometidas em solo francês.

MS *St. Louis*

Na noite de 13 de maio de 1939, o transatlântico *St. Louis*, da Hamburg-Amerika Linie (Hapag), partiu do porto de Hamburgo com destino a Havana, Cuba, com cerca de novecentos passageiros a bordo, a maioria refugiados judeus alemães.

Os refugiados tinham permissão para desembarcar em Havana, graças a autorizações emitidas por Manuel Benítez, diretor-geral do Departamento de Imigração de Cuba, e adquiridas por meio da empresa Hapag. Uma semana antes de o navio partir de Hamburgo, o presidente de Cuba, Federico Laredo Brú, emitiu o Decreto 937 (em homenagem ao número de passageiros a bordo do *St. Louis*), que declarava inválidas as autorizações de desembarque assinadas por Benítez.

Quando o navio chegou ao porto de Havana no sábado, 27 de maio, as autoridades cubanas não permitiram que ele atracasse na zona designada para a empresa Hapag. Em vez disso, a embarcação teve que ancorar no meio da baía.

Apenas quatro cubanos e dois espanhóis não judeus foram autorizados a desembarcar, juntamente com 22 refugiados que tinham autorizações do Departamento de Estado Cubano, anteriores às emitidas por Benítez, que foi apoiado pelo chefe do Exército, Fulgencio Batista.

O *St. Louis* partiu em direção a Miami em 2 de junho. Quando estava perto da costa da Flórida, o governo de Franklin D. Roosevelt não permitiu sua entrada nos Estados Unidos. O governo Mackenzie King, do Canadá, também recusou a entrada do navio em seu país.

O *St. Louis* foi forçado a voltar a cruzar o Atlântico, na direção de Hamburgo. Poucos dias antes de atracar, o Comitê Europeu para Distribuição Conjunta (JDC) chegou a um acordo com vários países para que aceitassem os refugiados.

A Grã-Bretanha aceitou 287; a França, 224; a Bélgica, 241; e os Países Baixos, 181. Em setembro de 1939, a Alemanha declarou guerra e os países da Europa continental que tinham aceitado os passageiros logo foram ocupados pelas forças de Adolf Hitler.

Apenas os 287 passageiros levados para a Grã-Bretanha permaneceram a salvo. A maioria dos outros passageiros do *St. Louis* sofreu os horrores da guerra ou foi exterminada em campos de concentração nazistas.

5 de março de 2018

GRUPO EDITORIAL PENSAMENTO

O Grupo Editorial Pensamento é formado por quatro selos:
Pensamento, Cultrix, Seoman e Jangada.

Para saber mais sobre os títulos e autores do Grupo
visite o site: www.grupopensamento.com.br

Acompanhe também nossas redes sociais e fique por dentro dos próximos lançamentos, conteúdos exclusivos, eventos, promoções e sorteios.

editoracultrix
editorajangada
editoraseoman
grupoeditorialpensamento

Em caso de dúvidas, estamos prontos para ajudar:
atendimento@grupopensamento.com.br

Pensamento   Cultrix   SEOMAN   JANGADA
GRUPO EDITORIAL PENSAMENTO